Solange es eine Heimat gibt

Erika Mann

Unda Hörner

Solange es eine Heimat gibt
Erika Mann

ebersbach & simon

Christian in liebender Erinnerung
Für seine Kinder

Ein eigener Pilotenschein, ja, das hätte sich wirklich gelohnt, eine ausgezeichnete Automobilistin ist sie ja bereits. So viele Flüge über den Atlantik hat Erika in den letzten Jahren hinter sich gebracht, erst in den letzten Tagen hat sie in Chicago schon wieder eine Maschine bestiegen, Washington und New York, von dort weiter nach England, wo Termine in London und Oxford absolviert werden mussten. Und heute, an diesem 19. Mai 1949, geht es weiter auf dem Luftweg nach Stockholm. Erika Mann ist nicht alleine unterwegs. Vor ihr in der Maschine die Eltern Thomas und Katia, in der Lücke zwischen den beiden Sitzen sieht sie die Hände der Eltern, die rechte der Mutter ruht auf der Armlehne, des Vaters linke Hand ist erhoben und hält eine unsichtbare Zigarre zwischen Zeige- und Mittelfinger; sobald die Maschine gelandet ist, wird er sich wieder eine seiner geliebten Havannas anstecken wollen. Doch ein wenig wird er sich noch gedulden müssen, gerade erst hat die Stewardess verkündet, das Flugzeug sei *airborne* und habe die maximale Flughöhe bereits fast erreicht. *Airborne*, wie schön das klang. So leicht und abgehoben.

Im Flugzeug nach Stockholm, den Blick auf das Wasser der Nordsee gerichtet, wandern Erikas Gedanken in die ferne Vergangenheit; das bedeutende Jahr 1929, der Triumph vor zwanzig Jahren, der Nobelpreis. Bei ihrem Bruder Klaus hatte die epochale Nachricht gemischte Gefühle ausgelöst. Klar, er freute sich über den Glanz, der durch die Ehrung über die ganze Familie kommen würde, nicht zu reden vom vielen schönen Geld, mit dem die Schulden beglichen werden konnten, die Erika und Klaus auf ihrer jüngst zurückliegenden Weltreise angehäuft hatten. Während der Preisverleihung hockten die Geschwister zu Hause in München am Radio und verfolgten die Übertragung der Zeremonie aus dem Stockholmer Konserthuset, schütteten sich aus vor Lachen, mit andächtiger Stimme bezeichnete der Reporter den Vater als »frackgewohnte Erscheinung«, die sich gemessenen Schrittes auf den schwedischen König Gustav V. zubewege.

Klaus war nicht nur amüsiert. Er hatte soeben seinen ersten Roman veröffentlicht, ein Opus über *Alexander den Großen*, nun grätschte ihm der alte Herr in die Parade, nicht zum ersten Mal stand er im Schatten des Vaters. Zu allem Überfluss ließen so scharfzüngige Kritiker wie Kurt Tucholsky und Axel Eggebrecht kein gutes Haar an dem angehenden Schriftsteller, bescheinigten ihm gar einen infantilen, operettenhaften Stil. Rudolf Arnheim hatte Klaus in der *Weltbühne* erbarmungslos vorgeführt: »Er wandte den streng gewordenen Blick zum Wasser, das erbleichte und sich frierend kräuselte.« Diesem Zitat aus Klaus' Roman hatte der Kritiker einen sarkastischen Kommentar folgen lassen: »So etwas darf kein Schriftsteller vom Wasser verlangen.« Erika konnte darüber nur lachen, er solle sich nicht entmutigen lassen, ihm stehe eine steile Karriere bevor. Und Klaus' Bücher kamen an beim Lesepublikum, *Der Vulkan* oder *Flucht in den Norden*, seine Romane über Emigrantenschicksale wie die ihren. Wenn Erika den Erfolg einem Menschen aus tiefstem Herzen gönnt, dann dem geliebten Bruder.

Die Stewardess meldet sich wieder. Man befindet sich bereits im Landeanflug auf Stockholm. Die Schwerelosigkeit der Gedanken weicht schon wieder der Sorge um die reibungslose Organisation der anstehenden Termine. Denn trotz Erikas verlässlichem Beistand könnte die Europatour für die Eltern noch anstrengend werden, denn es liegt auch eine Einladung nach Deutschland vor, sogar eine doppelte. Man schreibt 1949 ein Goethe-Jahr, zum 200. Geburtstag des großen Dichterfürsten will man den Vater mit dem Goethepreis und einem Festakt in der Frankfurter Paulskirche ehren; gleiches Ansinnen in der sowjetischen Zone, Zeremonie im Deutschen Nationaltheater zu Weimar und Verleihung der Ehrenbürgerschaft. Eine zweifache Würdigung der Preis, und wer, wenn nicht er, sollte ihn bekommen, er, der Autor der *Buddenbrooks*. Als Thomas Mann vor genau zwanzig Jahren den Nobelpreis für diesen seinen ersten Roman erhielt, hatte er erklärt, den Preis seiner deutschen Heimat zu Füßen legen zu wollen. Doch seitdem war die Welt eine andere geworden, und um verbindliche Zusagen hat der Schriftsteller sich bislang herumgedrückt. Konnte man jetzt wirklich wieder in die kriegszerstörte Heimat reisen, das erste Mal nach rund sechzehn Jahren? In jenes Land, das ihm und seiner Familie die Staatsbürgerschaft genommen, sie all ihrer Bürgerrechte beraubt und in die Flucht geschlagen hatte? Wo Erika im *Völkischen Beobachter* wegen ihrer »pazifistischen Frechheiten« verunglimpft worden war und ihr Bruder Klaus aufgrund seiner Homosexualität höchstwahrscheinlich hinter Schloss und Riegel gekommen wäre? Vor allem ist Deutschland das Land, das einen Krieg angezettelt und Millionen von Menschen auf dem Gewissen hat. Mit Theodor W. Adorno hatte Thomas Mann sich bereits über die heikle Preis-Frage zu beraten versucht, war aber nicht recht schlau geworden aus dessen wortreicher Geißelung des Verblendungszusammenhangs und seiner feierlich vorgebrachten Äußerung, dass es kein richtiges Leben im falschen gebe. Klaus hatte sich Erika gegenüber launig zu diesem Thema geäußert: »Da die Frankfurter Visite ja so ziemlich mit der Etablierung des Westdeutschen Staates koinzidiert, läge es doch nahe, dass man dem Vater die Präsidentschaft anböte. ... Das Dichterschicksal würde sich bedeutend runden, es wäre eine fette Pointe für die Biografen da. Und die Deutschen könnten sich ins Fäustchen lachen. Wer stünde ihnen sonst zur Verfügung? Dieser Präsident wäre in beiden Zonen akzeptabel und angesehen: er gehört zum Westen, wird aber vom Osten höflich anerkannt. Und was für eine schöne Familienpolitik wir machen könnten! Major Hindenburg und Papen sind nichts dagegen. Ich würde dafür sorgen, dass nur Schwule gute Stellungen kriegen; der Verkauf des heilsamen Morphium wird freigegeben; E amtiert als graue Eminenz in Godesberg, während der Vater in Bonn mit dem russischen Gesandten Rheinwein schlürft ...«

Wie immer braucht Thomas Mann also Erikas Rat, will er zu einer Entscheidung kommen. Die hat eine entschiedene, kompromisslose Meinung, so wie immer, schwarz oder weiß, kalt oder heiß, alles oder nichts. »Natürlich wirst du diesen Preis nicht entgegennehmen! Weder in Frankfurt, noch in Weimar! Im Westen brandmarkt man Klaus und mich als Kommunisten, und im Osten, da lügen sie wie gedruckt über die angeblichen Wahrheiten des Kommunismus«, so lautet ihr Urteil. »Und vergiss nicht, dass sie dich in Deutschland als Vaterlandsverräter beschimpfen, weil du nicht dageblieben bist.«

Eine solche Entgegnung ist von Erika zu erwarten gewesen, jedoch nicht die Antwort, die Thomas Mann sich gewünscht hätte. Erika weiß es genau, sie kennt ihren Vater so gut wie sich selbst. Er ist ja nicht gerade uneitel, bewegt im Kopf seine schöne Rede über Goethe und die Demokratie, die er mit ihrer bewährten Assistenz geschrieben hatte, und die so ganz ausgezeichnet zu dem feierlichen Akt in Frankfurt und in Weimar passen würde, in Goethes hessischer Geburtsstadt und an seiner thüringischen Wirkungsstätte. Im Geiste sah der Vater sich doch schon bei der Preisverleihung, im weihevollen Rund eines Kirchenschiffs. In der Stadt am Main hatte man nicht gezögert, die Paulskirche, Wiege der deutschen Demokratie, Symbol für ein neues freies Deutschland, alsbald wieder aufzubauen. Dem Vater klang seine eigene Stimme bereits in den Ohren, wie sie sich zum Lobpreis auf Goethe erhob bis unter die hohe Kuppel des geweihten Hauses. »Es kann doch nicht falsch sein, den Dichter in seiner Heimat zu ehren«, wendet er also ein.

»Der Heimat derer, die Auschwitz und Buchenwald zugelassen haben«, sagt Erika. In ihr brodelt noch immer der unerbittliche Hass auf die Nazis, der sie in den vergangenen Jahren befeuert hat. »Wenn ihr dorthin fahren wollt, bitte sehr, aber ohne mich.«

An die rasche Folge öffentlicher Auftritte und Empfänge ist der allerorten hofierte Thomas Mann seit Langem gewöhnt, die Reisestrapazen werden aufgewogen durch Ehrenbezeugungen und den gebührenden Respekt, den man ihm allerorten zollt. Straffe Organisation der langen Vortragstournee ist das A und O, Thomas Mann weiß, auf Erika ist Verlass, auch wenn sie ihren eigenen Kopf hat. »Es muss abrollen, und man muss seinen Mann stehen«, sagt er. Und Erika den ihren. Aber wenn es um eine Deutschlandreise geht, nein danke, diese Herausforderung werden sie wohl ohne Erika schaffen müssen. In diesen Ring wird sie die Eltern alleine schicken.

Bei der heutigen Ankunft in Stockholm, zwanzig Jahre nach der Nobelpreisverleihung und zehn Jahre nachdem man ausgerechnet hier vom Ausbruch des Zweiten Weltkriegs erfuhr, ist die Reisegesellschaft recht entspannt, kaum gerädert vom Transport, der Flug ist glatt und angenehm verlaufen, Hiobsbotschaften wie die vom Überfall der Wehrmacht auf Polen sind nicht zu erwarten, wenngleich die Lage zwischen den USA und der Sowjetunion derzeit äußerst angespannt ist. Erst vor einer Woche, am 12. Mai, ist die Berlin-Blockade aufgehoben worden, die nach Einführung der D-Mark im Westen letztes Jahr am 24. Juni begonnen hatte und mit der Moskau das freie Berlin in die Knie zwingen wollte. Die Berliner hielten durch, nicht zuletzt wegen der solidarischen Haltung der Amerikaner, die die Stadt per Luftbrücke mit Lebensmitteln und Kohlen versorgten, freilich nicht ohne Eigennutz.

Einziger Schönheitsfehler bei der Ankunft im Grand Hotel in Saltsjöbaden, etwas außerhalb des Stadtkerns und an den Schären, ist ein wenig Ärger über die Belegung – eines der Zimmer, die für die Manns reserviert sind, ist nicht ganz zufriedenstellend.

»Wissen Sie nicht, wen Sie vor sich haben?«, herrscht Erika den Portier an. Der sieht sofort zu, dass er tätig wird, diese Dame könnte unangenehm werden, wenn man ihren Wünschen nicht entspricht, er händigt Erika den Schlüssel zur noblen Suite im zweiten Stock aus.

»Na bitte, warum nicht gleich!«

Zu Tisch im Hotelrestaurant drängt sich die Salonmusik eine Spur zu laut auf, will man sich vernünftig unterhalten. Geht's nicht leiser? Beim Kaffee auf der Dachterrasse werden die drei Manns versöhnlich gestimmt. Am Anleger der Ausflugsschiffe zu den Schäreninseln stehen Touristen Schlange. Über dem im Sonnenlicht glitzernden Wasser drehen Möwen kreischend ihre Runden. Es ist sommerlich warm, ein Hauch von venezianischer Lagune liegt über dem Wasser und macht den Vater sentimental, Erika liest in ihm wie in einem offenen Buch. Der Goethe-Vortrag, den Thomas Mann bereits in London und Oxford zu Gehör gebracht hat, wird auch hier glänzen. Wenn Thomas Mann es recht bedenkt, so sprechen die Gefühle, die Erikas rigorose Antwort in ihm ausgelöst hat, klar für die Deutschlandreise. Ja, wenn jemand den Goethe-Preis verdient hat, dann er! Ein Erbe und Bewahrer der Tradition des größten Dichters, den Deutschland je besaß! Die heimliche Entscheidung für die Deutschlandreise, die er dank Erikas strenger Ansage inzwischen für sich getroffen hat – seine Älteste ist immer gut als Reibungsfläche –, gerät allerdings wieder ins Wanken. Denn beim Blick in die Zeitungen, die im Hotel ausliegen, müssen die Eltern ernüchtert zur Kenntnis nehmen, dass wütende Leser der *Frankfurter Täglichen Rundschau* schon im Vorfeld der Ehrung per Zuschrift Dampf ablassen: Thomas Mann sei des Goethe-Preises nicht würdig. Er, der dem Land den Rücken gekehrt, sich gemein gemacht hat mit der Dietrich. Wer weiß, wie viel Feindseligkeit ihm erst vor Ort entgegenschlägt. Wäre es nicht ratsamer, die Nerven zu schonen, allein um Katias willen, die ihn wird beruhigen müssen? Vielleicht ist eine Reise nach Deutschland ja sogar gefährlich, erst recht ohne den kämpferischen Beistand seiner wehrhaften Adjutantin Erika. Die ist, was ihre Absage an Deutschland angeht, partout nicht umzustimmen. »Ich habe es euch ja gesagt, für die so gründlich indoktrinierten Landsleute bist du der Vaterlandsverräter.«

Am 21. Mai wird die Reisegesellschaft durch ein volles Tagesprogramm abermals von der schwierigen Deutschlandfrage abgelenkt. Nach dem Empfang in einer Schule, in Begleitung des alten Freundes Edgar von Uexküll, besucht man das prächtige barocke Schloss Skokloster am Mälarsee, geht in herrschaftlicher Umgebung zu Tisch, nach dem Menü exklusive Schlossführung. Prunkstück in der düsteren Waffenkammer der Degen des berühmten Feldmarschalls Carl Gustav von Wrangel. Aus dem Halbdunkel glänzen wie von unsichtbaren Geistersoldaten präsentierte Armbrüste und Exekutionsschwerter hervor.

Die Herumgereichten sind ein wenig müde, aber hochzufrieden, als sie abends gelöster Stimmung ins Grand Hotel zurückkehren. Huldigende Grußgesten auch hier in der Lobby, Erika überlegt einen Moment; noch ein Drink an der Bar? Doch der Tag war lang, der Vater will sich seines Fracks entledigen, in den bequemen Morgenmantel schlüpfen. Man schwebt im Lift den oberen Etagen entgegen und betritt die Suite. Mitten auf dem Tisch im Salon liegt ein Telegramm. Wenn es sich da mal nicht schon wieder um die Deutschlandreise dreht. Können sie einen denn nicht noch ein paar Tage in Ruhe lassen mit der Entscheidungsfrage? Erika greift zu dem Telegramm. Es ist nicht aus Frankfurt. Auch nicht aus Weimar. Es wurde in Cannes aufgegeben, von Klaus' Freundin aus Kindertagen am Tegernsee, Doris von Schönthan, die ihn finanziell unterstützt, wenn es not tut. »Klaus in Klinik in verzweifeltem Zustand«.

Natürlich, sein Schwesterchen, so nannte er die Drogen. »Zu viel davon«, sagt Erika mit erstickter Stimme, »dass es passieren musste.«

Das klingelnde Telefon lässt der Hoffnung keine Zeit, sich breitzumachen, Hoffnung darauf, dass es sich um falschen Alarm handelt, Klaus sich in der Klinik stabilisiert haben könnte. In der Leitung ist Doris. »Klaus«, sagt sie mit metallischem Klang, »ist in der Klinik verstorben.« In jener Klinik, wohin die Freundin ihn am frühen Abend gebracht hat. »Eine Überdosis Schlaftabletten. Alle Wiederbelebungsversuche umsonst.«

Schlagartig hat sich die heiter-maritime Kulisse vor dem Fenster verwandelt. Die See ein öliger Pfuhl, der Himmel ein bleierner Deckel, darunter der kreischenden Möwen unheilvoller Flug. Erika, Katia und Thomas sitzen beieinander, fassungslos, ratlos, hilflos, auf dem Tisch das Telegramm. »Klaus in Klinik in verzweifeltem Zustand«. Der Satz, umstanden von zweimal drei Kreuzen, ist von der Zeit überholt worden.

Lange sagt niemand ein Wort. Katia ist auf ihrem Stuhl zusammengesunken, Thomas Mann sitzt wie vom Donner gerührt da, Erika verbirgt das Gesicht in den Händen. Das Unvorstellbare ist Wirklichkeit geworden, aber es lässt sich nicht in Worte fassen, noch nicht.

Thomas Mann bricht als Erster das Schweigen: »Wie konnte er euch das antun«, steht seine Frage im Raum, »diese finale Kränkung, diese immense Rücksichts- und Verantwortungslosigkeit?« Abwechselnd blickt er zu Frau und Tochter.

Erika sieht den Vater indigniert an. »Es geht nicht um uns. Es geht um Klaus.«

»Niemand wird uns verübeln, wenn wir zu Klaus' Beerdigung nach Cannes reisen und hier alles absagen«, beeilt sich Thomas hinzuzufügen.

»Verkraften wir dieses Begräbnis überhaupt?«, will Katia wissen. »Helfen können wir Klaus durch unser Beisein jetzt auch nicht mehr.«

»Aber nun sind wir schon mal in Europa«, sagt Erika ungewohnt tonlos und flau.

»Und wenn wir gleich auf direktem Wege nach Hause fliegen?«, schlägt Katia vor. »Zurück nach Hause, nach Pacific Palisades?«

Nach Hause. Bei den Worten der Mutter steht Erika das weiße Haus am Meer vor Augen, es weiß noch nichts von der Katastrophe, im hellen Sonnenglanz steht es da in Kalifornien, auf der anderen Seite der Welt. Nach Hause, Klaus wollte nach Hause.

»Der Fall ist so sehr merkwürdig und schmerzlich, diese Gewandtheit, Liebenswürdigkeit, Weltläufigkeit und dabei der Todesdrang im Herzen«, sinniert Thomas, als sei dies eine Antwort auf die Frage seiner Frau.

»Darauf gefasst sein musste man ja bei ihm ständig, und das war ich ja auch«, sagt Katia. »Aber es lag doch im Augenblick durchaus kein akuter Grund vor.«

»*The Turning Point. Der Wendepunkt.* Klaus hat doch gerade erst seine Autobiografie ins Deutsche übersetzt. Er war doch voll der Hoffnung auf die Zusage eines deutschen Verlegers«, sagt Erika und wiederholt es nun schon zum dritten Mal: »Ich habe ihn zu lange alleine gelassen. Ich hätte es wissen müssen. Warum war ich nicht bei ihm? Es muss ein Unfall gewesen sein. Ich kann mir, ich will mir einfach nicht vorstellen, dass er bei klarem Verstand gewesen ist im Moment der Tat. Seine Liebe zu mir, sie muss doch größer gewesen sein als die Todessehnsucht.«

Katia wahrt die Contenance, aber Thomas Mann treibt eine Frage besonders um: »Hätte man wirklich nichts mehr tun können?«

»Es war ein Unfall«, dieser Ansicht ist auch Katia. »Klaus hat sich nicht umbringen wollen.«

»Es war eine Frage der Zeit«, befindet Thomas. »Er starb gewiss auf eigene Hand und nicht, um als Opfer der Zeit zu posieren. Aber er war es in hohem Grade.«

Die Beantwortung der Frage, ob man nach Deutschland fahren soll, ist durch den Schicksalsschlag gänzlich ins Hintertreffen geraten. Ohne eine Unklarheit beseitigt, ohne eine Entscheidung getroffen zu haben, ohne heiß vergossene Tränen und ohne Trost geht man zu Bett am Ende dieses Tages, jeder für sich allein.

»Bei Ankunft im Hotel schwerster Schock«, notiert Thomas Mann anderntags. Er hat schlecht geschlafen, trotz einer der erprobten Kapseln, auch aus Sorge um die leidende, sich unablässig mit Vorwürfen quälende Erika, und dann die weiterhin ungewisse Deutschlandfrage. Beim Frühstück beraten sich Thomas und Katia aufs Neue mit ihrer Tochter.

»Ich habe mich an der Rezeption nach Flügen erkundigt«, teilt Erika ihnen mit. »Es gibt noch freie Plätze nach Paris.«

Thomas Mann klopft mit dem Löffel an sein Ei. Mit angedeutetem Schütteln der Silberkanne am ausgestreckten Arm signalisiert Katia einer der Saaltöchter, der Kaffee sei aus. Das Ei ist wachsweich, genau richtig. Der Kaffee eine Spur zu dünn für ein Grand Hotel. Erika kramt in einer großen Handtasche nach Zigaretten, sie inhaliert, bereits halb im Gehen, einen langen Zug. Ein angebissenes Brötchen bleibt auf ihrem Teller zurück, unangerührt die Glasschälchen mit Marmelade, rot und gelb.

»Das Erikind isst ja sowieso schon viel zu wenig, ein Strich in der Landschaft ist sie«, sorgt sich Katia. »Vielleicht ist die Vortragsreise ja eine Ablenkung von den tragischen Geschehnissen für sie. Sollte man nicht wenigstens die Vorträge hier in Schweden mit Anstand zuende bringen, und die Auftritte in Kopenhagen und der Schweiz? Man muss die anstrengendsten Termine ja nicht unbedingt wahrnehmen, also Frankfurt und Weimar auf gar keinen Fall. Was meinst du, Tommy?«

»Ja, der Abstecher nach Deutschland ginge nun doch über meine Kräfte«, stimmt der schwach ein.

Auch ein Verzicht auf die gesellschaftlichen Rahmenveranstaltungen in der tragisch gewandelten Situation ist geboten. Am heutigen Abend steht ein Theaterbesuch in Drottningholm auf dem Programm, Audienz beim Kronprinzenpaar inklusive, ganz ausgeschlossen, man hat den Kopf nicht frei für Bühnenkunst und ein hochoffizielles, anstrengendes Protokoll.

Im Hotel treffen erste Kondolenzschreiben ein. Mit den anderen Kindern, Golo, Monika, Michael und Elisabeth, hat man telefoniert. Golo, den Erika per Telegramm von dem Drama unterrichtet hat, erinnert daran, dass Klaus erst vergangenes Jahr im Sommer versucht habe, sich das Leben zu nehmen, im Haus der Eltern. »Diese Geldsorgen, die Erfolglosigkeit, Echolosigkeit, Einsamkeit haben seinen Hang zum Untergang beschleunigt ... Denn der Selbstmord war in ihm, unabhängig von den äußeren Umständen. Er war von der Idee des Selbstmordes doch behext von früher Jugend an.« Klaus hatte sich vor ein paar Monaten in Kalifornien die Pulsadern geöffnet, obendrein noch den Gashahn aufgedreht, ein Nachbar roch das Gas, Rettung nahte im letzten Moment. Ein Psychiater prophezeite damals, Klaus werde es neun Monate später wieder versuchen. Als man nun mit Golo am Telefon spricht, empfiehlt der ganz vernünftig und pragmatisch die planmäßige Fortsetzung der Reise.

»Wir wissen, was das bedeutet«, sagt Erika, »wir bleiben der Beisetzung in Cannes fern.« Sie hat sich entschieden, den Eltern vorerst beizustehen. »Klaus kann ich ja doch nicht mehr helfen.«

Zu Klaus' Beerdigung hat sich ein sehr übersichtlicher Kreis um Doris von Schönthan versammelt. Klaus' jüngster Bruder Michael steht an der offenen Grube und spielt auf der Bratsche ein Largo von Benedetto Marcello. Michael ist das einzige Mitglied der Familie Mann, das zur Beisetzung gekommen ist. Eher zufällig ist er in der Gegend, gastiert gerade mit seinem Orchester an der Côte d'Azur.

Am 24. Mai, dem Tag, als vier Flugstunden von Stockholm entfernt ein Sarg über den Cimetière du Grand Jas in Cannes getragen wird, besorgt sich Thomas Mann in einem Kaufhaus in der Stockholmer Innenstadt einen neuen schwarzen Anzug und eine schwarze Krawatte, beraten von Katia und Erika. Die Fortsetzung der Vortragsreise steht unter dem Vorzeichen der Trauer um Klaus, dem muss auch die Garderobe Rechnung tragen. Als Erika mit der Mutter in der Abteilung Herrenmoden zwischen Kleiderständern wartet, während sich der Vater hinter einem schweren Vorhang umkleidet, erscheint ihr die Szene völlig absurd. Warum steht der Vater hier, in Unterhosen in diesem Kaufhaus, statt im Flugzeug nach Paris zu sitzen? Und warum sitzt die Familie am Nachmittag in einem Eisenbahnabteil und fährt hinauf nach Uppsala, anstatt in einer Limousine, die sie über französische Straßen hinunter nach Cannes bringt, zum Friedhof, zu Klaus?

Die Stimmung, die Thomas Mann und den Frauen an seiner Seite während der Vortragstermine entgegenschlägt, ist seit dem 21. Mai spürbar verändert. Die feierliche Heiterkeit ist gewichen, an ihre Stelle ist ein nicht minder feierlicher, indes gedämpfter Ernst getreten. Nachdem Thomas in Uppsala in der Aula der Universität gesprochen hat, streichelt der Erzbischof ihm sanft über die Hand. Standing Ovations im Saal, vor dem Gebäude stimmen Studenten ihm zu Ehren andächtigen Gesang an, als sei ein Geistlicher aus dem Portal getreten, um der wartenden Menge den Segen zu erteilen.

Abends in der Schwedischen Akademie erhebt sich das Publikum beim Eintritt der Manns schweigend von den Plätzen. Erika kämpft mit den Tränen, die nun doch fließen, sie kann nicht verbergen, wie es ihr wirklich geht. Prompt hat sie sich einen starken Schnupfen eingefangen, immerhin, das erkältete Geschniefe ist die beste Tarnung ihrer Trauer. Sie sitzt unter den Zuhörern, da vorn steht der Vater und hält seinen Goethe-Vortrag, in Gedanken aber wandert sie im Jenseits zu den Weggefährten, die nicht weitergegangen, auf der Strecke geblieben sind. Ricki Hallgarten, der Nachbarsjunge aus München-Bogenhausen, Sohn eines angesehenen Juristen und Germanisten und einer Frauenrechtlerin. Zehntausend Kilometer durch ganz Europa sind sie zu zweit gebraust, ein Wettrennen durch Frankreich, Spanien, Portugal, Österreich, Italien, Ungarn, Jugoslawien. Tempo, Tempo! Für Ricki ein Wettrennen gegen die Zeit, das er am Ende verlor. Am 5. Mai 1932, zur Mittagsstunde, hatte er sich erschossen. Am nächsten Tag hatten sie wieder aufbrechen wollen, Ricki, Erika, Klaus und die Freundin Annemarie Schwarzenbach, auf eine Autoreise durch Kleinasien, Persien und Russland. Man glaubte ans Leben, all die Planungen, Besorgungen, das pralle Dasein, und plötzlich stieg einer aus. Klaus war untröstlich: »Ricki. Konnte er nicht warten, bis wir alle zusammen zum Teufel gehen?« Auch Annemarie nur noch Erinnerung, der Unfall vor sieben Jahren, vollgepumpt mit Drogen auf dem Fahrrad, auf abschüssigen Wegen hatte die Freundin das Fatum herausgefordert.

Das Totenreich ist groß. Klaus' französischer Freund René Crevel hatte sich das Leben genommen, bevor die Lungentuberkulose ihn dahinraffte, an einem schönen Junitag des Jahres 1935 drehte er den Gashahn in seiner Küche auf, erst vierunddreißig. Seine Abschiedsbotschaft: »Alles ekelt mich an.« Als Klaus davon erfuhr, hatte er ins Tagebuch geschrieben: »Ich wusste es ja, dass dieser Frühling nicht ohne solch ein Ereignis vorbeigehen wird. Wer ist der Nächste? Ich kenne alle seine Gründe. ... Die Krankheit war der geringste.« Welch unerträgliche Hitze über Paris geherrscht hatte in jenem Juni.

Erst ein Jahr zuvor, im Mai 1934, war Klaus' Freund Wolfgang Hellmert gegangen, eine Überdosis Morphium. Er war Jahrgang 1906 wie Klaus, der damals notiert hatte: »Wolfgangs Tod ist in gewisser Weise schwerer zu ertragen als alles andere.« Erika wusste es: »Als Wolfgang sich umgebracht hatte, wollte Klaus nicht mehr weiterleben.« Ob Selbstmord in der Familie liegt? Erika war erst vier, als die tragische Tante Carla, Thomas' Schwester, sich vergiftet hatte. Sah sie nicht aus wie ein Todesengel auf dem Bildnis in des Vaters Arbeitszimmer? Seine andere Schwester Julia hatte sich erhängt. Und nun Klaus. Dreiundvierzig wäre er dieses Jahr geworden, ein Novemberkind, wie Erika. Todeswunsch, wie oft hatte sie das Wort gelesen in seiner Autobiografie, im *Wendepunkt*! Aber Klaus' Tod hat eine neue Qualität, ihm ging der Verlust scheinbar unerschütterbarer Gewissheiten voraus, der Verlust der Heimat, die tödlichen Kränkungen der Nationalsozialisten. Klaus' Tod stürzt Erika in ein endloses Dunkel, und in der bodenlosen Weite schwarzer Fluchten wie abgetrennt vom Körper ihre vergeblich nach Halt tastende Hand. Der 21. Mai 1949 ist der Tag ihres Weltuntergangs.

Prasselnder Applaus reißt Erika aus ihren Gedanken. Sie hört den Vater, der mit getragenem Pathos Goethe zitiert: »Entzieht Euch dem verstorbenen Zeug, Lebendiges lasst uns lieben!«

Zurück im Hotel, überreicht der Portier Erika zusammen mit dem Schlüssel einen weiteren Stoß Kondolenzschreiben, zwischen Beileidswünschen und Anteilnahme auch ein Brief von Doris aus Cannes. Erika reißt ihn auf, liest und erhebt die Stimme: »Klaus' Gesicht soll im Tode den Ausdruck kindlicher Wunscherfüllung gehabt haben.«

»Das Gift, wahrscheinlich hat er es von dem idiotischen Klopstock erhalten«, vermutet Thomas Mann, »dieser Arzt aus Budapest, der schon vor gut zehn Jahren vergeblich versucht hat, Klaus zu helfen.«

»War der nicht eher Lungenspezialist?«, fragt Katia.

»Er war ein Freund von Kafka«, sagt Erika, als sei dies eine Erklärung für Klaus' Tod.

Benzedrin hieß das Zeug. Das Amphetamin aus dem Chemielabor versetzte einen in eine euphorische Stimmung. Zu den mannigfachen Nebenwirkungen gehörte eine erhöhte Risikobereitschaft, bis hin zur völligen Furchtlosigkeit. Keine Angst mehr vor dem Fluchtpunkt im Unendlichen. Dem Tod.

In den Zeitungen sind dieser Tage viele wohlwollende Artikel über Klaus und sein Werk zu lesen. »Er war außerordentlich beliebt in Stockholm durch seine freien englischen Vorträge, die großen Erfolg hatten«, schreibt Thomas seinem Bruder Heinrich.

Die Reisenden nehmen aus den Zeitungen auch zur Kenntnis, dass Adenauer als Präsident des Parlamentarischen Rates am 23. Mai 1949 das Grundgesetz für die Bundesrepublik Deutschland verkündet hat. Am Tag, als Klaus zu Grabe getragen wurde, trat es in Kraft. Diskutiert wird bereits über Militärbündnisse, Adenauer ist für den Beitritt zur im April gegründeten NATO, das bedeutet Wiederbewaffnung, obwohl von einem reinen europäischen Verteidigungsbündnis die Rede ist. Vor allem Frankreich warnt vor deutscher Wiedererstarkung. Bei der Lektüre zerrt die kurzfristig verdrängte Frage nach der Deutschlandreise erneut an den Nerven, die deutsche Presse will endlich wissen, was Sache ist, Thomas Mann antwortet weiterhin ausweichend und mit diplomatischer Zurückhaltung.

»Absagen wird schwer sein, das weißt du hoffentlich«, mahnt Erika, »du hast schon zu lange gezögert.«

Thomas Mann nickt. Es kann doch nicht sein, dass ihm diese Frage den Schlaf raubt, ihm Kopfschmerzen bereitet. »Es geht um Goethe, einen Klassiker, der vor zweihundert Jahren geboren wurde. Den Geist der Dichtung. Die Sprache.«

Erika widerspricht: »Es geht um Politik.«

Wie auch immer er sich am Ende entscheiden mochte, das macht sie dem Vater klar, man kann Zu- oder Absage hüben wie drüben gegen ihn verwenden. Die beiden biografischen Pole seines persönlichen, seines privaten Deutschland gibt es nicht mehr, seine Geburtsstadt Lübeck im Norden und seine Wahlheimat München im Süden. Es gibt nur noch Ost und West.

Am 1. Juni fliegen Thomas und Katia mit einer Maschine der Swiss Air von Malmö nach Zürich, Erika ist den Eltern vorausgereist. Großer Bahnhof am Flughafen Klothen: Michael, Monika, die alte Freundin Therese Giehse. Die Familie steigt im Hotel Baur au Lac in Zürich ab, jenes berühmte Haus an der Stirnseite des Zürichsees, wohin schon Katias und Thomas' Hochzeitsreise geführt hatte. Bei der Zimmerschlüsselübergabe überreicht ihnen der Portier weitere Kondolenzschreiben. Aber das ist noch nicht alles. Bald nach der Ankunft der Manns treffen schwere Koffer aus Cannes im Zürcher Hotel ein, die aus allen Nähten platzen. »Darf ich sie auf Ihr Zimmer bringen, Fräulein Mann?«, fragt ein Page und bugsiert das Gepäck auch schon in den Fahrstuhl.

Bei einer Mahlzeit im Grillrestaurant des Hotels spricht die Familie über Klaus' Tat, seinen Seelenzustand, seine widerspruchsgeplagte Verfassung und den obsiegenden Todeswunsch.

»Ich habe ihn zu lange allein gelassen.«

»Lass diesen Gedanken endlich los, Erika!«

»Ich habe ihm doch noch Mitte Mai geschrieben, als er die Entziehungskur machte.«

»Doris war doch bei ihm.«

»Doris, nicht ich.« Ihr Versagen als Schwester, Erika zermartert sich das Hirn mit Selbstvorwürfen. Wie oft sie sich vorgenommen hatte, selbst weniger zu trinken und zu rauchen, die Drogen sein zu lassen, um Klaus mit gutem Beispiel voranzugehen – vergebens, am Ende erlag sie selbst stets der Versuchung des Giftes. Schniefend, schluchzend verschwindet Erika im Foyer und hinter der Fahrstuhltür. Ohne Hilfsmittel aus der gut bestückten Reiseapotheke wird es auch diesen Abend nicht gehen. Schlafen, endlich einschlafen. Nicht noch einmal erwachen müssen, mit offenen Augen hinein in den schrecklichen Alptraum: Klaus ist nicht mehr da. »Es sind«, da gibt es keinen Zweifel für Erika, »die dunkelsten Minuten meiner einsam-gejagten Existenz.«

Erika betritt ihr Hotelzimmer, knipst das Licht an, Klaus' Koffer mitten im Raum, stumme Hauptdarsteller im Scheinwerferlicht. Sie muss sie öffnen, hilft ja alles nichts. Sie wuchtet einen der Koffer aufs Bett. Legt beide Hände an die metallenen Verschlüsse, lässt sie aufschnappen. Hebt den Deckel. Oft geübte Gesten, von Hotelzimmer zu Hotelzimmer, die vielen gemeinsamen Reisen, check in, check out, Berlin, Amerika, Riviera. Schicht um Schicht, Doris muss alles, was sie im Pavillon Madrid vorgefunden hat, ungeordnet und mit hastiger Hand in die Koffer gepackt haben, Klaus' Hemden und Hosen, ein paar Mäntel, seinen seidig glänzenden Schlips, eine letzte Fotoaufnahme, er schaut Erika ins Gesicht, verklärter Blick aus sanften Augen. Seine stehen gebliebene Armbanduhr, Viertel vor vier. Ein leichtes Sommerjackett, weiße Einstecktücher, schwarze Schuhe, in den Seitenfächern des Koffers verkrochene Dinge, eine Nagelfeile, ein Brieföffner, silberne Manschettenknöpfe, Fahrscheine und

Kleingeld, amerikanische Cents, französische Centimes, niederländische Gulden. Im zweiten Koffer etliche Stifte und Papiere, ein Adressbuch, die letzten Tagebücher. Erika steigt Klaus' Geruch in die Nase, sie hört seine Stimme, seine eilige, sich überstürzende Art zu sprechen, in einen leeren Raum fallende Satzkaskaden. Unerträglich, nur mit Beistand zu überstehen, Erikas rascher Griff in ihre Handtasche, die Hand, die im Inneren nach dem Gesuchten tastet, ein wenig Geduld, gleich wird es besser gehen, das Schwesterchen, der Rettungsanker, das Gegenglück. Auf die richtige Dosierung kommt es an.

Wahllos schlägt Erika Klaus' Tagebücher auf, schwarzweiße Schreibhefte mit gerundeten Ecken, *marble cover*, amerikanisches Format, und die letzten, kleineren, in Leder gebundenen Kladden. Fahrig, mit halb geschlossenen Augen schaut sie hinein, begeht sie eine Indiskretion? 23. Januar 1933: »Wieder die Stimmung nahe an Trauer; dies Leben, das eigentlich nur mit E. zu teilen wäre; uns nicht beschieden. Vielleicht nicht so wichtig, da doch alle in der sozialen Katastrophe umkommen, die heraufbeschworen durch grenzenlosen Frevel der Gesellschaft.« 5. Juli 1933: »Unterwegs, wie auch sonst oft tagsüber, sehr nachgedacht, wie ungehörig und traurig es ist, dass ich allein bin, wo ich so bereit wäre --- Der Zusammenhang mit E. Aber die hat die Theres, hatte Pamela. Das Gesetz unserer Bindung würde es also gestatten, dass auch ich mich noch nach einer anderen Seite binde. Ich überdenke all die geglückten und missglückten Versuche.« 25. Juli 1933: »Das Einzige, was ich fürchte, wäre zu sterben, solange E. lebt, weil das Bild ihres Zusammenbruches meine letzte Sekunde mit Qual füllen müsste.« Alles hat mit ihr zu tun, mit Erika. Es ist erdrückend.

Sie schlägt das Tagebuch zu, ein anderes auf, auf der Suche nach einem Trostwort, einer Erklärung, einer letzten Botschaft, einem Hinweis zwischen den Zeilen, etwas, was sie freispricht. Abermals wird Erika nicht erlöst. 22. Juni 1943: »Habe immer das Gefühl, vergessen zu sein, von allen verraten ... Alle meine Gedanken sind mit Schmerz beladen wie Sprengladungen mit Dynamit. ... Am Ende jeden Tages frage ich mich, wie es mir gelang, ihn durchzustehen. Jede Nacht, wenn ich einschlafe, hoffe ich, nicht mehr aufwachen zu müssen. Jeder Morgen ist eine bittere Enttäuschung ...« Da stand auch etwas über Doris von Schönthan: »Gefährtin meiner Grenzgänge zwischen Selbsterfahrung und Selbstzerstörung« nannte er sie. »Großer Abend mit Doris. Auf der Suche nach Kokain. Mit Transvestiten Taxi in die City ... Endlich das Zeug. Zu Doris. Genommen.« Warum zur Hölle hatte sie Klaus alleine gelassen mit dieser selbst ebenfalls so labilen Person. Doris machte in den Zwanzigern als eine Art It-Girl von sich reden, nach 1933 schloss sie sich dem Widerstand an, der Résistance in Frankreich. Die Erlebnisse hatten Doris zerstört, auch sie. Aber es war Erika ein Ding der Unmöglichkeit, noch aus der Ferne die Kontrolle über Klaus zu behalten, die Lenkerin zu bleiben wie früher auf Achse im Coupé. Sie wusste es besser. Wusste, dass sie nichts finden würde, keinen letzten Gruß. Denn sie hielt weiterhin an der Überzeugung fest, dass Klaus sich nicht das Leben hatte nehmen wollen. Dass es ein Unfall war.

»Der Bruder hinterließ kein Wort für mich. Ganz wortlos ging er fort. War auch für mich nichts da? Gar keine Zeile?« So lautete der Text eines Couplets, das Klaus für Erikas Kabarett Die Pfeffermühle geschrieben hatte. »Ich habe nichts zu denken, als nur dies: Wie leicht vermeidbar es gewesen wäre, und dass man ihn doch hätte halten können. Man hat so viel versäumt. Es liegt an uns.«

Erika tut die ganze Nacht kein Auge zu, im Bann von Klaus' Tagebüchern und Erinnerungen, die er schon so früh zu Papier brachte, im Glauben an das Werden der Gegenwart in der Erinnerung, da wandelte er auf den Spuren des berühmten Vergangenheitsbeschwörers Marcel Proust. »Nicht allein die abgelebten Abenteuer und Lieben, sondern mehr noch die Gerüche, Lichtreflexe und Luftberührungen, die wir empfangen haben und in den geheimen Schatzkammern unseres Gedächtnisses verwahren, bilden den ungeheuren Kräftevorrat, aus dem heraus wir alles, was wir neu leben müssen, speisen, steigern und ergänzen. ... Deshalb halte ich so viel vom Pathos der Dankbarkeit. Dem Vergangenen dankbar sein – einfach dafür, dass es *war* – ist kein retardierendes Gefühlsmoment, wenn man es richtig versteht. Es kann dem Kühnsten und Neuesten, auf das wir uns einlassen, nur förderlich sein, wahren wir dem Vergangenen in einer Ecke unseres Herzens die Anhänglichkeit. Ich halte viel von der Treue und von der Anhänglichkeit.«

Erika findet im Koffer Briefe von eigener Hand: »Schönster Stinkfisch«, so hatte sie ihn angesprochen, und war auf seinen Gesundheitszustand, die Drogen gekommen: »Hat ja doch, mein sehr Lieber, nicht den geringsten Sinn und ist nur dazu angetan, größt' Ungemach zu bringen über Dich und die Deinen und über die auch, die gern mal was Hübsches lesen.« Sie stellte ein baldiges Treffen in Aussicht, blieb aber vage: »Lass uns doch recht bald zusammenfahren, uns zusammensetzen und ein wenig gesunden fun haben, damit Du Dich erholst. Ob Du in die Schweiz zu kommen beabsichtigst? Ich gedenke (vaguely), scharf Ende Juni nach Österreich zu gehen ...« So salopp klang ihr allerletzter Brief an den Bruder, den sie ihm eine Woche vor seinem Tod aus dem Londoner Hotel Savoy geschrieben hatte. Unerträglich ist Erika, als sie die Zeilen überfliegt, nun ihr eigener, künstlich heiterer Ton. Hatte sie sich damit nicht selbst eins in die Tasche gelogen, sehenden Auges bagatellisiert, wie es um Klaus stand, ein Ausdruck ihrer eigenen Hilflosigkeit? Es war beschämend.

Noch immer ungeöffnet ist der kleinste Koffer, ein Transportkoffer für die Reiseschreibmaschine. Erika hätte niemals gedacht, dass ein Mensch, ein furchtloser Mensch wie sie, jemals solch eine Heidenangst vor einer Schreibmaschine haben könnte. Der kleinste Koffer ist der schwierigste.

Ihre Hand umschließt den Tragegriff, sie setzt sich auf die Bettkante, nimmt den Koffer auf die Knie, zieht den Reißverschluss auf, klappt den Deckel hoch. Beschwörend legt sie die Finger auf die Tastatur der Schreibmaschine, A, B, C, D, zuletzt haben Klaus' Fingerspitzen dieses Alphabet berührt. Über diese Tasten sind sie geeilt, auf ihnen hat er seine Essays geschrieben, seine Romane, seine Briefe an sie.

Ist das eine alte Remington? Schreibmaschinen, erstmals gefertigt von einem Waffenhersteller. Dass eine in Deutschland hergestellte Maschine aber auch Erika heißen muss, was fällt ihr ein, jetzt über sowas zu lachen? Eine ganze Weile sitzt Erika so da, den geöffneten Koffer mit der Schreibmaschine auf den Knien. Als sie den Hebel betätigt, durchschneidet ein hoher, schriller Glockenton die nächtliche Stille. Ihr kommt eine vergangene Melodie wieder in den Sinn, ein Satz aus frühester Jugendzeit, als sie miteinander Theater spielten, Klaus und sie. Ein Satz aus *Anja und Esther*, dem Stück, das Klaus ihnen damals in den wilden Jahren der Jugend auf den Leib geschrieben hatte: »Einer von uns *muss* das Lied singen, *unser* Lied. Wie wird es sein?«

Als Erika morgens am Frühstückstisch erscheint, wirkt sie zur Erleichterung ihrer Eltern überraschend heiter. Macht einen Scherz über die ewige Monotonie der Frühstücksmarmelade, immer nur Erdbeere und Aprikose. »Ich werde den Kellner mal um Stachelbeere mit Meerrettich bitten, mal sehen, was für ein Gesicht er dann macht.« Auch ihre Erkältung scheint auf dem Rückzug zu sein.

»Es geht ihr doch immer am besten, wenn sie sich ins Geschäft stürzen kann«, raunt Thomas seiner Frau über den Tisch zu.

»Großes Lamento ist ja nicht eben ihr Stil«, entgegnet Katia und nimmt erleichtert zur Kenntnis, dass ihre Älteste ein Brötchen mit Butter bestreicht, hoffentlich isst sie es diesmal auch auf.

»Ich werde ein Buch zu Klaus' Gedächtnis herausgeben«, verkündet Erika. »Ein Gedenkbuch für Klaus. Er darf nicht vergessen werden. Ich werde sie weiterschreiben, unsere Geschichte.«

*

Wo kam es her, das gemeinsame Lied, wo begann sie, diese Geschichte, die Zauberei, wo lag der Ursprung der Schöpfung? Klaus betonte oft, es verlange ihn nicht nach einem Besuch in der Geburtsstadt des Vaters, der »würdig-idyllischen Kleinstadt mit engen Gassen und grauen, giebeligen Häusern«, die ihn nur enttäuschen konnte. »Lübeck – ein skurriler und rührender Traum«, so hatte Thomas Mann seine Heimatstadt gesehen und daraus den Funken geschlagen für jenes geheimnisvolle Romanland, in dem die *Buddenbrooks* für immer lebten bis in die Ewigkeit, unsterblich und unantastbar für Diktatoren, ins Wort gebannt, eingesponnen in magische Sätze, im literarischen Gedächtnis geschützt vor Bomben und Granaten. Thomas Manns Familiensaga hatte die Stadt einem weltweiten Lesepublikum bekannt gemacht und kaum weniger zu ihrem Ruhm beigetragen als die lange Tradition der Hanse und das köstliche Marzipan. Dem Gedanken an Lübeck entstieg ein zarter Duft von Mandeln und Rosenwasser, er klang nach dem Knarren der Fischerkähne an den Hafenmolen und dem Gerumpel der Pferdekutschen auf dem Kopfsteinpflaster zwischen Mühlenteich und Burgtor, durch das der Vater als Junge so gern hinausgefahren war in Richtung Travemünde am Ostseestrand. Der Vater liebte das Meer.

Erika und Klaus waren keine Nordlichter, sondern Kinder Münchens, und die aufregende Kindheit in Bayerns eigenwilliger Hauptstadt verdankten sie vor allen Dingen dem mutigen Entschluss ihrer Großmutter Julia. Im Sommer 1893 war Julia Mann, eine in Brasilien geborene da Silva-Bruhns, früh verwitwet und nach der Aufgabe des Commissions- und Speditionsgeschäftes Mann und dem Verkauf des Wohnhauses nicht mehr durch früheren Reichtum gesegnet, mit dem erst dreijährigen Nachzügler Viktor nach München umgezogen, geradezu geflüchtet war sie aus der Hansestadt. 1869, mit achtzehn Jahren, hatte sie den Kaufmann Thomas Johann Heinrich Mann geheiratet, der bald die Position des Senators für Wirtschaft und Finanzen bekleidete. Die Manns gehörten zur gehobenen Lübecker Gesellschaft, der Tod des Gatten stürzte sie jedoch tief im Ansehen, zumal der keinem seiner älteren Söhne, weder Heinrich noch Thomas, die Übernahme der Firma zugetraut hatte. Julia fürchtete die Lübecker Pfeffersäcke, die sich mit der unverhohlenen Häme der Konkurrenten über den Niedergang des Unternehmens ausließen und jeden Schritt der Witwe neugierig verfolgten, die im Ruf stand, kein Kind von Traurigkeit zu sein. Sie war und blieb eine Fremde, ein exotischer Vogel, ihre Mutter Maria Luisa da Silva eine Brasilianerin portugiesischer Herkunft, ihr Vater Johann Ludwig Herrmann Bruhns ein lübischer Kaufmann, den es nach dem frühen Tod seiner Gattin mit den fünf Kindern in seine alte Heimat zurückgezogen hatte. Schon damals, als Siebenjährige, fühlte sich Julia in dieser alten, von Trave und Wakenitz umschlossenen Stadt gefangen und umzingelt. Zunächst war sie vor die Tore der Stadt gezogen, aber sie brauchte eine größere Veränderung. Sie musste ganz raus aus Lübeck. Irgendwohin, wo sie frei atmen konnte. Sie war erst Anfang vierzig. So viel Lebenszeit lag noch vor ihr. Sie musste fort. So weit wie möglich.

München um die Jahrhundertwende, ein völlig anderes Pflaster als Lübeck. Liberal. Freizügig. Kunstgeschwängert. Die Stadt erblühte im Jugendstil. Die Akademie der Bildenden Künste *state of the art*, neben den etablierten Malern Franz von Lenbach und Wilhelm von Kaulbach machten Lovis Corinth und Franz von Stuck von sich reden, letzterer der selbst ernannte Fürst der Münchner Secession, der Künstlervereinigung, die sich gegen die akademischen Vorgaben stemmte. Stuck hatte seine an ein Landschlösschen erinnernde Villa an der Prinzregentenstraße, gleich hinter dem golden glänzenden Friedensengel hoch über der Isar, selbst entworfen. Aufsehenerregende neue Gebäude mit opulenten Ornamenten prägten das neue Antlitz Münchens, reich mit mutig geschwungenen Peitschenlinien und üppigem floralen Gerank geschmückte, farbig gestaltete Wohnhäuser im Stadtteil Schwabing. Hier traf Historisch-Bajuwarisches auf ganz neue verspielte Formen, die Stadt wirkte wie ein bunt schillernder Experimentierkasten, wie die fantastische Trickkiste eines Magiers. Wer sich porträtieren lassen wollte, vereinbarte einen Termin im Foto-Atelier Elvira in der Von-der-Tann-Straße in der Maxvorstadt, auch Thomas und Heinrich Mann hatten dort 1902 als Brüderpaar vor der Kamera posiert, Heinrich als der Ältere gütig auf den Jüngeren hinunterblickend. Ein erregender Auftritt, wenn die beiden Fotografinnen, die Damen Anita Augspurg und Sophia Goudstikker, gemeinsam durch den Englischen Garten ritten, im Herrensitz und in Hosen; in ihrem Studio trafen sich auch die Münchner Frauenrechtlerinnen – dass das Haus Drachenburg genannt wurde, verdankte es aber dem bizarren Ornament an der Fassade. Als eine nicht minder auffällige Erscheinung galt ›Fanny‹ Franziska zu

Reventlow, die tolle Gräfin. Schwabing sei kein Ort, sondern ein Zustand, dieses Wort hatte sie geprägt. Sie gab den *Schwabinger Beobachter* heraus, verteilte ihn eigenhändig in den Briefkästen. *Jugend* und *Simplicissimus* hießen die neuen Zeitschriften mit frechen Karikaturen und frischem Design. Kabaretts boomten, so wie Die Elf Scharfrichter, zu denen der freche Dichter Frank Wedekind gehörte. In der Leopoldstraße trafen sich die spinnerten Ideen nicht abgeneigten Kosmiker um Stefan George im Salon von Karl Wolfskehl, und Otto Julius Bierbaum dichtete vom Irrgarten der Liebe, die gebürtige Münchnerin Annette Kolb, von Thomas Mann als »Schafsgesicht« tituliert, veröffentlichte ihre ersten Texte. Langhaarige Männer und kurzhaarige Frauen, so hatte Erich Mühsam die Schwabinger Bohème kurz auf einen Nenner gebracht. Und Thomas Mann sah im typischen Münchner immer den geborenen Festordner und Faschingsnarren.

Die Münchner, einheimische wie zugereiste, liebten das bunte Treiben unter blau-weiß gestreiften Markisen auf dem Viktualienmarkt, das gemütliche Beieinander von Honoratioren und einfachem Volk in den Biergärten, den Hofgarten der Residenz, durch den die Equipagen kurvten, Klenzes Arkaden, unter denen die feinen Damen entlangflanierten. Erika fand, München sei wie gemacht für Feste, sobald München feierte auf der großen Theresienwiese, zeigte es sein wahres Gesicht. München bot eine großartige Kulisse für exzentrische Selbstinszenierung. Nicht nur der reichliche Biergenuss, der die Zunge löste, auch die klimatischen Bedingungen der Stadt im Süden Bayerns waren ideal und einer gewissen erotischen Atmosphäre günstiger gestimmt als das norddeutsche Lübecker Klima, mehr sinnlich als geistig wirkte sie auf den jungen, nicht nur für die Reize der Kunst empfänglichen Thomas Mann. Die Luft Münchens in diesen Tagen des jungen 20. Jahrhunderts flirrte. München leuchtete.

Thomas Mann, der seinen Vater als Sechzehnjähriger verloren hatte, folgte der Mutter mit achtzehn, nach Abschluss der Mittleren Reife am Lübecker Katharineum, nach München, und nach ersten schriftstellerischen Erfolgen mit einer Novelle und Gedichten in der dem Jugendstil verpflichteten Kunstzeitschrift *Pan* hängte er eine ungeliebte Lehre als Kaufmann bei einer Feuerversicherungsgesellschaft an den Nagel. 1901 dann der Durchbruch, sein Roman *Buddenbrooks* erschien im Verlag S. Fischer, und der sechsundzwanzigjährige Thomas Mann war, ausgestattet mit dem Standesbewusstsein des einstigen Senatorensohnes, auf dem Weg in die angesehene Münchner Gesellschaft. Eine günstige Fügung des Schicksals, dass er sich in eine junge Frau verliebte, die er Tag für Tag auf dem Fahrrad zur Universität radeln sah. Auch eine zufällige Begegnung in der Tram, bei der sie einem Fahrkartenkontrolleur energisch Paroli bot, hatte ihn nachhaltig beeindruckt. Katia Pringsheim war die einzige Tochter, Schwester von vier Brüdern, eines stadtbekannten, wohlhabenden Professors, der ein veritables Palais in der Arcisstraße 12 besaß, das ihm die renommierten Berliner Architekten Kayser & von Großheim in der Maxvorstadt errichtet hatten. Neorenaissance-Exzentrik auf 1500 Quadratmetern, in den Zimmerfluchten Gobelins und Gemälde, die Wände geschmückt mit Majoliken, die endlosen Flure bevölkert von Statuen im Renaissance-Stil, ausladende Kronleuchter changierten in allen Regenbogenfarben. Die herrschaftliche Pracht verfügte über eine moderne Zentralheizung, elektrisches Licht und Telefon. Hausherr Alfred Pringsheim gehörte zu den Honoratioren der Stadt, seine Frau Hedwig war, in Klaus' Worten, »die schönste und geistvollste femme du monde der bayerischen Kapitale«, eine »verführerische Mischung aus venezianischer Schönheit à la Tizian und problematischer grande dame à la Henrik Ibsen«. Lenbach, Kaulbach und Stuck hatten sie porträtiert. Im Februar 1904 hatte Thomas Mann, der sich nach der 18. Auflage der *Buddenbrooks* gerade in der Rolle des berühmten Schriftstellers einlebte, bei einem Ball in diesem hohen Hause seine flotte Radlerin besser kennengelernt. Katia studierte Mathematik, doch das erste Tête-à-Tête mit dem neuen Gast gab ihrer Zukunft eine andere Richtung. Thomas Mann und Katia Pringsheim heirateten am 11. Februar 1905.

Besser, die junge Braut erfuhr nicht, was ihr Auserwählter am 23. Dezember 1904 an seinen Bruder Heinrich geschrieben hatte: »Die letzte Hälfte der Werbezeit – nichts als eine große seelische Strapaze. Die Verlobung – auch kein Spaß, Du wirst das glauben. Die absorbierenden Bemühungen, mich in die neue Familie einzuleben, einzupassen (soweit es geht). Gesellschaftliche Verpflichtungen, hundert neue Menschen, sich zeigen, sich benehmen.«

Zwischen 1895 und 1905 stieg die Einwohnerzahl Münchens von 407.307 auf 538.983, also um rund 130.000 Seelen. Zum Bevölkerungswachstum trugen die Frischvermählten in den folgenden Jahren durchaus bei. Am 9. November 1905 kam das erste von sechs Kindern zur Welt. »Es war ein Mädchen; sie wurde auf den Namen Erika getauft. Sie hatte die dunklen Augen der Mutter. Der junge Vater war über die Maßen stolz auf sie.«

Nun ja, malte Klaus das nicht etwas zu hübsch in seiner Autobiografie? Denn wäre es nach dem Vater gegangen, hätte Erika eigentlich ein Junge werden sollen, der ersehnte Stammhalter. Ein Sohn als »Fortsetzung und Wiederbeginn meiner selbst unter neuen Bedingungen«, schrieb Thomas seinen Wunsch damals an Heinrich. Geboren wurde Erika zu Hause in der Schwabinger Franz-Joseph-Straße 2, der Wohnung, in die die Eltern nach der Hochzeit eingezogen waren. Ihre weiteren Vornamen hatte sie von den Großmüttern geerbt, Julia und Hedwig. Zwar hieß Katias ältester Bruder Erik, aber eine Erika hatte es in der Familie noch nicht gegeben. In den *Buddenbrooks* allerdings schon, Erika, so hieß ausgerechnet die Tochter der traurigen Tony Buddenbrook aus der unglücklichen Ehe mit dem ungeliebten Bendix Grünlich. Gut, dass der Name Erika wenigstens von stolzer Bedeutung war: Er kam aus dem Altnordischen und hieß ›die Alleinherrschende‹. Ein gutes Jahr nach der Geburt des dunkeläugigen Mädchens, am 18. November, folgte der gewünschte Sohn, Klaus Heinrich Thomas, womit man ihn nicht nur nach dem Vater und dessen Bruder nannte, sondern auch nach dem geliebten Zwillingsbruder der Mutter, Klaus Pringsheim. 1909 kam Golo, wieder ein Jahr später Monika, 1918 Elisabeth, erst nach dem Krieg, 1919, Michael. Drei Mädchen, drei Jungen, von Anfang an war klar, dass die beiden Ältesten als Paar wie Pech und Schwefel zusammenhielten, ein Herz und eine Seele, Erimaus und Aißisohn. »Mein Bruder Klaus war ein Jahr jünger als ich, und kaum hatte ich mich an seine Anwesenheit hienieden und unser Zwillingsdasein gewöhnt, als ich auch schon der Überzeugung war, jedes kleine Mädchen brauche einen Klaus, und wo alles mit rechten Dingen zugehe, habe es ihn auch.«

Noch im Juni vor Klaus' Geburt hatte Thomas an Heinrich geschrieben: »Ich sage es niemandem von meiner Umgebung, wie schlecht und erschöpft und abgenutzt und tot und fertig ich mich fühle. Ohne Frau und Kind und Anhang wäre mir wohler und wurstiger. Mich quält der Gedanke, dass ich mich nicht hätte menschlich attachieren und binden dürfen.« Aber nun war es zu spät. Die Wohnung in der Franz-Joseph-Straße wurde bei einem solchen Kindersegen schnell zu klein, auch die Mauerkircherstraße 13 am Hochufer der Isar nur eine Zwischenstation auf dem Weg der Familie Mann ins eigene Haus in einem guten Viertel Münchens, etwas weiter nördlich, im Stadtteil Bogenhausen. Ab 1914 lautete die neue Adresse Poschingerstraße 1. Außerdem gab es das Tölzhaus, die geräumige Jugendstilvilla in Bad Tölz mit großem Garten und Blick auf die Berge, ein wahres Kindheitsparadies, eine Spielwiese für die Kinderschar. In den Sommerferien war man immer mit den drei Cousinen, den Löhr-Schwestern, durch Wälder und Wiesen getollt, hatte schwimmen gelernt im nahen Klammerweiher. Dort, im Tölzer Idyll, ereilte die Mann-Kinder beim heiteren Spiel die Nachricht vom Kriegsausbruch am 1. August 1914. Diese Katastrophe war Erika und Klaus vor allem in Erinnerung geblieben, weil sie den schmerzlichen Verzicht auf süßen Nachtisch nach sich zog.

Denn jetzt musste die Familie den Gürtel erst recht enger schnallen. Seit dem Bau des Eigenheims war man ohnehin so gut wie pleite, 1917 wurde das Tölzhaus schweren Herzens verkauft und der Erlös in Kriegsanleihen investiert – ein Riesenirrtum, wie sich bald herausstellte. Anfängliche Kriegsbegeisterung und Siegesgewissheit wich, je länger die Kämpfe andauerten, der Ernüchterung und Kriegsmüdigkeit, und dem Krieg folgte die galoppierende Inflation. »Wir müssen uns zur Sparsamkeit zwingen«, sagte Thomas Mann zu Katia, also weiterhin keine Aussicht auf Nachtisch. Katia oblag die schwierige Aufgabe, die heranwachsenden, stets hungrigen Kinder satt zu bekommen, mit zusammengestrichenem Speisezettel. Aber immerhin war nun Frieden, wenn auch kein guter. Klaus hatte Erika in jenen Tagen von einem besonderen Leseerlebnis berichtet: *Die Waffen nieder* von Bertha von Suttner. Das Buch der Pazifistin aus Österreich, das die Offi Hedwig Pringsheim ihrem Enkel Klaus zu Weihnachten 1917 geschenkt hatte, öffnete ihm die Augen. Die Lektüre dieses Plädoyers für den Frieden, ein wahres Erweckungserlebnis. München leuchtete wieder, und besonders hell leuchtete die Stadt in Bogenhausen, in der Poschingerstraße 1. Man nannte sie liebevoll nur noch ›die Poschi‹.

Während des Krieges ließ sich eine gewisse Verwilderung der Kinder nicht vermeiden, Katia musste sich schon um genügend Dinge kümmern, überdies grassierte eine wahre Blinddarmentzündungs-Epidemie unter den Geschwistern, und in all dem Chaos war es Katia dringend darum zu tun, Tommy den Rücken freizuhalten. Hin und wieder trat der unwirsch aus seinem Arbeitszimmer heraus, rief mit strenger Stimme: »Ruhe!« Nur bei seltener Gelegenheit fanden die Kinder Zutritt zu seinem Heiligtum voller Bücher, auf jedem Möbelstück stapelten sie sich, selbst auf der Chaiselongue, der rote Plüschteppich schluckte die Schritte und die vom Zigarrenrauch geschwängerte Luft. Hier entstand es, das große väterliche Werk, in diesem Zimmer.

Die unsicheren Zeiten, Bürgerkrieg und Revolution,

Wirtschaftskrise und Instabilität, prägten das Lebensgefühl der Kinder. »Sowohl geistig-moralisch als auch wirtschaftlich hatten wir gar nichts, womit wir rechnen konnten. Auf irgendwelche ethischen Voraussetzungen war ebenso wenig zu bauen wie auf die Zinsen irgendwelcher Vermögen«, so hatte Klaus es zusammengefasst. Doch diese Zeiten ohne festen Halt boten fruchtbaren Boden für eine blühende Gegenwelt, in der die eigenen wilden Regeln herrschten. Erika und Klaus taugten als Blickfang, wann immer sie im Doppel um die Ecke kamen. Beide freuten sich diebisch, wenn man sie auf der Straße für zwei Brüder hielt. Schon wegen ihrer künstlerischen Aufmachung, exquisite Leinenkittel mit Stickereien aus den Münchner Werkstätten, die Katia Mann – gern selbst im angesagten Reformkleid – ausgesucht hatte, blau für Erika, rot für Klaus, waren die Geschwister kaum zu übersehen. Es putze sie ganz ungemein, meinte der Zauberer, wie sie den Vater nannten. So stromerten sie durch den Englischen Garten und foppten die Spaziergänger, willkommenes Publikum für die exzentrischen Kinder, denen klar war, dass jeder wusste, wessen Sprösslinge sie vor sich hatten. Mit den Nachbarskindern Gretel und Lotte Walter, Ricki Hallgarten und Wilhelm Emanuel Süskind trieben sie als Herzogparkbande ihr Unwesen, erschreckten Nachbarn, klauten in Bogenhausens Läden, verübten Klingelstreiche, und das war noch harmlos. Sie kippten Wasser in Briefkästen von Leuten, die sie nicht leiden konnten, und stürzten sie mit dubiosen Anrufen in Verwirrung, meldeten sich unter falschem Namen, sprachen generöse Einladungen zum Diner aus. Große Schadenfreude bei der Vorstellung, wie verblüfft die vermeintlichen Gastgeber wären, wenn plötzlich lauter fein gemachte, ungebetene Gäste vor der

Tür standen! Wie peinlich das für die erst wäre! Die Geschwister vergnügten sich königlich auf Kosten der Nachbarschaft. ›Wir waren eine böse, einfallsreiche Horde damals‹, dachte Erika nun, ›die Kinder unserer Kolonie, alle bis aufs Blut befreundet miteinander, alle ein bisschen verwahrlost, wie die Zeit es mit sich brachte, alle begeistert für diese Zeit, in der es täglich Neues und Gefährliches zu bestehen gab.‹ Im Hause Mann herrschte Toleranz bis hin zur Prinzipienlosigkeit, die armen Nachbarn ließen die Hoffnung bald fahren, dass ein väterliches Machtwort etwas bei den Kindern bewirkte. Der Reichtum der Pringsheims und die Berühmtheit des Vaters ergaben beim Nachwuchs ein explosives Gebräu aus Gesetzlosigkeit und Überheblichkeit. Man durfte alles, war ja wer, auserwählt. Privilegiert. Hochwohlgeboren vonseiten der Pringsheims und väterlicherseits so eine Art verarmter Adel mit viel Geist.

Es drängte die Mann-Kinder zur großen Pose. Am Neujahrstag des Jahres 1919 riefen Klaus, Erika und Ricki Hallgarten im Herzogpark eine Theatertruppe ins Leben, den Laienbund deutscher Mimiker. Bald gehörten auch die Walter-Töchter und andere Nachbarskinder zum Ensemble. Erikas erstes Bühnenunternehmen war aus der Taufe gehoben. Vorhang auf für eine barocke Posse, *Die Gouvernante* von Theodor Körner, in der Klaus als Reifrockfräulein Luise verzierte Verse sprach und Erika die Gouvernante »mit verständiger Distinktion« verkörperte, wie der Vater im Gästebuch des Ensembles spielerisch rezensierte. Nach so viel Lob aus berufenem Munde wagten die Jungschauspieler sich an Lessings *Minna von Barnhelm* und Molières *Arzt wider Willen* und Shakespeares *Was Ihr wollt* heran. Die kindlichen Inszenierungen befriedigten den enormen Selbstdarstellungsdrang der Herzogparkbande. Aber wusste man denn, wer man war?

Theater auf dünnem Eis, Klaus wusste es früh: »Was bliebe denn übrig von der Welt, wenn es ›unsere‹ Welt nicht gäbe?« Er gab sich selbst die Antwort: »Ein Nichts, ein Vakuum ...« Die Familienwelt ließ leicht vergessen, dass die Zeiten nicht rosig waren. Die Manns, ein Mikrokosmos, in dem eine kosmische Ordnung herrschte, jedes Familienmitglied trat darin auf wie ein Archetypus. Der Vater war Zauberer auf dem Olymp, der hinter der Tür seines Arbeitszimmers immer neue Universen erschuf, die Mutter die kluge Lenkerin des Familienunternehmens, die sechs Geschwister drei märchenhafte Pärchen. Unter ihnen waltete allerdings eine rigorose Hackordnung. Erika und Klaus, Erimaus und Aißisohn, gaben unangefochten den Ton an. Bébé Golo galt als der etwas brummige Eigenbrötler, Erika zankte sich viel mit ihm, in Katias Augen war er »sonderbar ungeschickt und grotesk«, Klaus indessen hatte ihn als »würdevoll wie ein Gnomenkönig« wahrgenommen. Morr, Mönle, Monika wurde von allen als Sonderling belächelt, mit Herablassung geduldet und für stinkfaul gehalten, ihr traute man überhaupt nichts zu. Elisabeth als jüngstes Mädchen profitierte vom Kindchen-Bonus, jeder fand Medi niedlich, dagegen erschien Michael, Bibi oder Bürstchen, wie alle ihn nannten, dem Vater »bockig, fremd und grob«. Die Söhne hatten alle keinen leichten Stand bei ihm. In der Erzählung *Unordnung und frühes Leid* erkannte sich Klaus als Sohn des Professors Cornelius wieder, ein Tunichtgut, ebenso wie seine Schwester Ingrid, unschwer als Erika auszumachen.

Die schillernde Familienwelt wurde durch den Vater und

seine Geschichten erweitert, verdoppelt, amplifiziert wie in einem unablässig sich drehenden Kaleidoskop und verlieh der Magie der Kindheit zusätzlichen Zauber. Wann immer das Gölchen sich die Gestalten aus den *Buddenbrooks* ausmalte, erschienen ihm die Gesichter der eigenen, leibhaftigen Vorfahren. Die Buddenbrooks saßen immer mit am Tisch, der alte Johann Buddenbrook, die unglückliche Tony, der kleine Hanno, der am Ende einen Schlussstrich zog im Stammbuch der Lübecker Kaufmannsfamilie. Sogar die alte Sesemi Weichbrodt, bucklige Leiterin eines Mädchenpensionats, ließ sich manchmal vernehmen, wenn sie sehr Lübecksch sagte: »Sei glöcklich, du gotes Kend!« Im vom Vater geschaffenen Pandämonium lebten die Ahnen der Manns, Romanfiguren und reale Menschen ein ineinander verwobenes Ganzes, ein einziges verdichtetes Familiengeflecht. Die Grenzen zwischen Dichtung und Wahrheit waren fließend, die Mann-Kinder Wanderer zwischen den Welten. Da verwandelte sich das Elternhaus des Vaters in der Lübecker Beckergrube auch schnell mal ins Buddenbrookhaus in der Mengstraße.

Andere Bewohner geisterten durch die Poschi: Tadzio, Tristan, Tonio Kröger, Felix Krull, und krankten mit Hingabe an bürgerlichen Werten. Sieglind und Siegmund, das Geschwisterpaar aus Thomas Manns Novelle *Wälsungenblut*, die in Klaus' Geburtsjahr erschienen war, schürte bei den Lesern wüste Fantasien. Nach dem Besuch einer Wagneroper knistert es zwischen Sieglind und Siegmund. Kaum heraus, wurde *Wälsungenblut* auf den Index gesetzt.

Des Vaters Geschichten, zwar keine Regieanweisungen für die Realität, aber die beschworenen Bilder ließen die Wirklichkeit bedrohlich wanken. Man gehörte einem Bürgertum an, dessen Niedergang der Vater auf dem Papier beschwor, was war schon gesichert? Im Rollenspiel der Möglichkeiten verlor man leicht die Orientierung. Lief Gefahr, sich zu verirren, verlaufen in den Wäldern der Fantasie wie Hänsel und Gretel. Klaus plagten häufig Alpträume. Manche Nacht trat ein bleicher Herr in sein Zimmer, der seinen Kopf unter der Achsel trug. Klaus erzählte dem Vater vom nächtlichen Spuk, der erteilte seinem Sohn einen guten Rat: »Wenn der kopflose Mann das nächste Mal erscheint, musst du ihn laut und vernehmlich ausschimpfen. Sag ihm deutlich, dass ein Kinderzimmer durchaus kein angemessener Aufenthaltsort für anständige Geister ist.«

Wie im Märchen von Hänsel und Gretel gab es Rettung. Die Hexe verbrannte dank Gretels List, und sie konnte den Bruder aus seinem Käfig befreien, in den die Hexe ihn gesperrt hatte, um ihn zu mästen wie ein Schwein, das auf dem Teller endete. Und wenn sie nicht gestorben sind … Gemeinsam waren Erika und Klaus stark. Doch ihre unzerstörbare Komplizenschaft verhinderte den Kontakt zu den anderen Kindern der privaten Grundschule, wo die Geschwister lesen und schreiben lernten. »Sie schienen eine andere Sprache als wir zu sprechen«, sagte Klaus. Später, auf dem Wilhelmsgymnasium, einer Jungenschule, wo er Erika schmerzlich entbehrte, fand er den Lehrplan der angestaubten Institution stumpfsinnig. Auch die Lehrer hatten ihre liebe Not mit den Mann-Kindern. Auf der Höheren Töchterschule, die Erika besuchte, stiftete sie die Mitschülerinnen nur mehr zu weiteren Streichen an. Wenn man an die eigene illustre Kinderstube dachte, trug man einen unsichtbaren Lorbeerkranz auf dem Kopf. Wie könnte irgendeine Schule konkurrieren mit einem Elternhaus, in dem die abendlichen Lesestunden mit dem Vater in entlegene, exotische Länder entführten, mit James Fenimore Cooper in die amerikanische Prärie, mit Selma Lagerlöf in die Fjorde Skandinaviens, mit Daniel Defoes *Robinson Crusoe* in die Südsee? Oder in die Weiten Russlands mit Tolstoi, Gogol und Dostojewski, jenen Autoren, die der Vater besonders liebte. Und natürlich Goethe. Nein, von den Lehrern an der Schule ließen sich die Kinder schon gar nichts sagen. Mit anderen Worten: Erika und Klaus waren schwer erziehbar. Eine ultima ratio, dass Thomas und Katia Mann im Frühjahr 1922 beschlossen, ihre Ältesten in ein fortschrittliches Landschulheim in der Abgeschiedenheit der Natur zu geben.

In den Zwanzigerjahren galten Institute wie die Bergschule Hochwaldhausen im Vogelsberg als letzter reformpädagogischer Schrei; Koedukation von Jungen und Mädchen, Förderung von Individualität und Fantasie, Selbstverantwortung in freiheitlicher Atmosphäre, Kinder mittelloser Bohemiens und schwerreicher Industrieller saßen nebeneinander in einer Bank. Nach vier Monaten, die Erika und Klaus dort zubrachten, wurden die oberen Klassen wegen anarchistischen Ungehorsams der älteren Schüler zum Herbst aufgelöst. Erika bestand ihr ›Sau-Abitur‹ schließlich auf dem traditionellen Münchner Luisengymnasium, Klaus besuchte für kurze Zeit die ebenfalls angesagte Odenwaldschule in Heppenheim. Gegen die selbst ernannten wilden Mann-Zwillinge war offenbar kein Kraut gewachsen. Sie konnten es kaum erwarten, wieder loszuziehen, hinaus in die Welt, um dort weiter ihren Schabernack mit den Leuten zu treiben.

›Damals haben wir unseren lieben Greisen ganz schön was zugemutet‹, denkt Erika, als sie an einem leicht wolkigen

Junimorgen noch vor dem Frühstück auf die Terrasse des Baur au Lac und in den gepflegten Garten tritt, der sich hinter dem vornehmen Hotel in Richtung Zürichsee erstreckt. Die Eltern ließen sich aber auch so leicht auf der Nase herumtanzen; der Herr Papale wollte einfach seine Ruhe, Mielein war in Vollzeit damit beschäftigt, ihm diese Ruhe zu gewährleisten. Sich selbst und dem Familiennimbus überlassen, wurden Erika und Klaus zu unberechenbaren Stromern, gesetzlosen Herumtreibern. Diese Zeiten sind vorbei, gleich geblieben ist die geheimnisvolle Gegenwart der Romanfiguren, sie irrlichtern überall herum, auf Schritt und Tritt folgen sie, und jetzt, wo Klaus nicht mehr da ist, erst recht. Es ist, als lebe er nun unter ihnen. Die *Buddenbrooks*, Erika kennt die Bücher des Vaters so gut wie auswendig, die Worte Sesemi Weichbrodts nach dem Tod des Knaben Hanno: »›Nun ist er ein Engel‹. Und Friederike Buddenbrook spricht: ›Es gibt ein Wiedersehen‹. ›Ja, so sagt man‹, entgegnet ihr Tony Buddenbrook. ›Ach, es gibt Stunden, Friederike, wo es kein Trost ist, Gott strafe mich, wo man irre wird an der Gerechtigkeit, der Güte ... an Allem. Das Leben, wisst ihr, zerbricht so Manches in uns, es lässt so manchen Glauben zu schanden werden ... Ein Wiedersehen ... Wenn es so wäre ...‹ Das letzte Wort aber hat die bucklige Sesemi Weichbrodt. ›Es ist so!‹, sagte sie mit ihrer ganzen Kraft und blickte alle herausfordernd an.«

Die *Buddenbrooks* in Gedanken, kehrt Erika um, sie atmet tief durch, die frische Morgenluft macht den Kopf frei. ›Gesetzlos, aber nicht gewissenlos‹, denkt Erika, ›die freie, changierende Welt der Literatur, von der sie als Kinder umgeben waren, sie ist die allerbeste Orientierung in diesem unsteten Leben gewesen, bis heute.‹ Vom Speisesaal her weht der Duft von frischen Brötchen, geröstetem Brot und Kaffee. Erika wendet sich um, ganz oben auf der Treppe, die vom Hotelpalast hinunter in den Garten führt, steht der Vater und schwenkt seinen Spazierstock. »Ich komme«, ruft Erika ihm zu.

Drei Tage nach des Vaters Geburtstag am 6. Juni 1949, es ist sein vierundsiebzigster, fliegt Erika von Zürich nach Cannes. Bei ihrer Ankunft scheint die Sonne, kein Wölkchen am Himmel. Eben noch hatte Klaus doch bitterlich geklagt, über den Dauerregen, ganz ungewöhnlich für die Jahreszeit in den klimatisch sonst so gesegneten Breiten am Mittelmeer. Klaus' letzte Tage und Nächte, zerquält von verzweifelter Suche nach einem Ziel und von brüchigem Schlaf, und dann der Regen, der hoffnungslose Blick aus dem Fenster, Wasserkaskaden vor der Glasscheibe, Regen, immerzu Regen. Es hörte einfach nicht auf. Wäre sie bloß nach Cannes geflogen, als Klaus über die Sintflut an der Küste klagte. Der Regen, das war ja wie eine Chiffre. Wenn sie nur zwischen den Zeilen gelesen hätte, das hatten sie doch gelernt seit den kindlichen Zeiten großer Geheimnisse.

Erika hat nicht viel Zeit dafür eingeplant, vor Ort die wichtigsten Dinge zu regeln. Sie benötigt einige Papiere und Stempel vom Rathaus, der Mairie, ebenso wie von der Clinique Lutetia in der Rue du Docteur Calmette, wo Klaus gestorben ist, will im Pavillon Madrid, seinem Domizil in der Avenue du Parc de Madrid nahe am Meer und auf Höhe des Cap de la Croisette, nachsehen, ob dort vielleicht noch Dinge von ihm liegen. Am 11. Juni will sie wieder bei den Eltern sein, die brauchen sie.

Gleich nachdem sie im Hotel eingecheckt hat, macht sie

sich auf den Weg, zuallererst zu Klaus' Grab. Der Friedhof, wo er seine letzte Ruhe gefunden hat, überwölbt vom blauen Himmelszelt, das Gräberfeld scheint sich ins Endlose zu erstrecken. Ein Pförtner, der mit einer Zigarette im Mundwinkel am Eingang herumsteht, kann Erika nicht weiterhelfen, als sie nach Klaus fragt.

»Qui? L'Allemand?«

»Mein Bruder war Soldat der US Army«, weist Erika den maulfaulen Mann zurecht, was auch nicht weiterhilft. Er pustet Zigarettenrauch in die laue Luft und zieht teilnahmslos die Schultern hoch.

Michael hat ihr die Stelle beschrieben, wo es liegt, das Grab des Bruders, ziemlich weit hinten, dicht an der Friedhofsmauer, Carré 16, wenn sie sich das richtig gemerkt hat. Erika stapft vorbei an düsteren Mausoleen, durch die langen Reihen der Gräber, geschmückt mit Porzellanblumen und eisernen Kruzifixen, kein Trost von Rosen und ihrem Duft. Die hellen Kieswege reflektieren das Sonnenlicht, kein Baum spendet Schatten, wohin man blickt nur Stein. Bloß ein paar dürre Palmen ragen hoch auf vorn am Ende des Weges. Das war sie, die Einsamkeit, die Klaus in seinen letzten Stunden verspürt haben musste. *Einsamer nie*, Gottfried Benns Gedicht kommt Erika in den Sinn. »Einsamer nie als im August, Erfüllungsstunde im Gelände.« Es ist Juni, Erfüllung nicht in Sicht, nur Gelände. Das war Benn, dieser ingeniöse Dichter, der aus Sympathie mit Abgrund und Chaos mit dem Nazismus liebäugelte. Allein Klaus' glasklare Antwort auf dessen himmelschreiende Verirrung macht den Bruder zur Jahrhundertfigur, davon ist Erika überzeugt. Klaus' Enttäuschung über Gottfried Benn war so gewaltig, weil er selbst diesen fatalen Sog zum Abgrund verspürte, doch war er mitnichten so blind, das viehische Desaster nicht vorauszusehen, das Hitler über Deutschland brachte.

Erika steht vor Klaus' letzter Ruhestätte. Die frische Erde, die die Totengräber aufgehäuft haben, ist staubtrocken, gespensterhaft unglaubwürdig, dass Klaus da unten liegt, ein paar Fuß tief im Erdreich, so nah und unerreichbar fern. Dass er nicht dicht neben ihr steht und zu ihr spricht mit seiner sanften, eindringlichen Stimme. Klaus, wo bist du bloß? Dass er nicht zurückschlüpfen kann ins Leben, in die gemeinsame Zeit, die man glaubte, fest in den Händen zu halten. Da unten liegt ein Teil von ihr selbst. Gefallen wie ein Stein in die Tiefe. Am liebsten würde sie jetzt weinen, aber die Tränen verdorren in ihr, bevor sie aufsteigen können. Sie fröstelt unter der gnadenlosen Sonne. ›Reiß dich zusammen‹, sagt Erika zu sich, ›nicht schwächeln jetzt, du hast einiges zu erledigen hier.‹ Sie nimmt mit Blicken Maß, wie groß muss der Grabstein sein, was soll draufstehen? Klaus Heinrich Thomas Mann. 1906 – 1949, kurz und knapp. Und ein Spruch. »O Herr, gib jedem seinen eigenen Tod«, ein Vers aus einem Rilke-Gedicht, die Klaus so mochte. Oder: »Ich bin der Welt abhanden gekommen«, die erhabenen Worte des von Gustav Mahler vertonten Dichters Friedrich Rückert, die Klaus dem Protagonisten seines Exilromans *Der Vulkan* in den Mund gelegt hatte. Auf dem Rückweg vom Grab, bei einem Steinmetz gleich beim Friedhofseingang, entscheidet sie sich spontan anders; auf einer Granitplatte soll ein leicht gekürzter Spruch aus dem Lukas-Evangelium stehen, auf Englisch, in der Sprache, in der Klaus die letzten Jahre schrieb: »For whosoever will save his life shall lose it: but whosoever will lose his life … the same shall save it – Denn wer sein Leben erhalten will, der wird es verlieren; wer aber sein Leben verliert ..., der wird's erhalten.« Aus diesen Worten spricht ein wenig Trost. Es sollte das Motto des Romans sein, an dem der Bruder zum Schluss geschrieben hatte, *The Last Day.*

Erika kennt sich aus in Cannes. Die Straßen und Gassen, durch die sie als Reisegefährten gestromert sind, die vielen Restaurants, in denen sie mit Klaus gesessen, die verlockenden Geschäfte, in denen sie eingekauft haben, 1930, als sie sich auf den Weg an die Côte d'Azur gemacht hatten, um einen Reiseführer zu schreiben, keinen braven Baedeker, sondern eine flotte Plauderei über einen Parcours entlang der französischen Riviera. Boutiquen, Bars und Brasserien, alles, was nur schräg, originell und glamourös genug wäre, wollten sie den Lesern zur Nachahmung empfehlen. Im Auftrag des Piper-Verlags ging es auf Tour.

Vorzüglich das Käsesoufflé nach Art der Patronne im Le Coq Hardi, dem Hotelrestaurant am Hafen von Cannes, Vollpension für 30 Francs. Eine Empfehlung die kleine Austernstube Le Caveau, gemütlich wie sonst nur Rothenburg ob der Tauber. Originell La Marjolaise direkt am blauen Meer. »... drinnen ist es nicht ohne künstlerischen Anspruch eingerichtet, ein paar gute moderne Zeichnungen hängen hinter der Bar und die Dame, die hier schaltet und waltet, ist die Schwester des berühmten Moïse.« Der besaß schon das legendäre Le Bœuf sur le Toit in Paris, Jean Cocteaus Lieblingslokal. Ein gleichnamiges Restaurant gab es auch in Cannes, an der Wand ein Foto des Stammgastes. Neben La Marjolaise bot ein Antiquitätengeschäft alte Möbel und Leuchten an, Erika und Klaus waren hellauf begeistert von Intarsien und Lüsterschmuck, aber man konnte nicht das ganze Auto vollladen mit dem alten Zeug, sie wollten ja weiter. Brausten über die Küstenstraße nach St. Raphaël, aßen zu Mittag im Restaurant Miramar.

»Für welches der vielen eleganten oder weniger eleganten Hotels sollen wir uns hier bloß entscheiden?«

»Man weiß ja in diesen Zeiten nie, was das Geld am nächsten Tag wert ist, und das spricht doch für ein eleganteres Haus. Gönnen wir uns den Luxus.«

»Aber diese kleine Pension Belle Plage ist nett und anständig.«

»Ein Kompromiss wäre das George V. in der Rue des Serbes, ein mittleres Hotel.«

Die Croisette ein Muss. Das Opernhaus, das Café des Ambassadeurs, die Hermès-Boutique. Und das Casino. »Das Schönste am Casino ist der Blick durch die großen Fenster auf die alte Stadt, die schwarzen Konturen vor einem glasigen Himmel«, schwärmte Klaus.

»Schreiben wir was über die Arkaden mit dem Schönheitssalon von Helena Rubinstein, der mit einer Dépendance von Elisabeth Arden konkurriert. Coco Chanel darf nicht fehlen, Guerlain, Lanvin, Molyneux.«

»Die Wirtschaftskrise geht auch an den Arkaden nicht spurlos vorüber.« Klaus zeigte auf mit blauer Farbe dick zugepinselte Fensterscheiben. Wies auf Schaufenster hin, die von Weitem gut aussahen, aus der Nähe betrachtet entpuppte sich mancher Diamant als Talmi, im besten Fall als Strass und Jett.

»Den amerikanischen Touristen dürfte das schnuppe sein«, fand Erika. »Hauptsache der Ramsch stammt von der Croisette.«

In einem Tabakwarenladen wurde ihre Vermutung bestätigt. Der Inhaber zeigte ihnen mit verdrossener Miene

Zigarettenetuis aus Silberblech, ausgekleidet mit buntem Glas, 12 Francs das Stück. »Ein Herr aus Amerika hat gestern fünfzig Stück gekauft, als Mitbringsel für zu Hause.«

»Sie kosten ihn so viel wie uns ein perlmutterner Manschettenknopf von Worth«, rechnete Erika aus. »Und was will man anfangen mit einem einzelnen Manschettenknopf?«

Abends saßen sie im Château Madrid hinter der Croisette. Unten war der Laden schlichte Bierschwemme, oben exquisites Sektetablissement für Smokingträger. Dort herrschte Promi-Schaulaufen im Kulissenzauber, der vor Klatsch und Tratsch vibrierte, mehr Schein als Sein. »Unten fühlt man sich wie in Bayern«, sagte Klaus. »Und oben? Kopiert man hier Kalifornien?«

An einem der Tage an der Riviera wagten sich die Geschwister hinaus aufs Meer, zu einem Ausflug auf die der Küste vorgelagerten Inseln, die Îles de Lérins. Ihnen wurde speiübel bei unerwartet stürmischem Wetter. Derartigen Seegang traute man dem sanften Mittelmeer gar nicht zu. Das kleine Boot tanzte unsanft hin und her, ein Spielball der Wellen.

Als das *Buch von der Riviera* 1931 erschien, hätte Erika sich nicht träumen lassen, dass sie sich nur zwei Jahre später schon wieder an der Côte d'Azur einfinden würde, zusammen mit Klaus, doch diesmal ohne Rückfahrkarte nach Deutschland. Im März 1933, gestreichelt von einem ungewöhnlich lauen Lüftchen, das über die Berge wehte, die Füße im noch kühlen, aber seichten Wasser am Gestade, vergaß man leicht, dass man nicht allein zum Vergnügen hier war.

Klaus war am 13. März 1933 per Nachtzug nach Paris

gefahren, Erika zur gleichen Zeit in Richtung Schweiz aufgebrochen, nach Arosa, zu den Eltern, im Gepäck die wertvollen Manuskripte von Thomas' Josephsroman. Wer weiß, von welcher Riesendummheit sie die beiden Greise abhalten musste, welchem möglicherweise tödlichen Irrtum. Sie durften auf keinen Fall nach München zurück, schienen die Gefahr jedoch zu unterschätzen, die ihnen zu Hause auflauerte. Noch am 10. Februar hatte Thomas Mann in der Münchner Universität einen Festvortrag zum 50. Todestag des verehrten Richard Wagner gehalten. Mit seinem Wagner-Vortrag war er anschließend durch mehrere Städte getourt, er hatte die feste Absicht, nach einer kurzen Erholungspause in Arosa wieder nach München zurückzufahren und sich in seine Arbeit an einem Mammutprojekt, einen Roman über die biblische Gestalt Joseph, zu vertiefen, so lange, bis der Hitler-Spuk vorbei wäre. Seine beiden Ältesten beschworen ihn fernmündlich: »Bloß nicht! Vater, was du da über Wagner geschrieben hast, des Führers Lieblingskomponisten, glaubst du wirklich, dass das den neuen Herren im Land gefällt?« »Modern, gebrochen und zersetzt«, in Worten, die für die Nationalsozialisten auf die von ihnen sogenannte entartete Kunst gemünzt wären, beschrieb Thomas Mann Wagners Vorstellung vom deutschen Wesen und meinte das durchaus liebevoll. »Wenn sie deine Rede lesen, werden sie sich nicht mehr daran erinnern, dass dein lieber Schwiegervater Alfred Pringsheim einer der größten Förderer der Bayreuther Festspiele war. Dass der höchstselbst einem Mann in einem Wirtshaus, der sich nicht besonders nett über Wagner geäußert hatte, sogar mal einen Bierseidel über den Kopf gehauen hat.« Bei allem Ernst der Lage musste selbst Erika darüber lachen, dass die brachiale Heldentat ihrem kultivierten Großvater den Namen ›Schoppenhauer‹ eingebracht hatte. Sie bemühte sich also sehr um einen sachlichen Ton, damit die Eltern sie auch ja ernst nahmen: »Klaus und ich fordern euch dringend auf, unsere Warnungen nicht auf die leichte Schulter zu nehmen.«

Die Geschwister behielten recht mit ihren düsteren Prophezeiungen. In den *Münchener Neuesten Nachrichten* vom 16. April wurde ein offener Protest gegen Thomas Manns feinsinniges Wagner-Porträt abgedruckt, zeitgleich sendete man die Note auf Radio München. Es hieß da, der Nobelpreisträger habe das große deutsche Musikgenie verunglimpft, Thomas Mann, ein übler Nestbeschmutzer, im Namen der Stadt München hatten auch die Komponisten Richard Strauss und Hans Pfitzner unterzeichnet. Er stand am Pranger, politische Propaganda und ein offener Angriff auf seine republikanische, freiheitliche Gesinnung, das musste Thomas Mann sich schmerzlich eingestehen. Am meisten grämte es ihn, dass zu den Unterzeichnern manch ein Zeitgenosse gehörte, den er stets für loyal und integer gehalten hatte. Der Artikel war eine offene Drohung, die erahnen ließ, welche Schikanen und Übergriffe die rechtsnationalen Gralshüter sich noch ausdenken konnten.

»Das zeigt doch, was das Stündlein geschlagen hat«, waren sich die Geschwister einig, und Erika bearbeitete die Eltern, die sich nur zögernd an die bittere Wahrheit gewöhnen wollten, weiter mit Argumenten, »ihr dürft auf gar keinen Fall zurück nach Deutschland.« Erika wusste, wie sehr der Vater an der Poschi hing, dem Zauberreich in Bogenhausen, wie heftig die Widerstände in ihm tobten, den Verlust endgültig zu akzeptieren. Der Gedanke, nicht mehr aus seinem Arbeitszimmer hinaus in den

Garten treten zu können und dort unterm Kirschbaum zu sitzen, schmerzte ihn über die Maßen. Doch der Zug aus München war längst abgefahren, eine Rückkehr lebensgefährlich. Erika erinnerte den Vater an einen Vorfall vergangenes Jahr im August. Thomas Mann hatte öffentlich antisemitische Ausschreitungen in Königsberg verurteilt. Kurz darauf, während der Sommerfrische im eigenen Haus in Nidden an der Kurischen Nehrung, überbrachte der Postbote ein Päckchen. Es enthielt ein verkohltes Exemplar der *Buddenbrooks*.

Aus der Schweiz fuhr Erika umgehend weiter nach Frankreich, wo sie Klaus treffen wollte. Am 19. April nahm sie ihn in Empfang, nach einem Aperitif am Hafen von Toulon fuhr man im Wagen weiter nach Le Lavandou, ins Hotel La Roche Fleurie. Abends las Erika Klaus, stets ihr bester Zuhörer, aus dem neuem Kinderbuch vor, an dem sie gerade schrieb, *Unser Zauberonkel Muck*.

»Meinst du damit den Vater?«, wollte Klaus wissen.

»Nein, eher Mieleins Bruder, Klaus Pringsheim. Muck ist der leicht verrückte Onkel, der alles durcheinanderbringt, Chaos verbreitet, wohin er auch kommt, und der alle Leute mit seinen abenteuerlichen Geschichten verwirrt.«

Der reiselustige Onkel Muck aus dem Buch musste sich noch keine Sorgen machen, in welches Land er reisen durfte oder nicht. Später, in einer Bar, deren Besitzer erzählte, dass er aus Rumänien stamme, ging das Gespräch über den Zauberer Muck nahtlos über in eine Diskussion zur territorialen Zukunft der Eltern, die sich in Lugano aufhielten.

»Uns ist bei unserer Jugend eine große Verantwortung aufgeladen in Gestalt unseres unmündigen Vaters.

Und solange noch irgendjemand anderes aus unserer amazing family noch in Deutschland weilt«, sagte Erika, »sind uns die Hände gebunden, da müssen wir uns einen Maulkorb umhängen, denn jeder Widerstand gegen das Hitler-Regime, jede Kritik wird an denen gerächt werden, die sie noch greifen können.«

Michael, noch vor Kurzem Zögling des Landschulheims Neubeuern, war erst vor wenigen Tagen, Mitte April, direkt von einer Klassenfahrt nach Italien in die Schweiz zu den Eltern gefahren, Elisabeth hatte das Gymnasium in München verlassen und stieß mit Golo ebenfalls zu ihnen. Der erzählte, er sei in Göttingen von Kriminalbeamten besucht worden, weil er im Lokal für alle hörbar seine Meinung geäußert hatte. Die Eltern, Elisabeth, Golo und Monika sollten alsbald nach Frankreich nachkommen, so war es geplant, spätestens wenn sich eine Bleibe auftat, die Platz genug für alle böte. Erika dachte sorgenvoll an die ungewisse Zukunft ihres Lieblingsprojekts, Die Pfeffermühle, wie ihr Kabarett in der notwendigen Schärfe weiterführen, wenn sie erpressbar wäre? Der Feind hörte auch in der neutralen Schweiz mit, wohin sie mit ihrer Bühnentruppe ziehen wollte.

»Der Vater hat das zum Glück kapiert und Schickele um Hilfe bei der Suche nach einer Bleibe gebeten«, sagte Erika.

René Schickele, der aus dem Elsass stammte, gehörte zu den engagiertesten Stimmen, die einer Annäherung und Befriedung zwischen Deutschland und Frankreich das Wort redeten. Er war vergangenes Jahr, 1932, nach Sanary gegangen, in düsterer Vorahnung der Katastrophe, die im Januar 1933 ihren Lauf nahm. Die Community der Exilanten an der Côte war seither beeindruckend angewachsen. Sanary-sur-Mer, zwischen Marseille und

Toulon gelegen, war mittlerweile zu einer wahren Künstlerkolonie geworden, denn bereits in friedlicheren Zeiten fühlten Reisende sich von diesem kleinen Fischerhafen angezogen. Im Buch über die Riviera hatten Erika und Klaus Sanary als maritime Pilgerstätte der Pariser Hauptstadt-Bohème angepriesen, als »erklärte große Sommerfrische des Café du Dôme«, der Künstler des Montparnasse, und nicht nur das. Auch tout Schwabing ließ sich hier antreffen und viele Angelsachsen. Damals hatten sie beschieden: »Diese Sanary-Sommer werden in die Kunstgeschichte eingehen.«

Dass Sanary sogar in die Weltgeschichte eingehen würde als Kolonie jener Künstler und Intellektuellen, die aus der Heimat geflüchtet waren, und das schon so bald nach Erscheinen des Reisebuches, war nicht vorauszusehen gewesen auf der Riviera-Tour der Geschwister.

Am 1. Mai 1933 fuhren Erika und Klaus nach Sanary-sur-Mer, um René Schickele dort zu besuchen. »356, Rond Point de Stellamare«, hatte Klaus sich die Adresse notiert, »oberhalb der Altstadt.«

Schickele trat aus der Tür, heller Anzug, sonnengebräunt, bei ihm der zwanzigjährige Sohn Hans. Hinter einer dickrandigen runden Hornbrille blickte Schickele seinen Gästen freundlich entgegen. Beim Mittagessen mit reichlich Rotwein ging es natürlich um Politik. Erika wurde nicht müde zu betonen, dass man auf jeden Fall gegen die Nationalsozialisten aufbegehren, politisch handeln müsse, dies aber erst möglich sei, wenn sie alle in Sicherheit wären. Dass ihre Eltern also keinen Fuß mehr nach Deutschland setzen dürften und nun im Wartestand in der Schweiz verharrten. Klaus fügte hinzu, dass einer wie der Vater eines begreifen müsse: »Dass die deutsche Kultur da ist, wo er sich in Zukunft aufhält, wo auch immer auf der Welt, nur eben nicht in Deutschland.«

»Auch ich kann es noch nicht fassen, dass ich Deutschland nicht wiedersehn soll«, seufzte Schickele. »Und gleichzeitig gibt es niemanden, der die Entwicklung der Dinge pessimistischer beurteilt als ich, ich bin auf alles, aber wirklich auf alles gefasst.«

Genauso wie der Vater hoffte Schickele, weiterhin im S. Fischer Verlag publizieren zu können, weshalb er, ganz entgegen seinem sonstigen Engagement, den Mund hielt und sich nicht klar gegen das Dritte Reich äußerte. Statt ihm das nun vorzuhalten, schließlich wollte man etwas von ihm, führten Erika und Klaus ihren Onkel Heinrich als Gewährsmann an und stellten ihn in ein besonders helles, reines Licht der Aufklärung wider den nationalsozialistischen Geist: »Onkel Heinrich hat bereits 1931 den Untergang Deutschlands prophezeit. Er war einer der Warner der ersten Stunde. Nachdem man ihn am 15. Februar 1933 aus der Akademie der Künste ausgeschlossen hat, ein ›Ausscheiden‹, das die Akademie übrigens scheinheilig bedauerte, hat er sich aus dem Staub gemacht wie ein Dieb in der Nacht. Er ist über Frankfurt am Main und Straßburg nach Nizza gereist, an die Côte, wohin es ihn ja schon immer zog. Und jetzt schreibt er weiter seine feurigen Artikel gegen die Nazis in *La Dépêche*. Es reicht in diesen Zeiten nicht, sich nur als Pazifist zu bezeichnen.«

Schickele schien das auffordernde Mahnen in der Stimme der Geschwister zu überhören, er erzählte wie beiläufig von seiner Freundin Annette Kolb, seiner früheren Nachbarin aus Badenweiler, deren Mutter, eine Pariser Pianistin, ihr die Liebe zu Frankreich in die Wiege gelegt hatte.

»Annette hält sich in Paris auf, erst im März war sie hier zu Besuch. Sie kommt häufiger her, aber sie bleibt nie lange, sie braucht die Stadt, das gesellige Leben.«

»Unsereins wird dennoch immer zahlreicher werden hier. Die große Gesellschaft, das sind doch wir, die Exilanten«, sagte Klaus.

»Allein diese herrliche Landschaft«, schwärmte Schickele, als sie durch den Garten streiften und ihre Blicke über Sanary und das Meer schweifen ließen, »ist ja eine Verpflichtung, in Frieden miteinander zu leben. Dass man dies alles als Europa begreift, als ein Land.«

Erika schaute empor zum wolkenlos blauen Himmel. Überraschenderweise fiel es ihr gar nicht schwer, sich dort oben in der lauen Luft donnernde Kampfflugzeuge vorzustellen. War einer wie Hitler an der Macht, rückte einem das Grauen eines Krieges erschreckend nah auf den Leib, einerlei, wo man sich aufhielt auf der Welt. Die kriminelle Energie solcher Diktatoren kannte keine Grenzen, die ließen sich nicht aufhalten. »Machen wir uns auf den Weg?«, mit ihrer Frage wischte Erika die Kampfflieger vor ihren Augen fort, was für ein surreales Bild in dieser Kulisse.

Nach dem Essen ging man wie geplant in Sanary und Umgebung auf Häusersuche. Alles, was man besichtigte, taugte entweder nichts oder war zu teuer. Erika fluchte über Bruchbuden mit undichtem Dach, über windschiefe Gartenlauben, die man ihnen als Ferienvilla verkaufen wollte, über alte Gemäuer, in die nie ein Strahl Sonne drang, aber trotzdem ein Vermögen an monatlicher Miete kosteten. Nach kurzer Teepause bei Julius Meier-Graefe in Saint-Cyr sah man sich abermals um, kehrte jedoch abends unverrichteter Dinge zu Schickele zurück. Das

Tischgespräch drehte sich um die geifernden Münchner Wagnerianer, um die Einlassungen Gottfried Benns, um das Schwein in der Reichskanzlei.

»Wir wiederholen uns ständig«, sagte Klaus. »Es ist und bleibt grauenhaft. Und Schreiben ist die einzige Möglichkeit der Erleichterung.«

Dass man den Geschwistern auf der Straße, als man sie deutsch sprechen hörte, hin und wieder ein kaltschnäuziges »sales boches« hinterherrief, war zwar lästig, aber wer konnte es den Leuten hier verdenken? Hass breitete sich aus, kroch in die Herzen der Menschen.

Als Klaus am 11. Mai mit der gerade aus der Schweiz eingetroffenen Freundin Annemarie Schwarzenbach in einer Kneipe am Hafen von Sanary beim Aperitif saß, ließ er das *Berliner Tageblatt* sinken: »Ich könnte kotzen.«

Annemarie schaute ihn fragend an, und er hielt ihr die Zeitung mit dem Bild fanatisierter, Hakenkreuzbinden tragender Studenten vor die Nase. »Aktion wider den undeutschen Geist«, las sie da. »Nicht nur in Berlin auf dem Opernplatz, auch in München auf dem Königsplatz haben sie Bücher verbrannt, auch deine, welch große Ehre!«

»Barbarei bis ins Infantile«, sagte Klaus. »Sie haben Magnus Hirschfeld in effigie verbrannt. Als Puppe!«

»Drei Tage zuvor ist Max Liebermann von allein aus der Akademie der Künste ausgetreten, bevor man ihm die Tür weisen konnte«, wusste Annemarie. »Wie kommt man diesen Verbrechern bei? Immer nur weglaufen ist doch keine Lösung.«

Klaus rief aus: »Unser Motto: Lernt hassen! Lernt ungerecht sein! Sie, die Feinde der Freiheit, haben uns das Hassen gelehrt.«

Annemarie pflichtete Klaus bei: »Sie verstehen nur ihre eigene Sprache, die der Gewalt.«

An jenem Abend, zu zweit im Hotel, berieten die Geschwister noch lange über ihre Lage. Erika war betrübt: »Die Emigration ist traurig und unwürdig. Die Fremde ist schön, solange es eine Heimat gibt, in die man gehen kann.«

Aber Klaus sah das anders. »Weißt du, was der Kollege Félix Bertaux zu mir gesagt hat, als ich ihn kürzlich in Paris traf? Sie müssen sich darauf einstellen, international zu werden. Denn das wird lange dauern.«

Erika interessierte vor allem der künftige Standort ihres Kabaretts. Die Pfeffermühle war ihr politisches Sprachrohr, das sie, wenn alle außer Landes wären, so schnell wie möglich wieder mit einem neuen Programm füllen musste. Gerade noch hatte sie in München ihre ersten Erfolge gefeiert, die Eintrittskarten gingen weg wie heiße Semmeln, und nun schon das Aus? »In Frankreich wird es leider nur ein Emigrantenpublikum sein, das uns zuschaut. In der Schweiz werden wir ein breiteres Publikum finden und ein geeignetes Haus für uns alle, für die ganze Familie, in Zürich. Eine große Stadt mit Theatern und Buchhandlungen. Einzige Hürde ist, dass ich verpflichtet bin, mindestens zwei Schweizer Staatsbürger zu beschäftigen, wenn ich dort selbstständig arbeiten will.«

»Der Zauberer«, erinnerte sich Klaus und zog die Augenbrauen in die Höhe, »favorisiert à la longue Basel als künftigen Wohnort. Er sagt, da sei alte deutsche Kultur.«

Am 5. Mai 1933 hatten sich Katia und Thomas aus Lugano auf den Weg gemacht, nun zunächst nach Frankreich. Die Konten gesperrt, ein Haufen Geld konfisziert, das auf der hohen Kante lag, ganze 40.000 Mark, wie gut, dass Golo zuvor einen Betrag von 60.000 Mark abheben und aus Deutschland herausbringen konnte. Nachdem die Eltern die letzte Strecke entlang der malerischen Küste zurückgelegt hatten, holte Erika sie im Auto vom Bahnhof in Toulon ab. Nach einigen Tagen in Le Lavandou bezogen die Altvorderen ein Zimmer im Grand Hôtel in Bandol. Thomas Mann kostete es sichtlich Mühe, seine schlechte Laune zu unterdrücken, die Unzufriedenheit mit einem Lebensniveau weit unter dem gewohnten, und dass man alles hatte zurücklassen müssen in der Poschi! Vor allem, wie sollten seine vom ganzen Hin und Her aufgewühlten Gedanken bloß in den langen ruhigen Fluss seines Josephsromans einmünden, an dem er arbeitete?

Im Juni kam ein wenig Ruhe in die Sache, dank Erika. Ihre Freundin, die Journalistin Sybille von Schoenebeck, deren Mutter hier lebte, hatte ein passendes Haus im Auge. Bei der Besichtigung gab es nichts zu beanstanden, geschmackvolle Einrichtung, ein Mädchen, das aus dem Ort stammte, stand zur Verfügung – Katia wandte allerdings ein, dass man Maria, die vertraute und zuverlässige Kraft aus München, am liebsten bei sich hätte. Der Name, den das zweistöckige, hell gestrichene Haus mit französischen Fenstern und blaugrünen Blendläden trug, versprach die ersehnte Ruhe: Villa Tranquille. Sie lag in einer besonders angenehmen Ecke von Sanary, 442, Chemin de la Colline, auf einer Anhöhe über dem Meer. Thomas Mann war zufrieden: »Ich glaube, dass wir in diesem Hause glücklich sein werden. Zunächst tut die private Existenzform mir unendlich wohl, nach dem Hotel-Dasein von vier Monaten.« Gegenüber wohnte Bruno Frank mit Familie, auch Lion und Marta Feuchtwanger hielten sich inzwischen hier unten auf. Da die in München zurückgebliebenen Autos der Manns beschlagnahmt worden waren, galt es jetzt, sich einen neuen Wagen anzuschaffen, man wollte sich ein wenig umtun und herumkutschieren in der reizenden Natur. Man entschied sich für ein Peugeot Cabriolet. Doch die ersehnte Arbeitsruhe wollte nicht so leicht aufkommen, wie es der Name des Hauses zunächst verheißen hatte: »Vergebliche Bemühung, wieder zum Erzählen zu kommen«, notierte Thomas Mann am 3. Juli in sein Tagebuch. »Es fehlen Heiterkeit und Energie.«

»Wer hätte voraussehen können«, sagte Katia am 24. Juli, »dass ich meinen fünfzigsten Geburtstag hier feiere, im Süden, an der Côte d'Azur.«

»Man kann es schlechter treffen«, beschied Erika, die wieder aus der Schweiz angereist war, und blickte hinunter zur See.

Die Villa Tranquille wurde zum Taubenschlag. Bald kamen nicht nur die Franks und die Feuchtwangers herüber. Auch Walter Hasenclever war zu Gast, der Verleger Kurt Wolff, Aldous Huxley, Erikas Freundin Sybille, Onkel Heinrich. Auf der Terrasse reichte das Mädchen, das aus München nachgekommen war, Hühnersalat und Weißwein, man veranstaltete Leseabende und nahm die geliebten Schallplattenkonzerte en famille wieder auf. Zu einem Ritual war das morgendliche Bad im Meer geworden. Der Alltag fühlte sich allmählich wie ein Dasein im eigenen Zuhause an und täglich weniger als ein Leben aus dem Koffer. Erika nahm zufrieden zur Kenntnis, dass der Vater seine geregelten Stunden am Schreibtisch wieder einhielt, das garantierte sein körperliches Wohlbefinden, inklusive zufriedenstellende Verdauung, die er in seinem

Tagebuch protokollierte, zweifelsfrei ein weiterer Vorzug der schmackhaften mediterranen Küche. Als Erika ihn auf seinen Allgemeinzustand ansprach, bekannte er, zu seinem eigenen Erstaunen kaum Heimweh nach dem alten Münchener Zustande zu empfinden, wenn er am Abend im Korbstuhl auf seiner kleinen Steinterrasse sitze und die Sterne betrachte. Allein, dass sein Schreibtisch nicht hinterhergekommen war, diese Insel, auf der er sich für alle unerreichbar machen konnte, schmerzte ihn weiterhin am meisten. »Dein großes, verlässliches Möbel«, sagte Erika und legte ihm die Hand auf die Schulter.

Klaus war schon im Mai wieder nach Paris abgereist, Erika verließ die Eltern am 30. Juli 1933, beruhigt, dass sie sich in der neuen Bleibe eingelebt hatten. Doch sie war sich durchaus nicht darüber im Klaren, ob der Vater auch realisierte, dass das hier nur der Anfang war, der Auftakt eines lange währenden Exils fern von Heimatland und Muttersprache. Die wurde dort nurmehr geschrien, und wer nicht schrie, der flüsterte lieber oder wurde bald mundtot gemacht. Mit Deutschland ließen sich keine Kompromisse mehr schließen, so wie Thomas Mann es immer noch inständig hoffte. Kein Wunder, dass sich der Vater in der südfranzösischen Ruhe der Villa Tranquille so lange nicht aufs Schreiben konzentrieren konnte, er hatte sich nicht abgefunden mit der bitteren Wahrheit.

*

Am 11. Juni 1949 ist Erika aus Cannes zurück in Zürich bei den Eltern. Sie ist völlig übermüdet und entsetzlich überreizt. Das bekommt zuerst der Portier des Baur au Lac zu spüren, der ihr nicht schnell genug herbeispringt, um ihr den Koffer abzunehmen. Das nächste Opfer ihrer Gereiztheit ist der Vater, der als Antwort auf seine freundliche Begrüßung zu hören bekommt, warum er in drei Teufels Namen zugelassen habe, dass Martin Gumpert, ihr einstiger Lebensgefährte, dass dieser schriftstellernde Scharlatan sich in die Familienangelegenheiten mischen dürfe. »Fahr er zur Hölle! Mit welchem Recht darf er für *Life* über deine Europareise schreiben? Was maßt der Kerl sich an? Ich will nichts mehr mit ihm zu tun haben. Gar nichts!«

In diesem Zustand, das wissen die Eltern, ist mit der Ältesten nicht zu reden. Sie solle sich erst einmal ausschlafen, rät Katia. Am nächsten Morgen kommt Erika dann auch einigermaßen ausgeruht an den Frühstückstisch, doch beim Kaffee legt sie gleich wieder mit ihren Unmutstiraden los. Über den unaufmerksamen Service, die geschwätzige Presse, die eigenen Geschwister; scharf schießt sie gegen die Schwester Elisabeth, die mit ihrem italienischen Mann Giuseppe Antonio Borgese an einer friedlichen Weltverfassung laboriert, Erika höhnt, ob es nicht noch eine Nummer größer gehe. »Weltparlament! Dass ich nicht lache!« Sie wettert gegen Deutschland, durchsetzt von alten Nazis, ewigen Opportunisten, das sie, wie sie bekräftigt, auf keinen Fall bereisen wolle, da könne ja der tolle Gumpert den Dackel geben, der mit den Eltern mitwackelt.

Thomas Mann bekümmert am meisten die Verbitterung der Tochter, die ihre Trauer um Klaus mit Hass und Häme zu erschlagen versucht. Sie hat dunkle Ringe unter den Augen, raucht wie ein Schlot, trinkt zu hastig, nicht ohne Grund muss man sich um ihr Herz sorgen. Sie hebt Klaus auf einen Sockel, glorifiziert ihn als den besseren, aufrechteren, lebendigeren von beiden. »Lange Listen legt sie an, mit den Verdiensten des Bruders«, echauffiert sich Katia. Niemand kommt an Erika heran, sie will partout nicht hören, was man ihr rät, und so schreibt Thomas ganz für sich in sein Tagebuch: »Ihre bittere Entstellung der Dinge, auch was Klaus und das eigene Leben betrifft. Beschämend in seiner Rigorosität noch in seiner Halb-Wahrheit. Aber zu viel Charakter macht ungerecht. Toleranz heute freilich wohl nicht erlaubt.«

›Schau an‹, denkt Erika, ›damit habe ich gar nicht gerechnet.‹ Auf einem der Kuverts, die ihr der Portier überreicht hat, entdeckt sie einen Absender, der ihr ein Lächeln aufs Gesicht zaubert. »Pamela«, murmelt sie, »was hätte ich dir alles zu erzählen!« Seit dem Gang in die Emigration war der Kontakt zu Pamela Wedekind vollständig abgebrochen. Sie war in Deutschland geblieben, musste sich ausgerechnet bei Gustaf Gründgens andienen, den Göring gleich im Februar 1933 mit der Leitung des Preußischen Staatstheaters am Berliner Gendarmenmarkt betraut hatte. Warum war sie nicht in die Schweiz gegangen, wo sie mit ihrer ausdrucksstarken Stimme und ihrer Klampfe durchaus in Erikas Pfeffermühle hätte auftreten können? Pamelas Schauspielerkollegin Emmy Sonnemann, bald Görings zweite Ehefrau, hatte ein gutes Wort bei Gründgens für sie eingelegt, der sich nun davor fürchtete, dass man ihm aus der gemeinsamen wilden Vergangenheit, die ihn mit Pamela, Erika und Klaus verband, einen Strick drehen könnte.

Wenn Erika nun an all das denkt, vergeht ihr schon wieder die Lust, auf den Brief zu reagieren, mit dem Pamela aus ferner Vergangenheit in ihr Leben hineinruft. So legt sie ihn erst einmal beiseite und beantwortet zunächst allerhand weitere eingegangene Post. Schreibt Dankesworte an Weggefährten und Bekannte, doch sie ist nicht recht bei der Sache. Pamelas Brief liegt auf dem Schreibtisch des Hotelzimmers wie eine stumme Aufforderung.

Wellen stürmischer Erinnerungen und der Rührung überschlagen sich, als Erika die Worte der alten Freundin liest. Wer, wenn nicht Pamela, könnte besser wissen, wie entsetzlich Erika unter dem Verlust des Bruders leidet? Schließlich war Pamela doch einmal mit Klaus verlobt.

*

Das Jahr 1923 wird in die Geschichtsbücher eingehen als jenes, in dem der Teufel zum ersten Mal seine Stimme erhob. Warum um alles in der Welt war dieser Teufel nicht einfach ein mittelmäßiger Kunstmaler geblieben? Warum hatte kein nachsichtiger Kunstprofessor beide Augen fest zugedrückt und ihn unter seine Fittiche genommen? Aber ach, Erika kann nicht mehr an das Gute im Menschen glauben. Das Böse, das hat die jüngste Vergangenheit schmerzhaft bewiesen, setzt sich immer durch. Es begann mit einem lauten Knall, als Adolf Hitler am Abend des 8. November 1923 an die Decke des Münchner Bürgerbräukellers schoss, um sich Aufmerksamkeit zu verschaffen. »Die Reichsregierung wird abgesetzt«, lautstark stand die Forderung im Raum, ganz klar, ein Putschversuch. Am Folgetag, ausgerechnet Erikas Geburtstag, marschierte Hitler mit Erich Ludendorff und etlichen Gefolgsleuten zur Feldherrnhalle, um vor dieser eines altrömischen Imperators würdigen Kulisse als Aufrührer zu scheitern. Ein Putsch, ein Umsturz, eindeutig eine Nummer zu groß für den Kleinbürger aus Braunau am Inn. Im Kugelhagel kamen zwanzig Personen ums Leben, darunter vier Polizisten. Hitler wurde nur leicht verletzt und konnte flüchten. Erst am 11. November schnappte man ihn, die neun Monate Haft in der Festung Landsberg nutzte er, um mit der Niederschrift eines Buches zu beginnen. Es hieß *Mein Kampf.* Der Rest war Geschichte.

Jenes die Schatten des Dritten Reiches vorauswerfende Jahr 1923 stand für Erika und Klaus ganz im Zeichen eines privaten Großereignisses, ein Meilenstein der eigenen Geschwistergeschichte. Der Nabel der Welt befand sich sowieso immer da, wo sie sich gerade aufhielten. Sie unternahmen die erste Berlinreise in jenem heißen Sommer. Heimlich waren sie losgefahren; die Eltern wiegten sich im guten Glauben, die Kinder seien auf Bildungstour im beschaulichen Thüringen, unterwegs auf den Spuren von Goethe und Schiller. »In Wahrheit übergaben wir auf dem Bahnhof zwei Burschen, die nach Weimar weiterfuhren, eine Ansichtskarte, damit sie in der Goethestadt nach München eingesteckt werde«, hatte Klaus in seinen Memoiren verraten.

Berlin, die Stadt, der der Ruf des babylonisch Lasterhaften vorauseilte, enttäuschte die beiden nicht. Was für ein unglaubliches Gewimmel und Gewusel bereits bei der Ankunft am Anhalter Bahnhof, ein buntes Treiben aus Pferdedroschken, Fahrrädern, Automobilen, Straßenbahnen. Gegen das provinzielle München war Berlin ein brodelnder Vulkan. »Jetzt beginnt das Verbotene – die Ungezogenheit fängt an«, frohlockte Erika. Als seien die Schülerstreiche nicht schon arg genug gewesen.

Sie fanden Unterschlupf in Wilmersdorf, in der Düsseldorfer Straße, im Hause der Eltern einer Freundin. Klaus fühlte sich in der Stadt gleich zu Hause. Flackernde Lichtreklamen, Bars und Kabaretts, Russenlokale, Treffpunkte von Exilanten, die vor der Revolution hierher geflohen waren, zuerst die Adligen, dann die Künstler, die schnell merkten, dass ihre Individualität nicht zu den Vorstellungen der neuen Lenker der Sowjetunion passte. Klaus und Erika gingen die Augen über, als die U-Bahn fauchend an die Oberfläche fuhr und sie am Nollendorfplatz ausspie. In etlichen Etablissements tanzten Männer ungeniert miteinander: in der American-Bar, im Prinz Kuckuck, in der Trocadéro-Bar. Und Frauen mit Frauen. Im Dorian Gray ging es äußerst international zu, im Topp-Keller sang Claire Waldoff für 30 Pfennig Eintritt. Und für Klaus eine besondere Attraktion – »das fette alte Ungeheuer, das in Damenkleidern drollige Strophen zum Vortrag brachte. Sündiger und widerlicher konnte nichts mehr sein, es war wirklich ganz herrlich, denn der Zwitter-Greis schwabbelte mit dem Fett, wenn er tanzte und sprang, sein großes Gesicht mit Hängebacken und verquollenen Augen war teils kreidig weiß, teils von obszöner Buntheit.« Homosexualität in jede Richtung, Travestie und sonstwas Verbotenes noch, ganz Schöneberg war ein offenes Geheimnis.

Die Schwabinger Bohème mit Malkasten, Boccaccio, Bonbonniere, wo Käte Kühl »Immer an der Wand lang« sang, alles ganz schön und bunt, aber gegen Berlin kam das nicht an. Beim Abschied von Berlin, im Zugabteil, vorbei an den südlichen Vororten der Stadt, waren Erika und Klaus sich einig: »Kein Abschied für immer!«

Die Zügellosigkeit, das moralisch Verwerfliche, rund um den Nollendorfplatz an der Tagesordnung, genau ihre Welt. Wo sollte man das vergleichbar in München finden? Berlin lockte, der Tanz auf dem Vulkan. »Ich gehe nach dem Abitur nach Berlin«, beschloss Erika, »auf Max Reinhardts Schauspielschule.«

»Ich gehe auch nach Berlin. Geht man nicht wegen Berlin nach Berlin?«, sagte Klaus. »Berlin ist meine Stadt! Ich will bleiben. Aber wie?«

»Lass uns auf dem Rückweg einen Tag in Weimar einlegen«, schlug Erika vor. »Schließlich müssen wir was erzählen zu Hause, was einigermaßen glaubwürdig klingt. Der Zauberer darf nichts merken.«

»Weimar ist ein Muss«, pflichtete ihr Klaus bei. »Der Vater wird es uns nie verzeihen, wenn wir nicht in Weimar waren. Schlimmer noch, wenn wir ihm was von Weimar vorflunkern und er merkt, dass wir nie auch nur einen Fuß ins Goethehaus gesetzt haben.«

Also unterbrachen die Geschwister ihre Rückfahrt pflichtschuldigst in Weimar. Auf dem Frauenplan, vor dem Haus, in dem Deutschlands größter deutscher Dichter gewohnt hatte, fragte Klaus: »Gehen wir hinein?«

Sichtlich gerührt stand er neben Erika in Goethes kleinem Sterbezimmer, betrachtete das schmale Bett mit der darüber gebreiteten rosa Tagesdecke in der Zimmerecke, umkleidet von einem grünlich-türkis ornamentierten Wandteppich, daneben ein ausladender grün bezogener Sessel, auf dem Nachttisch ein Porzellankännchen und eine zierliche Tasse. »Wenn man bedenkt, dass Goethes Tod gut neunzig Jahre her ist, ist das jetzt eine lange oder kurze Zeit?«, sinnierte Klaus. Sein Blick wanderte durch das kleine Fenster in den Garten, durch die Tür ins Arbeitszimmer des Geheimrats, Gelehrten, Dichtergenies. Schon im Gehen begriffen, schaute sich Klaus auf der Schwelle noch einmal lange um, als müsse er sich Goethes Schlafstatt für immer einprägen.

Ja, damals in Weimar. »Es ist der einzige Ort dieser Reise, dessen ich mich noch in allen Einzelheiten entsinne«, so Klaus später in seinen Erinnerungen. Er hatte Goethes Sterbezimmer damit gemeint.

Der heiße Sommer 1923: München hatte ihnen überraschenderweise doch etwas zu bieten, was mit Berlin konkurrieren konnte, genauer gesagt, jemanden. Klaus fasste es in Worte: »Pamela, Erika und ich: dieses Bündnis, das uns so lange unzerstörbar schien, war vielleicht die schönste und aussichtsreichste Konstellation in unserem Leben.« Die Leopoldstraße 59 in Schwabing, das Haus Ecke Herzogstraße, galt in Münchner Künstlerkreisen als beste Adresse, dort lockte eine beliebte, opulent gedeckte *table d'hôte*, und das in Zeiten galoppierender Inflation, wo schon ein einziges Brot mehrere Millionen Mark kostete. Aber Mimi, Onkel Heinrichs erste Frau, schaffte es, ihre Gäste stets mit Leckereien zu bewirten. Sie liebte große Gesellschaften, auch an jenem denkwürdigen Tag im Sommer 1923 hatte Mimi geladen, zum Nachmittagstee. Weil nicht alle Besucher an der Tafel Platz fanden, wurde kurzerhand ein Katzentisch gedeckt. Klaus und Erika saßen vor Kuchentellern und bestaunten eine hohe Schokoladentorte, als ein extravagantes Damentrio in den Salon hineinrauschte. »Ach, liebe Tilly!«, rief Mimi aus, »verehrte Gäste, Tilly Wedekind ist da!«

Klaus starrte die elegante Dame im taillierten dunkelgrünen Seidenkostüm ungeniert an, sowieso guckte alles. Wer sich derart aufmachte, heischte ja völlig schamlos nach Aufmerksamkeit! Ja, sie war es höchstpersönlich, die Witwe des von Klaus so bewunderten Frank Wedekind, dem verehrten Autor von *Franziska*, *Lulu* und *Frühlings Erwachen*. 1918, vor fünf Jahren, war der skandalumwitterte Dramatiker verstorben, Klaus hatte sehr um ihn getrauert. Erikas Interesse galt vor allem Tilly Wedekinds Begleitung, einer Dame im Wallegewand und mit ausladenden Gesten, noch mehr aber der auffälligen Erscheinung jener jungen Frau in Klaus' und Erikas Alter, die einen Schritt hinter den beiden Damen in den Raum trat.

Sie trug das stolz erhobene Haupt eines Renaissance-Jünglings, sah mit etwas schläfrigem, aber festem, ja, phosphoreszierendem Blick in die Runde. Ihre Nase war leicht gebogen, ihr Mund grell geschminkt, und Erika tuschelte Klaus ins Ohr: »Das muss Pamela sein, die ältere der beiden Wedekind-Töchter.«

»Wie aufrecht sie sich hält im schwarzen eng anliegenden Kleid mit weißem Spitzenkragen! Trägt sie nicht eine verjüngte Wiederholung der väterlichen strengen Miene zur Schau?«, fragte Klaus.

Erika ahnte es. Klaus hatte der Blitz getroffen, er hatte sich in Pamela verliebt, nein, nicht in Pamela, in Frank Wedekind, den er in ihr erblickte. Es war um ihn geschehen, das sah sie sofort.

Mimi führte Pamela zum Katzentisch, sie nahm flüchtig lächelnd und ohne ein Wort auf einem Stuhl gegenüber von Erika und Klaus Platz, mit halb geöffneten Lippen und aufmerksam zusammengezogenen Brauen schien sie mit äußerster Konzentration auf von fern hergeflüsterte Ratschläge und Instruktionen zu lauschen, dabei bekam keiner der drei am Tisch den Mund auf. Schweigend aß man Schokoladentorte, silberne Kuchengabeln klirrten aufs Porzellan, das Mädchen kam mit einer weiteren Torte, überzogen mit einer Schicht Lübecker Marzipan. Dass Frank Wedekinds Tochter nun leibhaftig neben Klaus saß, verschlug dem sonst so Redseligen vor Ehrfurcht die Sprache. Erika musste mal wieder die Initiative ergreifen. Sie fing Pamelas angewiderten Blick auf, der auf der dramatisch gestikulierenden Frau im Wallegewand ruhte, und fragte unumwunden, wer um Himmels willen das sei.

»Sybil Vane, Mutters Hausdame«, bekam sie zur Antwort. »Eigentlich heißt sie Sybille Krecke«, sagte Pamela verächtlich. »Krecke!« Der Name klang wie Zecke, so wie sie ihn aussprach. »Nennt sich Vortragskünstlerin, ist aber kolossal unbegabt. Am schlimmsten, wenn sie uns zu erziehen versucht, meine Schwester Kadidja und mich. Von Autorität halte ich sowieso nicht viel.«

»Nein, wir schon gar nicht, Klaus und ich waren auf der Bergschule«, erklärte Erika mit aufgesetztem Siegerlächeln und hob die Augenbrauen. »Und Klaus danach auf der berühmten Odenwaldschule.«

Pamela riss die Augen weit auf. »Auf der Odenwaldschule! Ich auch, vor zwei Jahren!«

Das war 1921 gewesen, ein Jahr, bevor Klaus das fortschrittliche Institut besucht hatte. Das Eis war von einem Moment auf den anderen gebrochen. Die drei am Katzentisch waren Komplizen, hatten die höheren Weihen empfangen. Wie über einen Gott auf Erden sprach man über Paul Geheeb, den würdigen weisen Schulleiter der Lehranstalt in Oberhambach an der Bergstraße, über die geistige Weite dieses klugen Mannes, seine pazifistische Grundhaltung, schwärmte von gesunder Kost und Turnübungen im Wald, Klaus beschwor die erotisierte Atmosphäre, die zwischen den Schülern herrschte. Sofort begann es am Tisch bei Tee und Torte zu knistern. Pamela sah Erika tief in die Augen, und auch Klaus schenkte sie einen vielsagenden Blick.

»Ich gehörte nur ein Jahr lang zu denen dort oben, aber es war ein entscheidendes Jahr«, sagte Klaus, und Erika nickte zustimmend. »Wir haben unsere eigenen Gesetze und Tabus, unseren Jargon, unsere Lieder, unsere willkürlichen, aber intensiven Vorlieben und Aversionen. Wir genügen uns, wir sind autark.«

Noch etwas schweißte die drei jungen Leute zusammen.

Sie fühlten sich miteinander verbunden durch ihre hohe Geburt: Alle drei kamen direkt vom Olymp, von den Musen auserwählt. Als Abkömmlinge zweier Genies, dem unvergleichlichen Frank Wedekind und dem Großschriftsteller Thomas Mann, waren sie Thronfolger, alle drei. Pamela verriet, sie habe bereits mit fünfzehn Jahren gewusst, dass sie Schauspielerin werden wolle. »Bei einem Vater wie dem meinen bleibt mir ja doch nichts anderes übrig«, seufzte sie kokett.

Erika nickte heftig. Mit einem väterlichen Empfehlungsschreiben sei es für sie ein Kinderspiel, nach dem Abitur im kommenden Jahr auf Max Reinhardts berühmter Schauspielschule in Berlin aufgenommen zu werden, die Idee hatte sich seit dem Besuch in der Hauptstadt nur mehr verfestigt. »Ich bin eine Theaterverhexte«, sagte sie mit großen Augen.

Klaus seinerseits wusste, dass er Schriftsteller werden wollte wie der Zauberer. »Wir gehören zusammen«, stellte er zufrieden fest, und man verabredete sich gleich für den nächsten Tag.

In der Poschingerstraße hielt sich die Begeisterung über die neue Freundin sehr in Grenzen. »Ich finde Pamela entsetzlich manieriert«, gestand Thomas Mann seiner Frau, brachte es aber nicht fertig, seinen beiden Ältesten den Umgang mit den Wedekind-Töchtern zu verbieten.

Katia blieb gelassen: »Sie machen ja sowieso, was sie wollen.«

Auch Tilly Wedekind war wenig entzückt, sie fand den Stil im großbürgerlichen Hause Mann ziemlich spießig. Sie rümpfte die Nase, als Pamela und ihre jüngere Schwester Kadidja stolz verkündeten, sie bekämen Besuch von den Mann-Geschwistern, aber auch sie war machtlos gegen das neue Bündnis. Da standen Klaus und Erika schon vor der Tür und fragten gar nicht lange, ob sie eintreten dürften. Fortan erschienen sie jeden Tag.

Pamelas Trauerbrief in den Händen, sah Erika sich wieder in der Wedekind'schen Wohnung, auf dem Bett ihrer neuen Freundin. Pamelas messerscharfe Stimme klang ihr im Ohr, als sei es gestern gewesen, als sei die Zeit stehen geblieben, jene rauschhaften Tage, Wochen und Monate der Jugend, in denen das Leben rasende Fahrt aufgenommen hatte.

»Ich erbitte Ihre Aufmerksamkeit für eines der schönsten Lieder meines Vaters«, ließ Pamela mit aufgesetzter Feierlichkeit vernehmen, mit der sie zu einem Riesenpublikum zu sprechen schien. Sie griff zur Laute und strich mit den Fingern über die Saiten. »Lass uns mit dem Feuer spielen, mit dem tollen Liebesfeuer; lass uns in den Tiefen wühlen, drin die grausen Ungeheuer …«, hob sie zu singen an, und Klaus blickte abwechselnd zu Pamela und zur Totenmaske Frank Wedekinds, die über ihr an der Wand wachte. »Menschenherzens wilde Bestien, Schlangen, Schakal und Hyänen, die den Leichnam noch beläst'gen, mit den gier'gen Schneidezähnen.« Sie schenkte Klaus ein Lächeln und fletschte ihr Gebiss. »Lass uns das Getier versammeln, lass es stacheln und uns hetzen. Und die Tore fest verrammeln und uns königlich ergötzen.«

Erika stimmte ein anderes Wedekind-Lied an: »Greife wacker nach der Sünde, aus der Sünde wächst Genuss, ach, du gleichest einem Kinde, dem man alles zeigen muss.«

»Vaters ›Erdgeist‹-Lied«, flüsterte Pamela, bestürzt über so viel ererbten Ruhm, und griff abermals in die Saiten ihrer Laute und nahm ihren Gesang wieder auf. »Glücklich, wer geschickt und heiter über frische Gräber hopst, tanzend auf der Galgenleiter, hat sich keiner noch gemopst.«

»Diese Zeile war ein Wahlspruch für uns«, sagte Erika.

Das Lautenspiel brach jäh ab, Pamela ließ das Instrument in den Schoß sinken. Aus heiterem Himmel verdüsterte sich ihre Miene, sie schlug die Hände vors Gesicht und erbebte in einem Weinkrampf. Gewiss trauerte Pamela um ihren Vater, aber die Dramatik, die sie da hingelegt hatte an jenem Tag, nun ja, aus heutiger Sicht fand Erika das etwas peinlich. Mochten die Emotionen echt gewesen sein, der Ausdruck wirkte unecht, wurde ihnen nicht gerecht; Pamelas Szene, mit der sie die Wucht ihrer Gefühle zeigen wollte, war hart an der Grenze zur Lächerlichkeit, aber damals hatte Erika das nicht so empfunden. War das ganze Leben nicht ein Theater? Erika selbst hatte sich im Rausch des Geschehens nicht weniger dramatisch vor die Freundin hingekniet, während Klaus sich dicht neben sie gesetzt und den Arm um ihre schmalen Schultern gelegt hatte. Pamela stöhnte wie unter Schmerzen auf. Ihr konvulsivisches Schluchzen ließ das ganze Bett erzittern. Schließlich gelang es ihr, unter Tränen ein paar Worte zu stammeln. »Es ist wegen Papa. Er ist doch tot ... Und wir lachen hier, in seinem Arbeitszimmer ... Ich halt's nicht aus ... es bringt mich um den Verstand ... dass er tot ist ...« Wieder schlug sie die Hände vors Gesicht und steigerte sich weiter in ihr verzweifeltes Schluchzen hinein. Pamelas Hände, in denen sie ihr Gesicht verbarg, fielen durch ihre eigentümliche Form auf. »Ja«, hatte Klaus damals zu Erika gesagt, »dies war die Hand Frank Wedekinds, die schwere, ungeschickte, tragisch brutale Hand der Spaßmacher und Philosophen, der priesterlichen Clowns und burlesken Prediger, die er in seinem Werk beschworen und auf der Bühne selbst verkörpert hatte. So hatte die Tochter also auch dies geerbt, diese rührenden, schrecklichen Hände, die immer aussahen, als seien sie wund und klebrig von Blut und als täten sie weh.« Und so bitter klagend, so ungemein verletzlich wie Pamela da auf der Bettkante saß, unter Tränen am ganzen Körper zuckend, brach diese eine schicksalsschwere Frage aus Klaus heraus: »Willst du mich heiraten?«

Klaus und Pamela verlobten sich im Frühsommer 1924 mit dem festen Willen zur ganz großen Geste. Tilly Wedekind rief umgehend bei der Zeitung an und ließ die Meldung dementieren.

»Was machen wir denn jetzt mit dir?«, fragte Katia ihren Sohn.

Thomas Mann hielt die ganze Angelegenheit für eine Kinderei: »Wenn du doch nur ein bisschen älter wärest! Du bist halt gar so jung, das ist das Malheur!«

Klaus und Pamela war das egal. Sie blieben dabei: Sie waren verlobt.

Großer Auftritt Abend für Abend, Klaus im geliehenen Frack, Erika und Pamela nach Thomas Manns Geschmack in wunderlichem Abendputze, ein Kellner fragte, ob sie Artisten seien, die direkt von der Arbeit kämen. Das Trio verkehrte in Münchens verruchtesten Kaschemmen, auf Maskenbällen sah man Klaus und Pamela lasziv miteinander tanzen. Was für ein turbulentes Jahr. Erika legte im Frühjahr 1924 das Abitur ab und ging nach Berlin, es hatte tatsächlich geklappt mit Max Reinhardts Schauspielschule. Zunächst aber brach die Familie Mann zur Sommerfrische nach Hiddensee auf, Klaus nicht ohne seine Braut. Tägliches Bad im Meer, lange Strandspaziergänge, Besuche bei Gerhart Hauptmann in Kloster, am Dornbusch hinauf zum Leuchtturm, die Steilküste entlang zur Lietzenburg. Zur Belustigung der Inselgäste gab es einen Jahrmarkt, Wettspiele und ein Turnier in Gedichtaufsagen, bei dem Pamela eine Flasche Champagner gewann. Beschwipst in den Dünen waren sich die Freunde einig: »Ab jetzt darf doch kein Sommer mehr anders für uns werden!«

Am nächsten Morgen packte Klaus überraschend und überstürzt wie vom Leibhaftigen gehetzt seine Koffer und nahm die nächste Fähre zum Festland, ganz, als sei ihm das Spiel, das sich anließ wie ein Reigen à la Schnitzler, das dramatisch beschworene Glück über Nacht zu anstrengend geworden. Er fuhr zurück nach München und trieb sich mit seinem Busenfreund Ricki Hallgarten in Bierschwemmen herum. Als Nächstes meldete er sich bei Erika aus Berlin, schrieb Artikel für die *Neue Berliner Zeitung* und ersann ein Theaterstück. Schauplatz eine Erziehungsanstalt wie die Odenwaldschule, ein Heim für gefallene Kinder, wo der mondäne Erik aufkreuzt und Unruhe stiftet, weil er sich in die Schülerin Esther verliebt. *Anja und Esther*, so hieß das Stück, das er Pamela im Dezember 1924 zusandte. Er hatte Braut und Schwester ihre Rollen auf den Leib geschrieben. Damit war die brennende Frage nach der beruflichen Zukunft auf wundersame Weise geklärt. Was soll aus mir werden? Natürlich, wenn der geliebte Bruder mit im Spiel war, wollte Erika gern Schauspielerin bleiben.

Klaus las das Stück einige Zeit später im Familienkreis vor. Auf ihn, so berichtete er seinen Zuhörern, habe eine Novelle seines Freundes Herbert Schlüter Eindruck gemacht. »Sie heißt *Das Jahr 1923*. Darin kommt ein

Geschwisterpaar vor, der Bruder ist der Schwester hörig und wird weder mit seiner inzestuösen Leidenschaft noch mit seiner überspitzten Intellektualität fertig; so tötet er sich.«

Das erinnerte gefährlich an des Vaters *Wälsungenblut*, doch Klaus lenkte das Thema in eine andere, ernsthaftere Richtung: »Oh, diese Zeit, da man zwischen allen Vergnügungen immer wieder spielt mit der schrecklichen und süßen Idee des Selbstmordes; da man jedem Ausgang eine besondere Weihe abzwingt dadurch, dass man immer wieder beschließt: es sei der letzte, der letzte, der letzte. Zu allen Formen der Selbstvernichtung war man schon fest entschlossen ...«

Anja und Esther waren die Ausgeburt morbider Fantasien. Nach Klaus' pathetischem Vortrag herrschte kurzes Schweigen, bis der Vater seine Stimme erhob und ein äußerst diplomatisches Urteil abgab: »Ausbaufähig.« Für Thomas Mann war klar, der Aißi wandelte auf den schlüpfrigen Pfaden Frank Wedekinds. »Aber ein Frühlings Erwachen ist es nicht«, sprach er ein wenig kryptisch in die Runde.

Das härtere Urteil bekam Klaus nicht zu lesen. Einem Freund, dem Germanisten Ernst Bertram, schrieb Thomas Mann in deutlicheren Worten: Keine zehn Pferde brächten ihn in die Aufführung, das Drama sei eine ebenso frühreife Unternehmung wie die Verlobung. »Ein unglaublich korruptes und gebrechliches Stückchen.«

Bühne frei für die verrückten Kinder! *Anja und Esther* feierte am 20. Oktober 1925 in den Münchner Kammerspielen Premiere. Zwei Tage später, in einer Inszenierung der Hamburger Kammerspiele, standen Erika, Pamela und

Klaus selbst auf der Bühne, alle drei. Noch einer spielte mit und führte Regie: Gustaf Gründgens. Der Vorhang fiel, Fäuste reckten sich, man schrie: Skandal! »Dichterkinder spielen Theater!« hieß es nach der Uraufführung in der *Berliner Illustrirten.* »Lächerliches Sexualstückchen« schrieb ein Kritiker tags darauf in der Zeitung, »krankhaftes Meisterwerkchen« ein anderer. Der angesehene Kritiker Herbert Ihering urteilte, *Anja und Esther* sei ein dramatisierter Marlitt-Roman auf homosexuell. Ein anderer Kritiker, Werner Krauss, soll aufs Ankündigungsplakat geschrieben haben: »Hier können Familien Stücke spielen.« Eine zugkräftige Note, die die Neugier der Leute weckte: Was trieben denn die sagenumwitterten Nachkommen der Schriftstellerprominenz so?

Klaus' nächstes Stück, die *Revue zu Vieren*, ein Flop, egal. Man spielte jenseits der Bühne weiter, denn da fehlte doch noch was. Die Verlobung von Klaus und Pamela hatte die Geometrie des Dreiecks aus den Fugen geraten lassen. Also wurde am 24. Juni 1926 auf dem Standesamt am Münchener Petersplatz ein weiteres Stück aufgeführt. Die Tür zum Trauzimmer öffnete sich für eine einmalige und einzigartige Vorstellung. Auftritt Erika Mann und Gustaf Gründgens.

»Fräulein Mann«, begrüßte sie der Standesbeamte, »die Dame geht üblicherweise immer rechts und der Herr links.«

Erika verzog keine Miene, als sie die Seite wechselte. Die Hochzeitsgäste hatten sich schon versammelt, allen voran die Trauzeugen, niemand Geringeres als Thomas Mann und neben ihm Klaus Pringsheim. Beide machten eine äußerst gute Figur. Katia, Klaus, Monika und Golo waren da, ebenfalls Emmi Gründgens, die Mutter des Bräutigams, die erklärte, dass ihr Mann und ihre Tochter leider nicht dabei sein könnten, ein Autounfall, aber offenbar ging es nicht um Leben und Tod. Erika interessierte sich wenig für die Verwandtschaft ihres Zukünftigen, und die sich offenbar auch nicht sonderlich für die Manns. Sie machte sich nichts vor, Gustaf wusste genau, dass es seiner Karriere nicht schadete, wenn er in die Familie des berühmten Romanciers einheiratete.

»Wollen Sie die hier anwesende Erika Mann ...« Sie hörte Gustaf ein Ja sagen wie durch einen langen Tunnel. Der Standesbeamte wandte sich nun an Erika und spulte ihre Personalien herunter. »Erika Julia Hedwig Mann.« Auf den Namen von Katias berühmter Großmutter Hedwig Dohm, die sich im vergangenen Jahrhundert für das Frauenwahlrecht stark gemacht hatte, war Erika stolz. Sie hatte viel von ihr geerbt, Durchsetzungskraft, Gerechtigkeitssinn. »Fräulein Mann? Wollen Sie den hier anwesenden Gustaf Gründgens ...«, die leiernde Stimme des Standesbeamten war schon wieder verhallt, und Erika antwortete so melodiös wie möglich mit Ja.

Der Standesbeamte schob Papier über den Schreibtisch. Der große Moment schmolz in den Amtsräumen zur Formalie mit einer Vorgangsnummer zusammen. Gründgens äugte durch sein Monokel aufs Formular und unterschrieb. Erika sah ihm zu wie dem Schauspieler auf der Bühne und vergaß dabei ganz, dass auch sie ihren Namen aufs Papier setzen musste. Der Federhalter schwebte über dem Blatt. »Jetzt unterschreiben Sie endlich, Frau Gründgens!«, herrschte der Standesbeamte sie an. Über diesen barschen Ton war selbst Erika erschrocken. Brav unterschrieb sie, kam sich vor wie eine Schülerin bei einer Strafarbeit.

Nachdem noch die Trauzeugen unterschrieben und alle

sich in die Automobile sortiert hatten, fuhr die Hochzeitsgesellschaft zum Mittagessen aus der Stadt hinaus an den Starnberger See, der vor der imposanten Alpenkulisse im strahlenden Sonnenschein tiefblau dalag. Im Hotel Kaiserin Elisabeth in Feldafing wurden Forellen gereicht. Man gönnte sich was an diesem Tag.

Abends wurde in der Poschingerstraße weitergefeiert. Für einige Heiterkeit sorgte das Geschenk der Brauteltern, eine praktische Vorrichtung für die Toilette, ein Apparat, der die Melodie von *Üb immer Treu und Redlichkeit* erklingen ließ, wenn man sich am Toilettenpapier bediente. Weitere Gäste tauchten auf im Laufe des Abends, Ricki Hallgarten, Wilhelm Emanuel Süskind, Bruno Frank, Tilly Wedekind. Eine aber fehlte: Pamela hatte kurzfristig abgesagt, Erika musste nicht lange raten, warum. Der erotisch flexible Gründgens war ihr zu einer Art Nebenbuhler geworden. In seiner rührenden Rede sprach Thomas Mann von Pamelas Astralleib, den er neben Klaus sitzen sähe. Erika nannte er eine Vielgeliebte, und der frischgebackene Schwiegersohn musste sich den Vergleich mit einem Glühwürmchen gefallen lassen, das, am Tage unscheinbar, erst am Abend leuchten würde. Immerhin hatte Thomas Mann ihm großzügig das Du angeboten, wahrlich ein Ritterschlag. Klaus Pringsheim flirtete unübersehbar mit Gustaf, der auch als Tänzer leuchtete, derweil Erika, angetan mit Schleierchen und Myrtenkranz, leichtfüßig mit Klaus übers Parkett glitt. »Du siehst wie eine wunderschöne Iphigenie aus, mit strengem Kranze und verdunkeltem Blick«, raunte Klaus seiner Schwester ins Ohr. Shimmy, Fox, Tango, Wange an Wange, es wirkte ganz so, als seien Bruder und Schwester das Hochzeitspaar.

Die Hochzeitsreise führte die Frischvermählten für

zwei Wochen nach Friedrichshafen am Bodensee, in eine echte Luxusabsteige. Vier Wochen zuvor war Erika noch mit Pamela dort gewesen, inniglich in Liebe verbunden. Sie schrieb von dort einen Brief an die geliebte Göttin: »Und jetzt sind wir einfach im Kurgartenhotel, wo groß und klein uns frivol behandeln muss, da niemand und der Klügste nicht, den Ehestand uns glauben *kann*. Aber dass wir (Du und ich!) in der Kurliste des vorigen Monats stehen – ich als Schauspielerin und Du als Herr Wedekind aus München, ist mir lieb. – Meine Pamela, *bitte*, *bitte* komm bald. So schrecklich gern möchte ich es, weil ich Dich eben doch über die Maßen liebe. Schau, das Kläuschen kommt wohl am Sonntag oder Montag. Willst Du nicht mit ihm reisen?«

Die *Revue zu Vieren* wurde im richtigen Leben auch wieder aufgenommen und erhielt prickelnde Würze durch eine Herrenbekanntschaft, Hermann Kleinhuber, der seine Muskeln auf dem Sportplatz des VfB Friedrichshafen spielen ließ und Gründgens' begehrliche Blicke auf sich zog.

»Die Ehe aber ist unser pathetischer Wunsch, eine Einsamkeit zu überwinden, von der wir wissen, dass sie endgültig ist«, der Auffassung war Klaus. Nach Erikas Hochzeit schrieb er Pamela seine Wünsche: »Ich möchte gerne, dass wir jetzt im Frühsommer auch heiraten. Ich halte den Zeitpunkt jetzt für gekommen.«

Jetzt war Erika dem Bruder wieder einen Schritt voraus, Klaus musste nachziehen. Verliebt, verlobt, verheiratet – Letzteres gestaltete sich schwierig. Klaus war erst achtzehn und musste sich zuerst mündigsprechen lassen. Erika zog die Sache an sich. Sie wich Klaus nicht von der Seite, als er die Angelegenheit beim Vormundschaftsgericht am

Mariahilf-Platz klären wollte. »Ein Stempel, eine Unterschrift«, so kompliziert kann das doch nicht sein.

»Wir wollen auf jeden Fall sehr fein und höflich sein, wir werden uns alle Herzen im Sturm erobern«, sagte Erika, die sich zierlich herausgeputzt hatte. Frohgemut lustwandelten sie durch die langen Gänge des alten Gebäudes, bis hin zu jener Tür, hinter der sie sich die Lösung des Problems erhofften. Sie klopften an, niemand bat herein, Erika drückte die Klinke herunter und trat siegesgewiss in die verräucherte Amtsstube, Klaus einen Schritt hinter ihr. Der Amtsschimmel wieherte abermals. »Haben Sie einen Termin?«, fragte ein Herr mit Ärmelschonern, der hinter einem Stapel Akten fast verschwand. Im Aschenbecher dampfte eine Zigarre.

»Erika Gründgens. Gründgens Mann«, ließ sie die gewichtigen Namen fallen und trat näher an den Schreibtisch heran.

»Haben Sie einen Termin?«

Klaus schüttelte den Kopf, Erika stieß ihn mit dem Ellenbogen in die Seite.

»Vereinbaren Sie einen Termin, dann können Sie wiederkommen. Und überhaupt, junger Freund, nehmen Sie erstmal die Hände aus den Hosentaschen!« Der Mann zog seine Brille von der Nase, griff zu seiner im Aschenbecher dampfenden Zigarre und vertiefte sich in einen Aktenordner. Es hatte wirklich keinen Sinn.

»Hätte ich ahnen können, wie schwer man es unserer Jugend macht, auf bürgerliche Wege, ich möchte sagen, auf die Wege der häuslichen Tugend, zu kommen«, sagte Klaus, als sie wieder über die Gänge nach unten strebten. »Wie unüberwindbar die Hindernisse sind, mit denen die Staatsgewalt uns erschreckt!«

»Lass mich nur machen«, beruhigte Erika ihn. In den folgenden Tagen rannte sie von einem Amt zum nächsten kreuz und quer durch München. Sie lernte weitere tabakdurchtränkte, mit Aktenbergen verstopfte Amtsräume kennen, aber ihre Mühen blieben erfolglos. Hier kein Termin in Sicht, dort weitere Unterlagen vonnöten, die man sonstwo bekam.

»Man macht es uns schwer, man behandelt den Untertan unwirsch, selbst wenn er nichts als das durchaus Löbliche will. So scheucht man uns auf den Pfad des Lasters, dort lustwandeln wir wieder, aber man gebe uns nicht die Schuld«, sagte Klaus. Und beschloss, dann eben noch mit der Hochzeit zu warten, bis er die Volljährigkeit erreicht hätte.

Am 7. Oktober 1927 gingen Klaus und Erika auf große Fahrt. Erstmal raus aus dem Beziehungslabyrinth, hinein in die weite Welt, um sich die Zeit bis zu Klaus' Hochzeit stilvoll zu vertreiben. Sie wollten rund um den Globus, hinauf zum Nordkap, in die Sowjetunion, nach Japan und Amerika. Katia sagte zum Abschied: »Aber Weihnachten seid ihr wieder im Lande, ja?«

»Fest versprochen!«

Weihnachten feierten Klaus und Erika in Hollywood, im Hause von Emil Jannings und seiner Frau Gussy Holl. Die schmale Reisekasse füllten sie durch Honorare für Vorträge und Rezitationsabende auf. Allerorten wurden sie als »literary Mann twins« angekündigt. Der Name Mann erwies sich überall als Türöffner. In New York fühlten sie sich am wohlsten, in ihrem Hotel, dem Bedford. Nach dem Frühstück pflegte Klaus deutsche Tageszeitungen zu lesen, die in der Lobby auslagen. »Was ist? Hat der Vater den Nobelpreis bekommen? Oder ist Hitler Reichskanzler geworden?«, scherzte Erika, als sie sah, wie Klaus fassungslos in die aufgeschlagenen Seiten starrte.

»Er ist achtzehn Jahre älter als sie!«

In den Gesellschaftsspalten der Zeitung wurde Pamelas baldige Verehelichung mit Carl Sternheim bekanntgegeben. Wie merkwürdig, dies hier in New York, so fern von den gemeinsamen Pfaden, auf denen sie gewandelt waren, zu lesen. »Nur eine weitere theatralische Geste«, so Erikas Kommentar.

»Ich muss ihr sofort schreiben«, sagte Klaus, »sie vor einer riesigen Dummheit bewahren. Bei aller Fantasie, ich kann mir nicht vorstellen, wie das zu Ende gehen soll, was sie da so entschlossen angefangen hat. Ich habe Angst um sie, und daran merke ich, wie viel mir weiterhin an ihr gelegen ist.«

Carl Sternheim war, wie Frank Wedekind, einer der erfolgreichsten Dramatiker des frühen 20. Jahrhunderts. Seit einem Besuch des Trios auf seinem Landsitz am Starnberger See war er Pamela auf ihren Tourneen von Gastspiel zu Gastspiel hinterhergereist. Mehr noch, er hatte für sie die Rolle des Gespielen von Oscar Wilde in seinem neuen, gleichnamigen Stück vorgesehen und sie an die Riviera eingeladen. Pamela war allen Ernstes auf die Werbung des Mannes eingegangen, der ihr Vater hätte sein können, und dessen Tochter Mopsa ihre Freundin war.

»Tut sie das, weil sie in ihm eine Verkörperung des Vaters erblickt?«, fragte Klaus. »Was für eine barocke Laune! Zwar lässt sich nicht bestreiten, dass Sternheim Talent, Witz und Originalität besitzt; aber gleich heiraten!« Das freilich sagte der Richtige!

»Sie wird sich noch umsehen in dieser Ehe«, prophezeite

Erika. »Als unverbesserlicher Patriarch, der er ist, wird er sie auf Schritt und Tritt gängeln. Unterordnen wird sie sich müssen, ausgerechnet Pamela.«

»Das will ich mir nicht vorstellen«, stöhnte Klaus.

Musste er aber. Von der Weltreise zurück, trafen die Geschwister das Ehepaar, dessen Verbindung weder Klaus noch Erika aus der Ferne hätten verhindern können. Pamela warf Klaus vor, sie sei für ihn austauschbar gewesen, es nutzte nichts mehr, dass er die Verlobung, dass er *Anja und Esther* und seinen ersten Roman *Der Fromme Tanz*, den er inspiriert von der Berlinreise 1926 veröffentlicht und ihr gewidmet hatte, als Gegen- und Liebesbeweise anführte. »Mein Interesse für Dich ist unauslöschlich; es ist ein Interesse, so tief, dass man es beinah Liebe nennen könnte. Dieses Geständnis Dir heute, post festum, wenn ich Dir heute ›Vorwürfe‹ zu machen scheine, tue ich das sicher nicht, um Dich zu kränken oder mich zu ergötzen. Aber ich bin der Überzeugung, dass Du Dich, was Deine Beziehungen zu uns angeht, unaufhörlich belügst. Der Tonfall, den Du gegen uns gewählt hast – ›Seid ruhig, meine Lieben, nichts Unrichtiges wird geschehen!‹ –, ist auf die Dauer unmöglich. Es sind Unrichtigkeiten geschehen, und zwar beinah unverbesserliche.«

Pamela hatte sich gegen die Rebellion der Jugend und für einen Mann der Vätergeneration entschieden, das mussten sie akzeptieren. Aber ausgerechnet Sternheim, dieser verkniffene schnauzbärtige Mensch! Ein Wiedersehen in der Heimat, was für ein Schock! Pamela hatte sich verändert; sie erinnerte Erika und Klaus unangenehm an die aufgetakelte Sybil Vane, über die sie sich vor Kurzem noch lustig gemacht hatte, ganz große Toilette. Als Sternheim zu einem Monolog über die schlaffe, unmoralische Jugend anhob, machte Pamela gute Miene zum bösen Spiel. Oder meinte sie es ernst mit ihrer Ergebenheit? Erika und Klaus war unwohl bei der Vorstellung, sie sahen zu, dass sie schnell wieder fortkamen. Eine Einladung an den Starnberger See, wo das Paar nun lebte, schlugen sie aus. »Am schlimmsten ist es, sie so unglücklich zu sehen«, sagte Erika.

»Das fatale Gesetz der Bindung an den Vater«, erinnerte Klaus.

Erika war klar, warum Klaus das so genau wusste. Ein solches Gesetz herrschte über vieles in seinem Handeln. Und in ihrem.

Bruno Walter, diese unsägliche Amour Fou. Erika fühlte sich schon früh magisch angezogen vom anderen Zauberer, dem Dirigenten, der Chef der Wiener und der Bayerischen Hofoper gewesen war. In München waren sie Nachbarn, Erika und Klaus hatten mit den Walter-Töchtern Lotte und Gretel im Herzogpark gespielt. Bruno Walter war verheiratet und um die dreißig Jahre älter als Erika. Schwer war es nicht gewesen, sich in diese Ehe mit einer unglücklichen Sopranistin hineinzuschleichen. Im Hause Walter herrschte eine Stimmung zum Leute vergraulen, der Vater hatte sich dazu hinreißen lassen, von der »Walter'schen Hölle« zu sprechen. Wie konnte der Musensohn, für Erika geradezu die Inkarnation eines Musikers, der für die Noten lebte, es mit einer so missgünstigen, miesepetrigen Person aushalten? Erikas Verhältnis mit Bruno Walter erhielt eine besondere Würze durch das Geheimnis, das sie teilten. Konspirative Rendezvous' an verabredeten Orten, die Diskretion eines Hotelzimmers, das war ihre Beziehung, und während der Abwesenheiten hatte sie die Möglichkeit, ihre Sehnsucht am Grammofon zu pflegen, indem sie Walters Einspielungen seines viel zu früh verstorbenen Freundes Gustav Mahler hörte.

Die Jagd nach Liebe führte in die Vergangenheit, war ein Gang zu den Vätern, und die Liebe, die Klaus und Erika füreinander empfanden, gehörte ins Reich des Verbotenen. Eine Liebe, die mehr wollte als Seelenverwandtschaft und nicht aufzulösen war. »Außer im Tod«, sagte Klaus düster. »Oder auf der Bühne!« Fünf Jahre nach *Anja und Esther*, 1929 war Jean Cocteaus Roman *Les Enfants terribles*, *Die schrecklichen Kinder* erschienen. Klaus war vom Buch seines Pariser Freundes elektrisiert. »Die nach ihren eigenen Gesetzen lebenden Geschwister, die sich ihre magische Welt erschaffen, das sind doch wir!«

Klaus machte sich an die Arbeit und verwandelte den Roman in ein Bühnenstück. »Wir müssen es selbst spielen. Wir sind Paul und Elisabeth.«

Am 12. November 1930 fand an den Münchner Kammerspielen die Uraufführung der *Geschwister* statt. Tatsächlich standen Erika und Klaus gemeinsam auf der Bühne, die Freundin Therese Giehse spielte die bodenständige Haushälterin Marietta.

Paul: »Mach keine weiteren Umstände, komm in die Wanne zu mir.«

Elisabeth: »Aufforderung zur Unzucht: strafbar.«

Paul: »Als Kindern hat man Elisabeth und mir eingeredet, dass wir sofort in die Hölle kämen – aber weißt du: sofort, auf der Stelle –, wenn wir uns gegenseitig anfassten; oder einen Kuss gäben; oder uns sonst wie zu nahe kämen.«

Das Finale, Ende des vierten Aktes, ein Revolver blitzte silbrig im Scheinwerferlicht. Paul: »Hast du das silberne Ding auch fest an der Schläfe?«

Elisabeth: »Fest an der Schläfe. Versuch doch, ob du die Augen noch einmal aufmachen kannst.«

Paul: »Es geht nicht mehr. Das große Einschlafspiel –«

Elisabeth: »Denke ganz fest, dass du steigst. Wir werden dieselben Träume haben.«

Paul: »Vögel steigen mit mir auf, Elisabeth. Tauben. Das Zimmer ist so wunderbar hergerichtet. Jetzt dürfen wir uns endlich anfassen.«

Das Publikum empörte sich. Pfiffe, Buh! Der Vorhang fiel, die Kinder hatten einen handfesten Skandal entfacht, bei dem genau das passierte, was Klaus sich sehnlichst gewünscht hatte, sein Name fiel in einem Atemzug mit dem des verehrten Frank Wedekind.

Ach Pamela! Der Gespielin aus wilden Jugendtagen kann Erika sogar die politische Trägheit der finsteren Zeiten verzeihen. »Liebe Pamela«, beginnt sie ihren Brief. »Trotz den Jahren der Trennung und der traurigen Entfremdung, weißt Du gewiss und kannst es ganz ermessen, was dieser Tod mir bedeutet. Dass er auch Dich getroffen hat, lese ich dankbar aus jeder Deiner Zeilen.« Sie schildert Pamela die letzten Tage, Cannes, der Stein, Klaus' finale Verzweiflung, bevor sie ihren Brief schließt: »Es ist entsetzlich viel mit ihm dahingegangen«, schreibt Erika, »– und nicht nur für mich und für uns. Wüsste ich meinerseits nichts weiter über den Zustand unseres unseligen Planeten, als dass Klaus nicht mehr leben konnte, mir bangte erheblich.« Tatsächlich kommt ihr ein »Deine E.« unerwartet flüssig aufs Papier, unter einem Satz, der dasteht wie in Stein gemeißelt: »Wie ich leben soll, weiß ich noch nicht, weiß nur, dass ich muss; und bin doch gar nicht zu denken ohne ihn.«

Pamela lebte inzwischen längst in einer anderen Beziehung. Sie hatte sich 1934 von Sternheim scheiden lassen und 1941 den Schauspieler Charles Regnier geheiratet. Liebe zu dritt – Schnee von gestern. Beim Gedanken an ihren eigenen ehemaligen Mann aber schäumt Erika noch immer vor Wut. Gustaf Gründgens, diese erbärmliche Gestalt, dieser Mitläufer, nein, schlimmer, er hatte sich den neuen Herren im Lande angedient, seine Karriere war unter Joseph Goebbels' schützender Hand in Fahrt gekommen. Eine Schande, mit dem Mann verheiratet gewesen zu sein! Umso dringender ihr Bedürfnis, sich öffentlich über seinen Fall zu äußern: Das hatte sie kürzlich erst in einem Essay geschrieben: »Die ›Entnazifizierung‹ – so viel ist bekannt – ist bei den Deutschen höchst unbeliebt, und sie lassen keine Gelegenheit aus, ihre ›Opfer‹ und ›Überlebenden‹ lautstark, gezielt und aggressiv zu feiern. Um nur ein Beispiel zu nennen, haben sie dies im Fall von Gustaf Gründgens getan, dem Schauspieler, Regisseur, Nazi-›Staatsrat‹, Senator und engen Freund Görings, als ihm die Russen schließlich erlaubten, wieder in Berlin aufzutreten.«

Gründgens wird von vielen entlastet, vom Liederdichter Ernst Busch zum Beispiel, den die Nazis zum Tode verurteilt hatten. Nun setzte der sich seinerseits für seinen einstigen Retter ein. Und so hatte Gründgens bereits 1946 auf renommierten Bühnen auftreten und Regie führen können, in Ost-Berlin am Deutschen Theater und den Kammerspielen. Ausgerechnet im sowjetischen Sektor! Mal wieder hat Erika recht behalten, die Kommunisten waren in ihrer Machtgier keinen Deut besser als die Faschisten. Seit 1947 fungierte Gründgens als Generalintendant der Städtischen Bühnen Düsseldorf. Sein Einfluss war ungebrochen, niemand wollte etwas von seinen Verbindungen zu den Nazis hören, zu viele Leute hatten doch selbst gute Gründe, den Mantel des Schweigens über ihre Vergangenheit zu breiten. Klar, dass Klaus vergeblich einen deutschen Verlag für seinen Roman *Mephisto* gesucht hatte. Ihm war ein scharf umrissenes Porträt des korrumpierten Schauspielers gelungen, der jenseits von Moral und Gewissen einen Pakt mit dem Teufel geschlossen hatte, Hendrik Höfgen, unschwer als Gustaf Gründgens zu erkennen. 1936 war Klaus' *Mephisto* bei Querido in Amsterdam erschienen, und Thomas Mann hatte ihn mit Vergnügen gelesen, ihn »leichtfüßig und amüsant, ja brillant, sehr komisch oft und auch sprachlich fein und sauber« gefunden. Beim Gedanken an Gründgens überkam Erika heiliger Zorn, sie musste Klaus' Buch über die steile Karriere von Görings Busenfreund im Dritten Reich so schnell wie möglich in Deutschland an den Mann bringen. Aber wenn Gründgens schon wieder so einflussreich war, welcher Verlag wagte die Konfrontation? Erika hatte in der Zeitung gelesen, dass Gründgens bei den diesjährigen Festspielen in Edinburgh den *Faust I* inszenierte, sich also auch als Export-Star des Westens den roten Teppich ausrollen ließ. *Der Spiegel* schrieb erst kürzlich vom »ersten deutschen Schauspiel-Ensemble, das nach dem Kriege im Ausland Kulturpropaganda für das Deutschland Goethes und Adenauers machen darf«. »Ausgerechnet Gustaf, der sich für diesen Artikel präsentiert wie ein Widerstandskämpfer, ein edler Retter, der völlig uneigennützig gehandelt hat!« Erika dreht es den Magen um. Sie muss einen Verlag für seinen *Mephisto* finden, jetzt erst recht.

*

Erika blättert auch heute in den Zeitungen, die im Hotel ausliegen, die *Neue Zürcher Zeitung*, deutsche und französische Presse. Im Feuilleton Besprechungen der aktuellen Neuerscheinungen. Am 24. Mai 1949, liest sie da, ist in Frankreich, im Verlag Gallimard, ein Buch herausgekommen, dessen Titel Erika aufhorchen lässt, *Le Deuxième Sexe*, das zweite, oder sollte man sagen, das andere Geschlecht? Es stammt aus der Feder der Pariser Philosophin und Schriftstellerin Simone de Beauvoir. Nein, begegnet sind sich die beiden Frauen nie, leicht hätte man sich in die Arme laufen können in einem der Cafés am Rive Gauche, dem Flore, dem Deux Magots, oder einer der Brasserien am Montparnasse, dem Select oder dem Dôme, im Dunst gesellig gerauchter Zigaretten und hitziger Diskussionen seinerzeit im Exil, 1939, und die Welt in großer Anspannung, zwischen Hoffnung und Bangen, ob ein drohender Krieg noch abzuwenden sei. Doch die Mann-Kinder bewegten sich in Paris in anderen Kreisen, vor allem denen deutscher Emigranten. Klaus wiederum fühlte sich zu Männern hingezogen, die seine Neigungen teilten, René Crevel, Julien Green, André Gide. Die Philosophen um Sartre und Beauvoir bevölkerten einen anderen Kosmos, die Welt der Intellektuellen vom Rive Gauche, der Absolventen der Grandes Écoles und Écoles Nationales, in die einzudringen nicht so leicht schien, schade.

Denn Gesprächsthemen hätten Erika und Simone zur Genüge gehabt. Die Frauen, das Weibliche, das eigene vermeintlich schwache Geschlecht, schon lange Erikas Leib-und-Magen-Thema, aber sie ist nun mal keine Philosophin, die ihre Ansichten in ein wissenschaftlich verankertes Manifest fließen lässt. Sie ist eine flammende Rednerin, glühende Aktivistin, engagierte Bühnenkünstlerin, findet ihre schärfsten Worte am offenen Mikrofon. Unvergesslich ist ihr jener 13. Januar 1932, die Friedensveranstaltung der ›Internationalen Frauenliga für Frieden und Freiheit‹, die in einem Saal des Münchner Hotels Union in der Maxvorstadt stattfand. Die Frauen nahmen Bezug auf die Genfer Abrüstungskonferenz, die am 2. Februar 1932 beginnen sollte, und appellierten an die Staatsmänner der Welt. Es ging schon ein Jahr vor Hitlers Aufstieg an die Macht um alles oder nichts, um Krieg und Frieden. Das Motto lautete: »Abrüstung oder Weltuntergang.« Es sprach auch Erika Mann, gleich nach der Hauptrednerin der Veranstaltung, der französischen Pazifistin Marcelle Capy.

»Hoffentlich hält meine Stimme durch«, sagte Erika zu Klaus, der sie bis zum Veranstaltungsort begleitete. Warum hatte sie bei den winterlichen Temperaturen auch im offenen Wagen fahren müssen, die ganze Strecke von Berlin hinunter nach München? Aber der Spaß, mit Klaus auf dem Beifahrersitz über die dunklen Straßen zu brausen, war einfach zu verlockend gewesen, der Geschwindigkeitsrausch, den Erika stets aufs Neue brauchte, um sich zu spüren.

Klaus wünschte ihr mit brüderlichem Schulterklopfen alles Gute, verschwand im Saal und suchte sich einen Platz in den hinteren Reihen. Erika strebte der Bühne mit dem Rednerpult zu. »Es spricht die Schriftstellerin Erika

Mann«, wurde sie da auch schon von einer der Organisatorinnen der Veranstaltung angekündigt.

Das Skript in der Hand, ein wenig bleich und im lässigen Jackett, trat Erika ans Pult und räusperte sich. Blickte ins Plenum, eine Menge Frauen, die dem Aufruf gefolgt waren und genau wussten, dass die Lunte brannte. Hitler, das bedeutet Krieg, davon hatte Louis Aragon gesprochen, der französische Schriftsteller, der es mit den Kommunisten hielt. »Letzter Ruf!«, hob sie an. »Wir haben argumentiert und bewiesen. Wir haben gebeten und gewarnt und gemahnt, ein Jahr lang, in Notizen, Artikeln und Schlagzeilen. Jetzt rufen wir: Fordert von der Abrüstungskonferenz die allgemeine und totale Abrüstung!«

Applaus brandete auf. Erika glaubte, Klaus aus den Reihen herauszuhören, wie er sie nach Kräften anfeuernd in die Hände klatschte. Der Text, den Erika zu Gehör brachte, stammte aus der pazifistischen Zeitschrift *Die Zukunft*. Constanze Hallgarten, Rickis Mutter, glühende Pazifistin auch sie, hatte ihn ausgewählt. Darin wurde gewarnt vor den Folgen einer Eskalation, den unumkehrbaren Konsequenzen eines Giftgaskrieges. »Ohne den stabilisierten Frieden ist in Europa alles Tun und Treiben sinnlos«, fuhr sie fort. »Was soll eine Frau Kinder gebären und großziehen, wenn schon in irgendeinem Arsenal der internationalen Rüstungsindustrie die für sie bestimmte Giftgasbombe lagert? Was soll ein Lehrer die Jugend unterweisen, wenn Töten und Getötetwerden Endziel aller Unterweisung ist? Was soll Sozialismus, wenn nur ein Leichenfeld zum Sozialismus übrig bleibt?« Eindringlich appellierte sie ans Publikum, doch während sie sich selbst reden hörte, schlichen bösartige Gedanken in ihrem Kopf herum. Sie sprach hier zu einer Gesellschaft Gleichgesinnter. Müsste sie sich nicht an diejenigen wenden, die erst noch zu überzeugen wären, all die Konservativen, Obrigkeitshörigen, die wie die Kämpen des Krieges von 1914–1918 an die Ehre des Vaterlandes glaubten, für das selbst der geliebte Sohn einen Blutzoll zahlen sollte? Erika war nicht naiv. Gerade diese Leute würde sie mit ihren Worten nicht erreichen. Doch sie konnte jene mobilisieren, die ihre Meinung teilten und sich immer noch in Sicherheit wiegten, die bislang die Dringlichkeit nicht erkannt hatten, mit der Abrüstung gefordert werden musste, um einen drohenden Krieg abzuwenden. »Wartet Ihr auf ein Wunder?«, fragte sie nun in die Zuhörerschaft hinein. »Es wird keins kommen. Aber die Staatsmänner werden ihr Ohr nicht verschließen können vor dem Ruf vieler Millionen. Fordert die Abrüstung. Sammelt Unterschriften für die Abrüstungsforderung der Internationalen Frauenliga für Frieden und Freiheit!«

Erneut tosender Applaus, als Erika mit ihrem Appell zum Ende kam. Die Frauen in den dicht besetzten Reihen jubelten ihr zu. Da mischten sich plötzlich andere Töne in den begeisterten Chor. Poltern und Gebrüll, von außen wurde gegen die Türen gebollert, derbe Rufe drangen in den Saal, kein Zweifel, Nazis, SA-Männer, die mit roher Gewalt versuchten, die Veranstaltung zu sprengen. Vorsichtshalber waren die Eingänge zum Saal abgeschlossen worden, die völlig enthemmten Fanatiker traten mit ihren schweren Stiefeln gegen die Türen, ließen Gummiknüppel und Schlagringe gegen die Schlösser sausen, doch die hielten zum Glück stand. Einige der Frauen ergriff die Panik, wer konnte es ihnen verdenken, sie stimmten lautes Geschrei an, sprangen auf und rafften die Röcke, ihre nervösen Blicke suchten die Nebenausgänge. Constanze Hallgarten hatte vorausschauend Polizeischutz für die Veranstaltung angefordert, ein Glück. Die gewalttätigen Störenfriede zogen unverrichteter Dinge ab. Erika war längst durch einen Hinterausgang verschwunden. Klaus hatte dort schon auf sie gewartet.

Drei Tage später, am 16. Januar 1932, titelte der *Völkische Beobachter*: »Pazifistenskandal in München« und berichtete von der »Hetzpropaganda einer Französin gegen die deutsche Landesverteidigung«. Wer den Artikel weiterlas, erfuhr Folgendes: »Ein besonders widerliches Kapitel stellte das Auftreten Erika Manns dar, die als Schauspielerin, wie sie sagte, ihre ›Kunst‹ dem Heil des Friedens widmete. In Haltung und Gebärde ein blasierter Lebejüngling, brachte sie ihren blühenden Unsinn über die ›deutsche Zukunft‹ vor ... Das Kapitel ›Familie Mann‹ erweitert sich nachgerade zu einem Münchner Skandal, der auch zu gegebener Zeit seine Liquidierung finden muss.«

Das kam verbaler Sippenhaft gleich und war eine offene Morddrohung an die gesamte Familie Mann. Erikas düstere Zukunftsvisionen bewahrheiteten sich. Nichtsdestotrotz, so schlimm und ernstzunehmend die Drohung war, die Bezeichnung »Lebejüngling«, die auf sie gemünzt war, ließ sie schmunzeln, daran denken, wie diebisch sie sich als Kinder darüber gefreut hatten, wenn Leute auf der Straße sie für Brüder hielten, Klaus und sie. Von wem stammte der Artikel eigentlich? Auch andere Organe der völkischen Presse fielen mit triefenden Lefzen über Erika her, der *Illustrierte Beobachter* und *Die Front* verunglimpften sie als »Zuhälterin des jüdischen Sklavenhalters« und als »pazifistische Friedenshyäne«, die in einem »Klub von Irrenhausanwärterinnen« aufgetreten war. Erika machte sich keine Illusionen. Hätten die Nazis das Sagen im Land, würden sie für ihresgleichen noch ganz andere Orte erfinden, Erziehungsanstalten, Gefängnisse, Arbeitslager. Als besäßen Heim und Herd, wohin die Nazis emanzipierte Frauen wie sie, in deren Jargon »perverse Halbweibchen«, zurückschicken wollten, nicht schon Schrecken genug. Diese Schmähartikel vor Augen, war für Erika klar, sie würde Deutschland verlassen müssen, an dem Tag, an dem Hitler in die Reichskanzlei einzog. Sie und die gesamte Familie. Und sie fürchtete, der Tag war nicht mehr fern. Der Vater irrte, wenn er immer noch glaubte, die offene Barbarei werde sich in diesem schönen Lande nicht durchsetzen können. »Ihre halben Erfolge und die nie abgestellte Drohung erschweren unsere Tätigkeit schon genug und nötigen uns viel Kraft dranzusetzen, nur um das Schlimmste aufzuhalten. Dabei weiß man, was wirklich zu geschehen hätte«, das hatte er Onkel Heinrich gegenüber geäußert.

»Jedenfalls können wir das so nicht auf uns sitzen lassen« befand Erika und faltete die böse Zeitung zusammen. »Nur so können wir uns gegen dieses Schlimmste wehren. Wir müssen ein deutliches Zeichen setzen.« Constanze Hallgarten war derselben Auffassung, und die beiden Frauen reichten Klage ein. Im September 1932 wurden die Schriftleiter der Hetzblätter von einem Münchner Strafgericht zu einer Strafe von 1500 Reichsmark verurteilt, wegen Beleidigung.

»Denen haben wir es jetzt aber gezeigt!«, sagte Erika zufrieden. Dass das erst der Anfang war, ließ sich düster erahnen.

Der Sieg vor Gericht verschaffte den Frauen große Genugtuung, die politischen Entwicklungen in Deutschland ließen dennoch nichts Gutes hoffen. Bei der Reichstagswahl am 31. Juli 1932 wurde die NSDAP mit annähernd 40 Prozent der Stimmen stärkste Fraktion. Der Kampf musste weitergehen, mit den Mitteln, die Erika zur Verfügung standen und die sie am liebsten einsetzte. Wieder, wie beim Laienbund deutscher Mimiker, war es ein 1. Januar, ein Neujahrstag, der als apartes Gründungsdatum in Erikas Vita einging. Sie war fest davon überzeugt: »Das Böse kann nicht beschwichtigt werden; es muss bekämpft und vernichtet werden.« Ein Kabarett, das schien das probate Mittel zu sein, es entsprach der Schauspielerin und politisch Aktiven. In einem Kabarett ließen sich Bühnenkunst und Engagement trefflich vereinen.

Am 1. Januar 1933 wurde die Pfeffermühle eröffnet, in der einmal von Gussy Holl gegründeten Bonbonnière, der beliebten Kleinkunstbühne nah am Hofbräuhaus, Neuturmstraße 5. Erika hatte ein achtköpfiges Ensemble zusammengestellt, darunter Magnus Henning, der Mann am Klavier, auf den Brettern die Freundin Therese Giehse und die Tänzerin Sybille Schloss und natürlich sie selbst. Die Gründung der Pfeffermühle war auch ihre Antwort auf die Angriffe der völkischen Presse. Wer war sie, dass sie sich von denen einschüchtern ließ! Alle waren gekommen, Freunde, Familie, die Presse. Klaus im Smoking saß mit Katia, Offi, Peter und Golo an einem Tisch. Und es kamen Nazis; drei vierschrötige Kerle standen in einer Ecke des Saales und feixten, verhielten sich aber sonst unauffällig, ein bisschen wie Spitzel. Klaus machte sich Notizen, er wollte einen Artikel für das *8-Uhr-Abendblatt* schreiben. Besonders stark wirkte der Villon auf ihn, vorgetragen von Therese Giehse. Aber Erika, so notierte er, hielt alles zusammen, und von ihr stammten auch die meisten Nummern. »München wird wieder netter«, so betitelte er seine Rezension.

In diesen ersten Tagen des Jahres 1933 hätte Erika zu gern immer noch daran geglaubt, Hitler sei ein vorübergehender Alptraum, aus dem Deutschland alsbald erwachen würde. Aber als sie sich über die gelungene Premiere der Pfeffermühle freute und mit den anderen Schauspielern feierte, tickte bereits die Uhr. Die Tage bis zum 30. Januar und Hitlers Ernennung zum Reichskanzler wurden heruntergezählt auf dem Kalender der Geschichte. Eine kurze Galgenfrist, die dem Ensemble gewährt war. Wie naiv, damals noch zu glauben, man könne sich wegen des großen Publikumszulaufs vergrößern und weitermachen in diesem Land. Als nach einem Monat, am 1. Februar 1933, ein neues Pfeffermühlen-Programm in der Bonbonnière Premiere feierte, mit Erika im Harlekinkostüm, war Hitler seit zwei Tagen an der Macht.

München war eingeschneit in den unheilvollen Februartagen des Jahres 1933. Da feierte man in Schwabing noch den Erfolg der Pfeffermühle und wie alle Jahre ausgelassen Fasching. Die Gesichter der tanzenden, Sekt trinkenden Leute verbargen sich hinter Larven und Masken, doch wer wusste schon, hinter welcher Verkleidung ein Völkischer, in welchem Pierrotkostüm ein Spitzel steckte? Die Gespensterkomödie in der Regierung nahm ihren Lauf, Hindenburg löste den Reichstag am 1. Februar auf, und Hitler hielt seine unerträglichen Reden »mit der Stimme eines Kettenhundes«. Man erfuhr, dass ein Autor wie Hanns Johst, der dem Kampfbund für deutsche Kultur angehörte, zum Intendanten der Staatstheater geworden war. »Es geht nicht gut, es geht nicht gut, es geht keinesfalls gut«, so Klaus' Litanei. Aber was tun? Gehen oder bleiben? Abwarten und Tee trinken oder erste Vorkehrungen treffen? Noch waren sie ratlos.

Erika trat auf die Straße und hinaus in die kalte Nacht. Aus dem Dunkel näherten sich gelbe Lichter, vor den Autoscheinwerfern tanzten die Schneeflocken. »Taxi!«

Der Wagen hielt am Straßenrand, Erika öffnete den Wagenschlag und ließ sich in die Sitze des Fonds fallen, der Taxifahrer wandte sich zu ihr um und musterte sie kurz. »Weibsstück«, sagte er in drohendem Ton, »nimmst uns das Brot weg.«

Erika war stadtbekannt. Wer garantierte ihr denn, dass der Taxifahrer nicht auf kürzestem Wege zum Quartier der SA fuhr, um sie den Folterknechten auszuliefern? In einem Aufruf hatte Hermann Göring, Hitlers neuer Superminister, alle Linksleute prinzipiell für vogelfrei erklärt. Es war fünf nach zwölf, allerhöchste Zeit, Deutschland zu verlassen.

Als am 28. Februar der Reichstag in Flammen stand, notierte Klaus in sein Tagebuch: »Die Dinge symbolisieren sich; leider von einem Kommunisten gestiftet.« Wenige Tage darauf verließen Erika und Klaus Deutschland, sie fuhren in die Schweiz, nach Lenzerheide ins Chalet Canols. Das Haus in den Bergen gehörte einer Freundin, der Schriftstellerin und Bildhauerin Hanna Kiel. Sie nannten es Skiurlaub. Regen verwandelte die weiße Pracht alsbald in braunen Matsch.

Klaus hatte Nachrichten aus Berlin. »Sie haben Erich Mühsam und Carl von Ossietzky gleich nach dem Reichstagsbrand verhaftet. Die letzten Freunde fliehen. Und Christopher Isherwood sieht auch keine Zukunft mehr für sich in diesem Deutschland, er geht zurück nach England. Klar, Schwule müssen sich jetzt wieder verstecken.«

»Totentanz am Nollendorfplatz«, sagte Erika.

»In München ist es ja noch nicht so schlimm wie in Berlin«, fand Klaus, »das katholische Bayern besitzt eben eine gewisse Widerstandskraft, aber es ist nur eine Frage der Zeit.«

Die Wahlergebnisse vom 5. März, eine Katastrophe. Hitlers Partei hatte gut 43 Prozent der Stimmen eingefahren. Das Böse gewann immer weiter an Macht. Bald würde es keine anderen Parteien mehr geben als die NSDAP.

Aber wo wollte man nun hin? Wo gab es Möglichkeiten zu arbeiten, Aufführungschancen für die Pfeffermühle? Wo konnte Klaus weiter Artikel veröffentlichen? Ja, man konnte überall Bücher schreiben, aber wollte man sie auch verlegen und Leser ansprechen, musste es ein Land sein, in dem sie gefunden werden konnten.

»Keine Entscheidung ist schwierig, wenn es keine echten Alternativen gibt«, sagte Erika.

»Paris«, sagte Klaus. Paris, die Stadt, die er liebte und wo er sich zu Hause fühlte.

»Ich muss dorthin, wo ich weitermachen kann«, das war Erika klar, »in Paris verstehen die Leute die Pfeffermühle nicht.« Moralische Trägheit und mangelndes Vorstellungsvermögen, dagegen richtete sich der Kampf der Exilantin. »Und nun geht es darum, den Leuten im Ausland beizubringen, was in Deutschland passiert und was zu tun ist. Exilanten unterstützen und deutsche Waren boykottieren.« Erikas Hoffnung lag auf Hitler. »Ja, du hast richtig gehört, auf Hitler.«

Klaus stutzte. Er sah sie fragend an.

»Realisten glauben nicht an den Teufel. Kinder schon. Und in Zeiten großen und unerklärlichen Unglücks, wenn Sturzfluten das Land ertränken oder die Pest herrscht, tun das sogar Erwachsene, sozusagen das Volk.«

»Und du setzt darauf, dass die Menschen begreifen, weil Hitler so böse ist, dass er ihnen die Augen öffnet? Ein für allemal?«

Erika nickte. »Die Zeit muss kommen, wenn die Menschen gezwungenermaßen ihr Phlegma aufgeben. Weil sie sehen, dass der Teufel wirklich ist. Dass er mitten unter uns wandelt.« Erika drückte ihre Zigarette im Aschenbecher aus, klar, wen sie mit dem Teufel meinte. »Deutschland unterlag dem Nazismus wegen der moralischen Trägheit seines Volkes. Und: Deutschland unterlag dem Nazismus wegen des mangelnden Vorstellungsvermögens seines Volkes.«

Schweigend saßen sie am Fenster und blickten auf die nebelverhangenen Berge. Nochmal flackerten Feuerzeuge. Die Geschwister nahmen Abschied voneinander. »Die Emigration ist nicht gut«, sagte Klaus, bevor er sich an jenem Abend zum Gehen wandte, »aber das Dritte Reich ist schlimmer.«

Klaus fuhr am 14. März per Nachtzug nach Paris, Erika setzte sich ins Auto und fuhr in Richtung Schweiz. Unterwegs auf den vereisten Straßen gingen ihr allerlei Dinge durch den Kopf. Wie sehr sie die verschneiten Berge liebte. Dass die Hakenkreuzfahnen überall in den Straßen wie ein Hautausschlag auf dem Gesicht Münchens aussahen. Dass sie besser Schneeketten hätte aufziehen sollen, bloß kein Unfall jetzt auf deutscher Seite der Grenze. Dass das Theater für die Pfeffermühle übermorgen fertig gewesen wäre, ihr eigenes Theater, und dass die Arbeiter in München weiter werkelten, ohne zu wissen, dass sie, die Chefin des Unternehmens, auf und davon war hinter dem Steuer ihres Wagens. Wie hatte sie nur glauben können, dass ihr Theater in Deutschland eine Zukunft haben würde. »Diese Tiere haben aus ihren abscheulichen Plänen nie ein Geheimnis gemacht. ... Ich bin ein Flüchtling. Ich hätte das Verdeck schließen sollen; mir ist kalt. Ein Glück, die alten Süsis waren in den Ferien und somit außer Landes. Allerdings klangen sie am Telefon ziemlich aufgeregt. Nicht wiederzukommen, scheint schwerer zu sein, als zu gehen.«

Nach gut sieben Stunden, die Erika ohne Pause durchgefahren war, kam sie leicht ausgekühlt und betäubt in Zürich an. An der Grenze war alles gutgegangen, bei aller Gründlichkeit, mit der die Nazis gegen ihre Gegner vorgingen, die schwarzen Listen, auf denen Erikas Name stand, waren noch nicht in die Hände der deutschen Grenzposten gelangt. Darauf brauchte sie erstmal einen Schluck. Bevor sich Erika ein Zimmer für die Nacht suchte, kehrte sie in einer Hotelbar ein, in der eleganten Bahnhofstraße. Sie ließ sich am Tresen auf einem hochbeinigen Hocker nieder; der Barmann wandte ihr den Rücken zu, er ordnete bunte Flaschen mit Grenadine, Suze und Cointreau in ein Glasregal. Dahinter ein Spiegel, in dem sich die Flaschen verdoppelten, der Barmann hatte Erikas Gesicht darin entdeckt und drehte sich um. Man kannte sich von früheren Besuchen.

»Hallo!«, rief sie über den Tresen. »Da bin ich!«

»Guten Abend, Fräulein Mann«, begrüßte sie der Bartender mit jovialem Lächeln, »wir haben Sie sozusagen schon erwartet. Ski und Rodel vortrefflich, wie ich höre. In Arosa ist es in letzter Zeit ein bisschen warm gewesen, aber in St. Moritz sieht es gut aus!«

Das durfte doch nicht wahr sein. Eben noch hatte Erika an der Grenze um ihr Leben und ihre Freiheit gebangt, Blut und Wasser geschwitzt, und hier ging es um Schneehöhen und Skipisten. Sie war sprachlos. Bestellte einen Kirsch und kippte ihn ungerührt hinunter. »Noch einen, bitte.«

»Wie gefällt Ihnen Ihre neue Regierung?«, fragte der Barmann, wischte mit einem weißen Tuch über den Tresen und schenkte Erika ein weiteres Glas ein.

»Sie sehen ja, dass ich hier bin! So gefällt sie mir.«

Der Barmann blickte Erika mit einer Mischung aus Staunen und Missbilligung an. »Nun mal langsam! Sie wollen mir doch nicht erzählen, dass Sie weggelaufen sind! Sie sind doch keine Kommunistin, oder?«

Der Kirsch brannte in Erikas Kehle. Müßig, sich mit diesem Mann weiter über Deutschland zu unterhalten. Mit einem Ahnungslosen, der ganz naiv glaubte, die Nazis bedrohten nur Kommunisten und Juden. Der nicht wusste, dass sie eine Gefahr für die gesamte Menschheit und den Weltfrieden waren. »In Wirklichkeit träumt doch niemand davon, irgendjemanden zu verdächtigen, nur weil er Deutscher ist, aber jeder denkt, dass Exilierte eine fremdartige, beunruhigende, potenziell lästige Spezies sind. Exilanten sind für Sie hier jenseits der Grenzen nur Kinder des Unheils, Unglücksraben, Überbringer schlechter Nachrichten, Propheten des Desasters, und noch dazu unzuverlässige Propheten. Sie wollen keine Exilanten, sie wollen nur Urlauber, Sommerfrischler und Skifahrer.«

Der Bartender sah Erika an, als spräche sie chinesisch; er hatte nichts begriffen, gar nichts, genauso wenig wie alle Schweizer hier, die Dame mit den langen übereinandergeschlagenen Beinen mit Martini auf ihrem Barhocker, der Herr im Ledersessel, der seine Pfeife stopfte. Aber Erika hatte an jenem Abend eines kapiert: Die Exilanten mussten einen Kampf führen, und sie, Erika, ihre Stimme sein. Sie musste ihr neues Leben zu einem Beruf machen:

Exilantin, Emigrantin, aufklären über die wahren Gründe für den Verlust der Heimat, der vertrauten Sprache und Umgebung. Am Bartresen in der Zürcher Bahnhofstraße, den dritten Kirsch auf der Zunge, stand ihr eine schreckliche Situation vor Augen, jener schmerzhafte Moment im Hochgebirge, als Klaus ihr nicht geglaubt hatte, dass sie aus der Kurve geflogen war.

Immer wieder kommt Erika ein bestimmter Tag in ferner Vergangenheit in den Sinn, als sie die Radtour mit Klaus unternommen hatte, in den österreichischen Dolomiten. Klaus dreizehn, Erika vierzehn Jahre alt. Waghalsig alle beide, Klaus ihr immer ein paar Meter voraus auf dem Weg, der steil nach unten führte, sie lieferten sich ein erbittertes Wettrennen, Erika trat fest in die Pedale, links und rechts flogen die Baumwipfel vorbei, der Fahrtwind pfiff ihr in den Ohren. Klaus verschwand hinter der nächsten Kurve, er hatte bereits die spitze Kehre genommen, auf die sie nun zuraste, mit einem Affenzahn. Der Hochgebirgsweg war mit feinem Staub bedeckt, und darunter war es glatt, in rasender Fahrt spürte Erika, wie die Reifen unter ihr wegrutschten, sie wollte bremsen, doch es gelang ihr nicht mehr. Die Reifen drehten durch, das Rad verlor nicht an Geschwindigkeit, im Bruchteil einer Sekunde gewahrte sie, dass sie sich im nächsten Moment den Hals brechen würde. »Baumstämme verbarrikadierten den Hang. Ich würde entlangschlittern, genau in diese Bäume hinein. Die Aussicht war alles andere als angenehm, aber ich war nicht wirklich erschrocken.« Mehr mit Verblüffung als mit Entsetzen sah sie ihrem eigenen Tod ins Auge, und schon wurde es schwarz um sie.

Als Erika zu sich kam, kniete Klaus neben ihr im Staub.

Sie betastete bange ihre Arme und Beine, ihren Kopf. Kein Schmerz, kein Blut, auf den ersten Blick war nichts Schlimmes passiert, träumte sie das nur auf dem Weg zwischen Alpen und Jenseits? Sie musste eine ganze Weile im Staub gelegen haben, es hatte gedauert, bis Klaus klar wurde, dass Erika ihm nicht mehr folgte, und dann hatte er freilich geraume Zeit für den Aufstieg zurück gebraucht, bis er sie in der Spitzkehre reglos am Boden liegend entdeckte. Nun sah er sie mit seinem hübschen Gesicht von oben herab an, leicht spöttisch und sogar etwas ärgerlich. »So eine Schau mitten in unserer besten Fahrt abzuziehen und mich für nichts und wieder nichts zurückkommen zu lassen!« Erika brauchte einen Moment, bis sie begriff. Klaus glaubte ihr nicht. Er hielt ihren Sturz für einen dramatischen Auftritt, eine überzogene Aktion der exzentrischen Schwester. »Du bist übermüdet, das ist alles! Mach dir keine Sorgen.«

»Die Straße ist schlecht«, sagte Erika den Tränen nahe, »sehr schlecht und tückisch. Lass uns nicht so schnell fahren. Ich möchte nicht, dass dir auch diese schreckliche Sache passiert – diese schreckliche, schreckliche Sache – diese schreckliche Sache ...« Ein Habicht kreiste hoch oben am Himmel und stieß spitze Schreie aus.

Nie würde Erika Klaus' herablassenden Blick vergessen, sein hochmütiges Mitgefühl, mit dem er zu ihr gesagt hatte: »Mach dir keine Sorgen!« Etwas Furchtbares war passiert – etwas, das sie nicht mehr hatte verhindern können, obwohl sie es hatte kommen sehen. Sie hatte vorher keine große Angst gehabt und richtig weh tat ihr jetzt auch nichts. Aber etwas war nicht in Ordnung, ganz und gar nicht in Ordnung mit ihr, und nicht nur mit ihr. Die ganze Berglandschaft um sie herum hatte sich schlagartig verändert; das dunkle Tannengrün der Wälder war ins Giftgrüne umgeschlagen, und das Gold der Wolkenränder verwandelte sich in ein bösartiges Schwefelgelb.

Ein Wunder, dass Erika sich nicht das Genick gebrochen hatte; bald erinnerten nur ein paar blaue Flecke an den Sturz. Selbst die leichte Gehirnerschütterung, die sie davongetragen hatte, wie ein Arzt im Nachhinein feststellte, eine Lappalie. Der Schmerz wühlte an einer anderen Stelle des Körpers, er kam direkt aus dem Herzen. Der Mensch, der Erika am nächsten stand, ihr geliebtes Kläuschen, der Aißi, hatte sie nicht verstanden. Ihr nicht geglaubt. Sie für eine Simulantin gehalten, die Schauspielerin, die sie so gern, aber gerade dort in den Bergen nicht gewesen war. Nie zuvor hatte sich Erika, damals, mit vierzehn Jahren, so einsam und elend allein gefühlt.

*

Der heftige Schmerz der Einsamkeit hatte Erika seit dem Unfall in den Dolomiten noch öfter blitzartig überfallen, jenes abgrundtiefe Gefühl absoluten Verlassenseins auf der Welt. 1933 holte dieses Gefühl sie mit aller Wucht wieder ein, als ihr klar vor Augen stand, dass man in Deutschland nicht bleiben konnte.

Klaus' Tod schickt Erika erneut in Momente grenzenloser Leere. Sie ist allein mit ihrer Trauer, ohne Trost. Es gibt ihr Du nicht mehr. »Aber ich konnte keinen finden – keinen einzigen –, der genauso fühlte wie ich, oder auch nur ganz verstanden hätte, wie ich fühlte.« An jenem denkwürdigen Tag im Gebirge hatte es Erika in voller Fahrt aus der Bahn geworfen, aus der Kurve geschleudert. Jetzt schmerzt es mehr als damals, als die blauen Flecken an Armen und Beinen, die sich mit der Zeit gelblich und grünlich verfärbten und eines Tages ganz verschwunden waren. Ihr Körper fühlt sich taub an, wenn sie das Telegramm aus Cannes wieder in die Hand nimmt, vor Klaus' Schreibmaschine sitzt, vor seinen halb geöffneten Koffern und dem ganzen Rest ihres eigenen noch weiterzulebenden Lebens; hier im Hotelzimmer sitzt sie so reglos wie einst auf dem abschüssigen Schotterweg in den Bergen, auf dem staubigen Boden, wo sie verwundert das auf der Seite liegende Rad angestarrt hatte, das sich lautlos immer weiter drehte.

Nach dem Mittagessen im Restaurant des Baur au Lac überquert Erika den Bürkliplatz an der Stirnseite des

Zürichsees und mit dem Panoramablick auf die Schweizer Alpen. Sie spaziert jenseits der Quaibrücke an der Limmat entlang, vorbei am Grossmünster mit den seltsam aufgepfropften runden Turmspitzen auf dem romanischen Gemäuer, taucht ein in die engen Kopfsteinpflastergassen von Niederdorf. Der Platz, an dem das Hotel Hirschen steht, hat sich nicht verändert, seit Erika hier ihren ersten Kabarettauftritt im Schweizer Exil hatte, auf der Bühne des Hotels, das zuvor auch die Dadaisten in den Stand erhoben hatten, ein trefflicher Ort für die Kunst zu sein, da diese hier ihr Manifest verfasst hatten, mitten im Ersten Weltkrieg. Als Erika hier mit der Pfeffermühle Premiere feierte, der erste Auftritt im Exil am 30. September 1933, saßen die Eltern wieder im Publikum. Nach der Vorstellung, im Gewölbe der Weinschenke, sprach Thomas Mann bewundernd von Erikas »melancholischer und doch mutig angreifender Geistigkeit«, von der das gesamte Programm durchdrungen sei.

Die Zürcher Premiere war der erste Schritt auf dem Siegeszug des Kabaretts durch mehrere Schweizer Städte. Der Schriftsteller und Liederdichter Walter Mehring sowie Lotte Goslar, eine Dresdner Grotesk-Tänzerin, waren neu im Ensemble, sie sangen Erikas Texte zur Musik, die Magnus Henning komponiert hatte. Die Rechten behielten die Pfeffermühle im Visier, auch in der Schweiz gab es Nazis, die Frontisten, und Erika sollte das ernsthaft zu denken geben. »Sei lieber vorsichtiger«, mahnte der Vater, der vom deutschen Generalkonsul persönlich gewarnt worden war. Erika scherte sich nicht darum. Sie scheute sich nicht, als ›Prinz im Lügenland‹ in schwarzer SS-Uniform aufzutreten und über die Kunst des Lügens zu singen. Als die Hetzpresse ihr eine Affäre mit dem Bruder von Annemarie Schwarzenbachs Mutter Renée andichtete, der Ulrich Wille (junior) hieß, mokierte Erika sich darüber, natürlich wieder bühnenreif mit einem Couplet: »Was so ein Wille wirklich will, ist wirklich einerlei«, stimmte sie an. Renée Schwarzenbach kochte vor Wut. Ab November 1934 hielt Erika es für ratsam, die Vorstellungen der Pfeffermühle unter Polizeischutz stattfinden zu lassen. Am 16. November 1934 kam es zu Tumulten, Pfiffen, Buhrufen, »Juden raus!« Schweizer Rechtsextremisten hatten Karten erstanden und sich zum Pöbeln verabredet. Wie sich herausstellte, war die Sache von einem Neffen Renée Schwarzenbachs angezettelt worden. Flugblätter hetzten gegen das Kabarett und die Emigranten, die das Land angeblich unterwanderten und die Neutralität der Schweiz verletzten. Von offizieller Seite der Behörden bemühte man sich um Deeskalation. Erika wandelte das Programm kurzerhand ab, man durfte weiterspielen. Doch mit den Rechtsnationalen war nicht zu scherzen. Erika checkte inkognito in einem Hotel ein, eine reine Vorsichtsmaßnahme, denn es gab eine Drohung, sie nach Deutschland zu entführen, die nahm sie durchaus ernst.

Im Januar und Februar 1935 tingelte die Pfeffermühle durch die Tschechoslowakei, im Spätsommer durch die böhmischen Kurbäder und das Sudetenland. Die vielen Flüchtlinge, die sich in Prag aufhielten, applaudierten heftig, aber auch hier gab es eine große Anzahl nationalsozialistisch orientierter Deutscher, also bewegte man sich mit dem Kabarett abermals auf gefährlichem Terrain. Danach ging es auf Tour durch Holland, sie spielten in Amsterdam, Antwerpen, Utrecht, Den Haag. Joseph Roth gehörte zu den Besuchern von Erikas Pfeffermühle. »Sie machen zehnmal mehr gegen die Barbarei als wir alle Schriftsteller zusammen«, hatte er ihr im Frühjahr 1935 aus Amsterdam geschrieben. Welch ein Kompliment aus der Feder des verehrten Autors!

Dabei war jeder einzelne Auftritt ein Ritt auf der Rasierklinge. Aus Rücksicht auf die aufgeheizte Stimmung schritt die Zensur immer wieder ein, aber Erika und Therese Giehse setzten sich gelegentlich darüber hinweg. »Wir wollen doch kein zahnloser Tiger werden«, sagte Erika. Das Risiko, nicht mehr auftreten zu dürfen, stand dem Interesse entgegen, nicht mehr als politisches Kabarett wahrgenommen zu werden. So geschickt Erika das Programm auch gestaltete, so indirekt die Liedtexte sich an den Zensurbehörden der Gastländer vorbeisingen ließen, daheim in Deutschland verstand man sehr gut, was zwischen den Zeilen stand.

Nicht zuletzt die »würdelosen Darbietungen« der Pfeffermühle, wie es hieß, denen oft Parteigänger der Nationalsozialisten beiwohnten, führten dazu, dass Erikas Name im Juni 1935 auf der Ausbürgerungsliste der Nazis stand. Sie war in bester Gesellschaft von Lion Feuchtwanger, Ernst Toller, Kurt Tucholsky und Onkel Heinrich oder Ruth Fischer, der kommunistischen Abgeordneten. Klaus hatte man die deutsche Staatsbürgerschaft 1934 entzogen, ebenso Erwin Piscator und der berühmten, bildschönen Carola Neher, weil sie sich zu den Kommunisten bekannte. Auch Bertolt Brecht und Helene Weigel verloren die deutsche Staatsbürgerschaft. Nur dem Vater wurde zweifelhafte Schonung zuteil, weil er sich noch immer nicht klar und deutlich gegen das Verbrecherregime positioniert hatte. Es war beschämend.

Ein gültiger Pass musste her. Am 12. Juni 1935, nach den letzten Vorstellungen der Pfeffermühle in Luxemburg, flog Erika in privater Mission – aber was war in diesen Zeiten schon privat? – nach London. Sie kannte den Mann, den sie am 15. Juni heiraten wollte, bislang nur von Fotos und vor allem aus sympathischen Schilderungen des Bruders und Fritz Landshoffs, beide waren mit Christopher Isherwood befreundet, der wiederum Wystan Hugh Auden kannte. Mit seinem Seitenscheitel, den Segelohren und dem freundlich zu einem schüchternen Lächeln verzogenen Mund wirkte er wie ein smarter, zu allerhand schalkhaften Späßen aufgelegter College Boy. Auden war Lyriker, seine Gedichte erinnerten ein wenig an die von T.S. Eliot, ja, seine metaphysischen Anklänge sogar an den großen John Donne.

Vorausgegangen war eine etwas heikle Situation. Die Pfeffermühle gastierte in Amsterdam, Klaus' derzeitigem Standort. Auf der Suche nach einem geeigneten Ehepartner für Erika hatte er im Mai 1935 in einem Restaurant in der Stadt ein Treffen arrangiert. Er wollte Erika Christopher Isherwood vorstellen, der mit seinem jungen Freund erschien, Heinz Neddermeyer, den er während seines Berlin-Aufenthaltes Anfang der Dreißigerjahre kennen- und lieben gelernt hatte. Erika hielt sich wie meistens nicht mit langen Vorreden auf und fragte ohne Umschweife, ob Isherwood bereit sei, sie zu heiraten, es ginge um die britische Staatsbürgerschaft, also eine ganz pragmatische Angelegenheit. Die Antwort war ein langes Schweigen. Er sei mit Heinz zusammen, sagte Isherwood endlich, bevor sich noch mehr Verlegenheit breitmachen konnte und Erika womöglich düpiert vom Tische aufstand, und für Heinz habe er eine enorme Verantwortung. Er druckste herum, bis er klare Worte fand: Er fürchtete Schwierigkeiten für den deutschen Freund, der ja nicht nur homosexuell, sondern auch noch minderjährig sei mit seinen zwanzig Jahren. Da die Manns politisch so sehr unbeliebt in dessen Heimat seien, könne eine Ehe mit einer Frau wie Erika, die überall bekannt sei wie ein bunter Hund, nicht lange verborgen bleiben. Aber, beeilte er sich zu sagen, er könne seinen Freund Wystan fragen.

Auden fackelte nicht lange und willigte sogleich ein. Er schickte ein Telegramm nach London, auf dem stand ein einziges Wort: »delighted«.

Verabredung in einem Pub, sie erkannten sich auf Anhieb, Erika hatte dem Zukünftigen ein Bild von sich geschickt, im Pierrotkostüm auf der Bühne der Pfeffermühle. Man war sich gewogen, fand sich sympathisch. Nach der Eheschließung auf dem Standesamt in Ledbury strebte das Paar sogleich wieder auseinander, der Bräutigam seiner Lehrertätigkeit an einer nahen Schule zu, die Braut fuhr zurück nach London, nun britische Staatsbürgerin. Erika warf während der kurzen Zugfahrt durch die grüne südenglische Landschaft nochmal einen Blick auf die Heiratsurkunde. Der Deputy des Standesamtes, der sie unterzeichnet hatte, trug ausgerechnet den Namen Gay, Albert Gay.

Auf dem Berliner Opernplatz hatten am 10. Mai 1933 Thomas Manns politische Schriften gebrannt, nicht aber sein belletristisches Werk. War das nicht eindeutiger Beweis dafür, dass kein einziger der grölenden Studenten, die den Scheiterhaufen umstanden, es gelesen hatte? Das illustre Panoptikum, dem sie auf den Buchseiten begegnet wären, hätte ihren tumben Hass nurmehr weiter angefacht.

Mit Hanno Buddenbrook fing es an, diesem kränkelnden Knaben, letzter Spross einer dekadenten Kaufmannsfamilie, der einen Schlussstrich ins Stammbuch zieht und an Typhus stirbt. Hans Castorp, ursprünglich angereist als Besucher auf dem *Zauberberg*, wurde auf Bergeshöhen selbst zum medizinischen Fall und verharrte in dünner Luft, schon wegen Clawdia Chauchat, einer schwindsüchtigen Französin; und die skurrile Figur Naphta, die er dort in Davos traf, war der nicht Jesuit und Ostjude? Der ganze *Zauberberg* eine in epischer Breite angelegte Geschichte lebensuntüchtiger, realitätsverweigernder Schwindsüchtiger. Und der Josephsroman, ein dickes Buch voller Leute aus Moses' gelobtem Land. Auch in den Novellen und Erzählungen des Vaters wimmelte es vor Menschen, die man nicht gerade kraftstrotzend-germanisch nennen konnte. Gustav Aschenbach, eindeutig ein Homosexueller, der seine Würde für einen polnischen Jüngling aufs Spiel setzte, dem er am Strand nachstellte und der seinen *Tod in Venedig* starb. Der kleine verwachsene Herr Friedemann, der von des Gedankens Blässe angekränkelte Tonio Kröger, der mit den lebenstüchtigen germanischen Menschen hadert, »die den Geist nicht nötig haben«, und das waren nur drei weitere skurrile Gestalten, die das literarische Lübeck durchstreiften. Siegmund und Sieglind in *Wälsungenblut* und ihre schwüle Inzestgeschichte gehörten genauso auf den Index wie der Hochstapler Felix Krull, ganz klar ein Simulant und Militärdienstverweigerer. Erika konnte die Reihe endlos fortsetzen.

Des Vaters eigene Vita war nun auch nicht ohne, seine wenig arische Herkunft, als Sohn einer brasilianischen Mutter war er doch ein halber Latino, und sein allem Erotischen nicht abgeneigter Bruder Heinrich obendrein ein

Franzosenfreund, aus dessen Feder so defäitistische Romane wie *Professor Unrat* und *Der Untertan* stammten, war mit Nelly, einer Halbweltdame, liiert. Ja, und schlimmer noch, des Vaters Frau, Erikas Mutter, eine Jüdin. In den kranken Kategorien der Rassenlehre galten die Mann-Kinder als Halbjuden, allesamt. Und die Urgroßmutter Hedwig Dohm, Katias Großmutter, ein Blaustrumpf, eine Suffragette. Im Reichstag saßen seit 1933 nur noch Männer, und den Frauen bläute man ein, dass sie ins Haus und an den Herd und ins Wochenbett gehörten. Alles dahin. Alles, was die Urgroßmutter mit erkämpft hatte.

Mit solch einem Werk und aus Sicht der Nationalsozialisten so bedenklichen Wurzeln glaubte der Vater nun, hell wie das Feuer eines Leuchtturms weiterhin mitten im braunen Sumpf über das Land strahlen zu können. Wie naiv war er bloß, der Herr Papa? Hielt sich vornehm zurück, weil er weiter in Deutschland verlegt und gelesen werden wollte, und das schon seit drei Jahren. Der dritte Band des Josephsromans, *Joseph in Ägypten*, war bereits angekündigt, und die ersten beiden Bände des als Tetralogie angelegten Mammutwerks waren noch 1933 und 1934 in Berlin bei Gottfried Bermann Fischer erschienen, der hartnäckig am alten Berliner Standort seines Verlages festhielt. »Du hast zwischen Hohenzollerngruft und Hitlers Sprachgewalt nichts mehr zu suchen«, so lauteten Erikas deutliche Worte. Sie bekniete ihren Vater, den Roman künftig in die Hände des Freundes Fritz Landshoff zu legen, der ihn nur zu gern in seinem Amsterdamer Exilverlag Querido veröffentlichen wollte, doch der Vater war taub für den Vorschlag. Und auf einem Auge blind, glaubte er wirklich, er könne seine deutschen Leser ausgerechnet mit biblischer Geschichte aufrütteln und zur Vernunft bringen? Bermann Fischer wünschte sich sogar, der Vater möge aus der Schweiz nach Deutschland zurückkehren, ja, wie unbedarft und weltfremd war denn auch dieser Mann? Es ließ sich an allen zehn Fingern ausrechnen, was dem Vater blühen konnte. Thomas Mann wäre den Nationalsozialisten ein höchst willkommener Gast, den sie als Geisel gefangen nehmen könnten, überschritte er die Landesgrenze. Heydrich, das war Erika zu Ohren gekommen, wollte ihn nach Dachau bringen lassen. Der Vater durfte nicht nach Deutschland reisen, auf gar keinen Fall. Den Nazis reichte es doch, dass er sich nicht mit Gottfried Benns Ergebenheitsadresse solidarisiert und kein klares Bekenntnis zum neuen Regime abgelegt hatte; es würde ihm nichts nutzen, wenn er jetzt diplomatisch den Mund hielte, gar nichts. Am 17. März 1933 war Thomas Mann auf Druck der neuen Herren im Land aus der Preußischen Akademie der Künste ausgetreten, allein das genügte den Nazis doch, um ihn als einen Gegner Hitlers anzusehen und ihm nach Leib und Leben zu trachten.

Amsterdam war früh zu einer Drehscheibe der Exilliteratur geworden, Allert de Lange und Querido waren dort die beiden Verlage, die nun die wichtigsten deutschsprachigen Autoren vertraten, darunter Heinrich Mann, Lion Feuchtwanger, Anna Seghers, Bertolt Brecht, Ernst Toller, Irmgard Keun und Joseph Roth. Dieselben Autoren veröffentlichten auch in der Exilzeitschrift, die Klaus in Amsterdam gemeinsam mit seinem Freund Fritz Landshoff und pekuniärer Unterstützung der Freundin Annemarie Schwarzenbach herausgab. *Die Sammlung* hieß sie, der Name war Programm, denn man beanspruchte, die deutsche Literatur in diesem Blatt neu zu vereinen. Doch der Druck, den Bermann Fischer ausübte, veranlasste Stefan Zweig und René Schickele, und zu Klaus' Leidwesen auch Thomas Mann, ihre Mitarbeit nach der ersten Ausgabe wieder einzustellen. Sie vertraten allesamt den Standpunkt, dass *Die Sammlung* ein politisches und kein literarisches Blatt sei. Erikas Verstimmung darüber war immens, Wotans Zorn war nichts dagegen. Sie ließ nicht ein gutes Haar an der Bersau, dem Berdreck, dem Schleimfrosch Bermann, als sie Kenntnis von des Vaters Entscheidung nahm. Der konnte doch nicht wollen, dass seine Bücher in den Schaufenstern von Buchhandlungen in Hamburg oder München lagen, zwischen Romanen wie *Volk ohne Raum* von Hans Grimm und heimattümelnder Schundliteratur. Liebäugelte er allen Ernstes noch mit einer Art Zwischenlösung, einerseits im Ausland zu leben und andererseits in Deutschland gelesen zu werden, wenn er es sich mit den Herren im Lande nur nicht verscherzte? So naiv konnte der Herr Papale doch gar nicht sein!

Aber für *Die Sammlung* war nichts zu machen, Thomas Mann ließ sich nicht umstimmen. Klaus verstand die Absage des Vaters als einen persönlichen Affront. »Schließlich hängt meine verlegerische Existenz von dieser Exil-Solidarität ab. Das Blatt geht leider nur mäßig, und es wäre immens wichtig, den Vater als Unterstützer weiterhin dabei zu haben. Wer sich in dieser Stunde zweideutig verhält, wird für heute und immer nicht mehr zu uns gehören.« Schon 1933 hatte Klaus sich mit solch kategorischer Strenge an Gottfried Benn gerichtet. Musste er sich nun nicht genauso konsequent an den eigenen Vater wenden?

»Wir müssen weiter auf ihn einschwätzen«, sagte Erika.

Klaus blieb pessimistisch: »Seine Angst, die deutsche

Leserschaft zu verlieren, ist größer als sein Wille zu politischer Kompromisslosigkeit.«

»Lass mich nur machen«, schloss Erika das Telefonat mit Klaus in Amsterdam und ließ sich im Hotel eine Leitung nach Zürich geben. Der Vater war gleich am Apparat. Im Hintergrund bellte der Hund.

»Das Lesepublikum, an dem du immer noch hängst, ist es nicht wert, genau wie du begehrt es nicht auf.« Erika hielt dem Vater eine fernmündliche Predigt: »In diesem Deutschland wird nicht mehr gelesen. Und wenn, dann ist es bedeutungslos. Es wird Hitler an nichts hindern. Es ist absurd.«

Thomas Mann wand sich elegant aus der Affäre, er distanziere sich innerlich von der faschistischen Zeitverfassung, wolle aber nicht zum Weltgetöse beitragen.

Erika ließ den Vater nicht weiter zu Wort kommen, berief sich auf ihre Erfahrungen mit dem Kabarett: »Wie man gesehen hat, sind Kompromisse in unserer Lage nicht möglich. Wer nicht klar Stellung bezieht, passt sich automatisch an.« Sie bekniete ihn, sich zu äußern zu der großen Schweinerei. Weil er gehört wurde, weil sein Wort zählte. »Du bist international bekannt als Nobelpreisträger. Wer, wenn nicht du, hätte jetzt eine Verantwortung? Auf deine Stimme wird gehört!« Gerade er durfte nicht kuschen vor den geifernden Hunden. »Du kannst die große Geste!«

Reger Briefwechsel herrschte zwischen Erika, die mit der Pfeffermühle weiter tourte, und den Eltern in der Küsnachter Schiedhaldenstraße 33. Sie durfte einfach nicht lockerlassen, allein Klaus' und des Verlages wegen. Wie sich die Dinge immer aufs Neue wiederholten. Schon während des Ersten Weltkriegs hatte der Vater in seinen *Betrachtungen eines Unpolitischen* einen Bock geschossen, indem er die deutsche Kriegsführung in Schutz nahm. Er hatte diese mit preußischen Tugenden gerechtfertigt und als Gewährsmänner keine Geringeren als Goethe, Nietzsche und Tolstoi herangezogen. Als hätte preußischer Korpsgeist nicht erst zum Blutbad des Krieges geführt! Die *Betrachtungen* waren damals nicht nur ein Politikum gewesen, sie führten auch zu einem tiefen Bruderzwist. Heinrich, Europäer mit Leib und Seele, war von Thomas bitter enttäuscht, das eisige Schweigen zwischen den beiden währte fast ein Jahrzehnt.

Nun saß der liebe Tommy in seinem Arbeitszimmer oberhalb des Zürichsees wie in einer Festung und starrte an seinen Scheuklappen vorbei auf das blaue Wasser, wie lange wollte er die selbst gewählte Isolation noch durchhalten? Der Schriftsteller, der sich hinter seinem Schreibtisch verschanzte in hübschen, sorgfältig gesetzten Worten, diese Zeiten waren endgültig vorbei. Die schreibende Zunft trieb auseinander in zwei Lager, so wie zu den revolutionären Zeiten des Vormärz, »Der Dichter auf einer höh'ren Warte als auf den Zinnen der Partei«, was der alte Ferdinand von Freiligrath seinerzeit gesagt hatte, verbot sich heute jedem Geist, der sich dem Wahren, Schönen und Guten verschrieb. Für solch hehre Vorstellungen war es in Europa zu spät.

»Du kannst nicht bis ans Ende deiner Tage ein Unpolitischer bleiben«, so Erikas entschlossene Litanei in diesen Tagen. »Schon gar nicht mit Kindern wie uns.«

Kurz darauf geschah etwas, was zu einer Wende im Verhalten Thomas Manns führte. Am 25. Januar 1936 erschien ein Artikel des Publizisten Leopold Schwarzschild in der von ihm selbst herausgegebenen Wochenschrift *Das*

Neue Tage-Buch, einer Pariser Exilzeitung. Schwarzschild vertrat darin die Ansicht, das Gros deutscher Literaten von Rang sei nach Hitlers Machtantritt emigriert; er griff den Verleger Bermann Fischer scharf an, nannte ihn einen ›Schutzjuden‹ von Goebbels' Gnaden. Das blieb nicht ohne Antwort. *Deutsche Literatur im Emigrantenspiegel*, so hieß der Artikel von Eduard Korrodi, der am 26. Januar 1936 in der *Neuen Zürcher Zeitung* erschien. Der Feuilleton-Redakteur des Blattes wollte Schwarzschild darüber belehren, dass nur die ›Romanindustrie‹ in die Emigration gegangen sei; damit sprach er allen ausgewanderten Schriftstellern ab, die wahren Repräsentanten des geistigen Deutschland zu sein. »Was ist denn ins Ausland transferiert worden?«, fragte Korrodi geringschätzig. »Wir wüssten nicht einen Dichter zu nennen.« Mit apodiktischen Worten wertete der Feuilletonist die beiden Exilverlage Querido und Allert De Lange im Handstreich ab, ihre Bedeutung als Sprachrohr der deutschen Literatur.

Das war eindeutig zu viel, jedenfalls für Erika und Klaus. Sie kämpften weiter, auch wenn es für die Rettung der *Sammlung*, die überdies immer im Visier der Zensurbehörden geblieben war, zu spät schien; es ging darum, das Gesicht des Vaters zu wahren und damit das Ansehen der gesamten Familie Mann. Aber wie reagierte Thomas? In einem offenen Brief in der *NZZ* hatte er seinen Verleger Bermann Fischer auch noch verteidigt, zu den Unterzeichnenden gehörten Annette Kolb und Hermann Hesse. Erika schlug einmal mehr die Hände über dem Kopf zusammen: Wie würde der Vater dastehen für die Nachwelt, eines schönen Tages, wenn Deutschland aus dem Spuk erwachte? Sein opportunistisches Verhalten würde ihm früher oder später auf die Füße fallen. Da erhob er endlich seine Stimme, und dann so! Ausgerechnet als Erstes gegen einen Emigranten wie Schwarzschild! Und er belohnte gleichzeitig Fischers Duckmäusertum. Damit fiel er der gesamten Emigration in den Rücken. »Hesse und Annette, zwei ausgehaltene Spinnurscheln am Rande einer versinkenden Welt, sollen sich ruhig mit Kugelspiel und Hofmemoiren die Zeit vertreiben«, ätzte sie in einem Brief an die Mutter, »aber der Zauberer fühlt sich wohl in ihrer Gesellschaft.«

Erika gastierte gerade in Biel mit ihrer Pfeffermühle; sie hätte sich ans Steuer setzen, die zwei Stunden Fahrt auf sich nehmen und in diesen entscheidenen Tagen Aug in Aug mit dem Vater sprechen sollen, aber der Auftrittsmarathon ließ ihr dazu keine Zeit. Also hatte sich Erika an den Schreibtisch ihrer Unterkunft gesetzt und ihm zwischen zwei Vorstellungen geschrieben. Über sein Schweigen. Sein halbherziges Eintreten für die Emigranten. »Immerhin möchte ich Dir erklären, warum Deine Handlungsweise mir dermaßen traurig und schrecklich vorkommt, dass es mir schwierig scheint, Dir in näherer Zukunft überhaupt unter die Augen zu treten.« Das saß und war eine Zumutung, aber ihr blieb keine andere Wahl. Sie erhöhte den Druck noch einmal: »Diese freundliche Zeit ist so sehr geeignet, Menschen auseinanderzubringen – in wie vielen Fällen hat sie es schon getan. Deine Beziehung zu Doktor Bermann und seinem Haus ist unverwüstlich – Du scheinst bereit, ihr alle Opfer zu bringen. Falls es ein Opfer für Dich bedeutet, dass ich Dir mählich, aber sicher abhanden komme: leg es zu dem Übrigen. Für mich ist es traurig und schrecklich.« Erika setzte dem geliebten Vater kurzum die Pistole auf die Brust. Sie hielt kurz inne, bevor sie den Brief unterschrieb. Distanziert bleiben und schlankweg ›hochachtungsvoll‹ daruntersetzen wie ein emotionsloser Behördenmitarbeiter? Oder schlicht ›Erika‹ ohne das umarmende ›Deine‹? Die Feder schwebte über dem Blatt; als sie sich senkte, hatte Erika zu einer geradezu dialektischen Lösung gefunden; sie wählte eine regelrecht salomonisch kluge Formulierung, mit der sie dem Vater die Hand entgegenstreckte, eine Versöhnungsgeste, die dem Vater aber auch eine Entscheidung abverlangte: »Ich bin Dein Kind E.« Erikas verzweifelter Zorn war riesig. Wäre es nicht um ihren eigenen Vater gegangen, sie hätte den Mann einfach fallen lassen. Aber das konnte sie nicht. Vor drei Jahren, 1933, hatte sie das Herzpapale schließlich schon einmal vor einem fatalen Irrtum gerettet, ihn vor der Rückkehr nach Deutschland bewahrt. Das musste sie auch jetzt schaffen, ihn mit sanfter Gewalt auf den richtigen Pfad lotsen. Es gab, so wie damals, nur einen gangbaren Weg, einen ohne Kompromisse. Dem Vater mit dem Liebesentzug zu drohen, war ihr schärfstes Schwert. Das tat ihr selber weh, aber sie durfte es nicht zeigen, auf gar keinen Fall.

Erikas Ultimatumsbrief erreichte die Eltern postwendend. Nachdenklich las Thomas Mann ihn durch, mehrmals. Er teilte Katia mit, wie weit Erika imstande war zu gehen. Die Lieblingstochter, das stolze, kühne Kind. Keine leere Drohung, sie meinte es bitterernst. Aber er brauchte Erikas Liebe genauso wie seine täglichen Rituale, den Porter und die Zigarre, die Mittagsruhe und das Abendbier, die Schallplattenkonzerte, den Spaziergang mit dem Hund.

Weil jetzt unverzüglich etwas passieren musste, bevor Thomas sich zu sehr grämte und Magendrücken oder Ohrensausen ihn von seiner Arbeit am Werk abhielten, meldete sich Katia bei Erika postalisch zu Wort: »Dass aber Deine mir selbstverständliche Missbilligung so weit gehen würde, quasi mit ihm zu brechen, hätte ich wirklich nicht erwartet. Und für mich, die ich doch nun einmal sein Zubehör bin, ist es auch recht hart.«

Thomas Manns langer, postwendender Antwortbrief war immer noch nicht dazu angetan, Erika zu befrieden. Sie las ihn stirnrunzelnd: »Ich bin froh, dass ich im Frühjahr den dritten Josephband abschließe und herausgebe; denn zu dem, was ich um meines Gewissens und Deines Zornes willen wohl werde tun müssen, gehört bei mir eine große, fast tödliche Bereitschaft.« Er lavierte also weiter um den Kern herum, das Wesentliche, die eindeutige Stellungnahme gegen Hitler. Wann begriff er endlich, dass das Schicksal seiner Familie auf des Messers Schneide stand? Klaus legte nach, schickte zusammen mit Fritz Landshoff ein Telegramm an den Vater: »bitten inständigst auf Korrodis verhängnisvollen Artikel wie und wo auch immer zu erwidern + diesmal geht es wirklich um eine Lebensfrage für uns alle«.

Erika und Klaus hielten zusammen, auch jetzt. Thomas Mann hatte es besonders zugesetzt, dass die Nationalsozialisten schon von Anfang an so eindeutig hart gegen die beiden Ältesten vorgegangen waren; nun war er es, der seine beiden Ältesten mit seinem Zögern im Aufruhr versetzte. Sie würden nicht lockerlassen, das wusste er doch, und Erikas Schweigen setzte ihm mehr zu als Klaus' Telegramm, ein schleichendes Gift, das seine Wirkung tat. Er würde sich erst wieder auf den Joseph konzentrieren können, wenn er Farbe bekannte und Erika ihn mit ihrer Tochterliebe erlöste. Thomas Mann, derart unter Zugzwang, wurde endlich deutlich und fand zu unmissverständlichen Worten. »Man ist nicht deutsch, indem man völkisch ist«, konnte Erika am 3. Februar 1936 in der *Neuen Zürcher Zeitung* lesen. Er schlug erstmals öffentlich klare Töne an. Besonders griff er »diejenigen, die seit drei Jahren schwanken, ob sie es wagen sollen, mir vor aller Welt mein Deutschtum abzusprechen«, an. »Der deutsche Judenhass aber, oder derjenige der deutschen Machthaber, ... ist der Versuch einer Abschüttelung zivilisatorischer Bindungen, der eine furchtbare, eine unheilschwangere Entfremdung zwischen dem Lande Goethes und der übrigen Welt zu bewirken droht.« Thomas Mann richtete seine Solidaritätsadresse an all jene, die glaubten, »dass aus der gegenwärtigen Herrschaft in Deutschland nichts Gutes kommen konnte, für Deutschland nicht und für die Welt nicht.« Endlich.

»Es ist zu seinem Besten«, sagte Erika zu Klaus, »auch wenn er jetzt nur an die Nachwelt denken mag.«

Der Zauberer war über seinen Schatten gesprungen und hatte sich mit seinen Worten nach langem Bitten aus seiner abwägenden Grauzone hinaus und ins richtige Lager begeben. Das war Erika, mittlerweile mit dem Kabarett in der Tschechoslowakei, ein Telegramm wert. »Prag, 6. Februar 1936: dank glueckwunsch segenswunsch. kind e.«

Kaum war Thomas Manns Artikel heraus, nahm das Auswärtige Amt in Berlin das Verfahren zur Aberkennung seiner Staatsbürgerschaft auf. Auch die Stellungnahme des Autors zum weiterhin inhaftierten Carl von Ossietzky in der *Pariser Tageszeitung* war in der alten Heimat sehr wohl zur Kenntnis genommen worden, seine Freude darüber, dass er den Friedensnobelpreis erhielt, wofür Thomas Mann sich eingesetzt hatte. Die Tür nach Deutschland war endgültig zugeschlagen. Aber das war sie aus Erikas

Sicht ohnehin längst, der Vater wollte es in seiner Blauäugigkeit nur viel zu lange nicht wahrhaben. Als im Dezember seine offizielle Ausbürgerung bekanntgegeben wurde, war Thomas Mann im Besitz eines tschechoslowakischen Passes und den Deutschen zuvorgekommen. Er hatte sich auf die richtige Seite geschlagen, auf die der Emigration. Wem er das zu verdanken hatte, das wusste er genau.

*

Einige Monate später, am 19. September 1936, saß Erika in einem Zug, der sie von London, wo sie noch einmal ihren Ehemann Wystan Hugh Auden gesehen hatte, nach Southampton brachte. Dort wollte sie Klaus treffen und mit ihm an Bord des holländischen Dampfers Statendam gehen, mit Kurs auf New York. Erfahrene Transatlantikreisende waren die Geschwister ja bereits »Alle Völker durcheinandergemischt und Lichtreklamen dazwischen«, so hatte Klaus die USA 1927 auf der Weltreise gesehen. In der angehaltenen Zeit während der Überfahrt auf dem weiten Meer machten sich die Erinnerungen wieder breit, an den glitzernden Broadway und Silvester in Gesellschaft glamouröser Schauspielerinnen wie der göttlichen Greta Garbo. Mit tausend Geschichten waren Erika und Klaus nach Deutschland zurückgekehrt und, zugegeben, hatten ordentlich mit ihren Abenteuern angegeben – wer hätte ihnen das verdenken können. *Rundherum*, der im saloppen Ton verfasste Reisebericht, gespickt mit klingenden Namen, war 1929 erschienen.

Nun sprach niemand mehr von Heimkehr nach Deutschland. Die meisten Passagiere an Bord reisten ohne Rückfahrkarte. Gespräche im Speisesaal schwirrten um Herkunft und Zukunft. Sie pendelten am seidenen Faden zwischen Schmerz und Hoffnung, zwischen Verlust und Versprechen. Am Nebentisch saß ein Ehepaar aus Hannover, das von New York nach Los Angeles weiterreisen wollte, dort seien auch die Schwester der Frau und deren Mann.

Und an der Westküste sei das Wetter ja so herrlich, ein ewig blauer Himmel. Man sprach nicht über die, die man hatte zurücklassen müssen, die alte Mutter, den greisen Vater. »Sicher kommen sie bald nach«, sagte die Hannoveranerin mit bemüht fester Stimme. Erika hatte die langen Schlangen vor den Reisebüros gesehen, vor den Dienststellen der jüdischen Organisationen, die bei der Auswanderung behilflich waren. Für viele Menschen schien die Lage hoffnungslos, weil sie nicht einmal Geld für die Fahrkarte besaßen. Erika dachte mit Bangen an ihre eigenen Großeltern, die Urgreise; sie waren noch immer in München und mussten dringend raus, bevor man ihnen die Pässe wegnahm. Gleich 1933 hatte man sie aus ihrem Palais geworfen und sie in eine Wohnung am Maximiliansplatz gesteckt. Die Arcissi wurde kaltschnäuzig abgerissen, einfach so, Tabula rasa, eine Vorstellung, die Erika bis ins Mark erschütterte.

Einen Tisch weiter im Speisesaal saß eine allein reisende mittelalte Dame, die unablässig und lautlos Tränen in ein umhäkeltes weißes Stofftaschentuch fließen ließ. Zwei goldene Ringe am Finger, man fragte nicht nach und ließ sie still weinen. Erika konnte gar nicht hinsehen, was steckte dahinter, Selbstmord aus Verzweiflung, ein Todesurteil, die Folterkeller der Gestapo in der Berliner Prinz-Albrecht-Straße? Als gäbe es keine anderen Todesarten, Krankheit und Alter, ein friedliches Hinübergleiten ins Jenseits. Die Nazis machten selbst Gott Thanatos den Garaus. Eines natürlichen Todes in Hitlers Deutschland zu sterben, das war kaum noch vorstellbar. Wie eine grausige Fata Morgana die schönen trügerischen Wochenschaubilder von der eben zuende gegangenen Olympiade in Berlin, die aller Welt die Gastfreundschaft des Dritten Reiches vorgaukelten. Kurz nachdem die Massen im Berliner Olympiastadion den internationalen Athleten zugejubelt hatten, inszenierte die NSDAP in Nürnberg einen gigantischen Reichsparteitag; spätestens seit diesem beängstigenden Aufmarsch konnte die Welt wissen, was Hitler plante: einen Eroberungskrieg. Es wurde eng in Europa.

»Erinnerst du dich, wie wunderbar wir als Kinder immer gespielt haben in den Ferien?«, fragte Klaus, als sie nach dem Essen an der Reling standen und rauchten.

Wie hätte Erika sich nicht erinnern können! Das Tölzer Haus und der Garten verwandelten sich in einen enormen Ozeandampfer, die einzelnen Zimmer in Kabinen, der Garten in ein großes Außendeck und die Wiesen jenseits des Gartens in das weite Meer. Thomas Mann war der Kapitän, der nur äußerst selten aus seiner Kabine hervortrat, Katia die Wirtschaftsdame, Klaus und Golo als Passagiere erster Klasse zwei steinreiche Sonderlinge mit kapriziösen Wünschen, Erika und Monika zwei einfach reisende Ladys, die naiv staunend von jedem Landgang an Deck zurückkamen. »Ja, Groß-Schiff hieß das Spiel«, so Erika, »kurz Gro-Schie. Wenn wir vormittags spazierengehen mussten, wurde eine ›Landung‹ eingelegt; der Wiesenweg in den Ort verwandelte sich in eine Palmenallee von Honolulu, und wir besichtigten das ehrliche alte Tölz wie Bombay.«

»Unsere Spiele waren komplizierter als die Fibel«, fand Klaus, »aufregender als die groben Belustigungen, die unter Kindern sonst wohl üblich sind. Es waren eigentlich keine ›Spiele‹; vielmehr handelte es sich um eine groß angelegte, sorgfältig ausgesponnene Phantasmagorie, ein mythisches System innerhalb des Kindheitsmythos.«

»Wusstest du, dass das Tölzhaus seit gut zehn Jahren im Besitz von Ordensschwestern ist?«, fragte Erika.

»Und was sie in der Poschi treiben«, sagte Klaus kopfschüttelnd, »möchte ich mir lieber nicht ausmalen.«

»Vielleicht muss man sogar froh sein, dass die Arcissi nur noch ein Luftschloss ist.«

Nach einer Woche auf der Statendam erblickten Erika und Klaus, gegürtete Trenchcoats, Ballonmützen auf dem Kopf, ganz in der Ferne am Horizont schon die Skyline von Manhattan, immer näher kamen Empire State und Chrysler Building, die Hochhäuser am Pier, echt und zum Greifen nah die Welten, die sie als Kinder in das Tölzer Wiesenmeer verlegt hatten. Vor der Festung aus Wolkenkratzern erhob sich in aller Pracht und Größe die Freiheitsstatue, die ihre Fackel triumphal in die Höhe stemmte. Die Bavaria, die mit ihrem Eichenkranz winkte, zu Hause auf der Münchner Oktoberfestwiese, war eine Zwergin dagegen. Die wundervolle Nervosität der Ankunft ergriff die Geschwister so wie damals, 1927. »Home again«, sagte Erika, »aber diesmal wird es wohl für länger sein.«

Die Passagiere traten nun scharenweise an Deck. »America, land of the free«, hörte man einen Mann euphorisch ausrufen. Jemand reckte eine Faust in die Luft wie ein strahlender Sieger am Ziel. Doch den meisten Passagieren standen noch die strengen Einreiseformalitäten auf Ellis Island bevor. Erika und Klaus hatten ihre Visa Gott sei Dank anstandslos bekommen, Warterei und Scherereien blieben ihnen erspart.

Das Apartment im Bedford Hotel, 118 East 40th Street, Midtown Manhattan, zwischen Lexington und Park Avenue, für Erika und Klaus bald ein zweites Zuhause. Das Gebäude mit der dunkelroten Backsteinfassade und wirkungsvollen Art-Déco-Ornamenten war Anlaufstelle für viele Exilanten. Auch der Hotelmanager Anton Nagel war Emigrant, entpuppte sich allerdings als alter Stinkstiefel. Die Zimmermädchen putzte er regelmäßig herunter, schimpfte die Telefonistin eine Schlampe, gegenüber den Gästen setzte er ein brummiges Gesicht auf. Trotzdem blieben Erika und Klaus im Bedford wohnen, umgeben von Schicksalsgenossen herrschte eine vertraut heimelige Atmosphäre, man hörte hauptsächlich Deutsch an der Rezeption, auf den Gängen, in der Bar. New York war auf seine Art urgemütlich, und die ersten Tage in der City vergingen in Wiedersehensfreude. An der Bar des Bedford trafen Erika und Klaus die Schriftstellerin Vicki Baum, den Publizisten Curt Riess, den Arzt und Schriftsteller Martin Gumpert und tranken mit ihnen die Cocktailkarte rauf und runter. Erika fand durchaus Gefallen an dem acht Jahre älteren Gumpert, er hatte sowas Väterliches. Bruder und Schwester spazierten durch den Central Park, standen am Pier und sahen den betriebsam umherkreuzenden Barkassen zu, sie speisten in Diners am Broadway und wunderten sich wieder über die von hochbeinigen Wasserbehältern gekrönten Dächer der Wolkenkratzer und die laut aufheulenden, knallroten Feuerwehrspritzen, die wie hochpolierte Fahrzeuge für eine Filmkulisse wirkten.

»Aber wir sind nicht als Touristen hier«, beendete Erika ihre Spekulationen über die ausgeprägte Furcht der Amerikaner vor Feuersbrünsten. »Wir müssen unsere Arbeit wieder aufnehmen. Die Pfeffermühle muss sich drehen!«

New York war ein teures Pflaster, und Erika brauchte ein finanzielles Polster; Theatermiete, Werbeflyer, die Gage der Schauspieler, für all das musste ein Budget her. Emsig war sie auf der Suche nach Geldgebern. Zunächst antichambrierte sie bei alten Bekannten, manche Geschäfte kamen wie beiläufig am Bartresen des Bedford zustande: Vicki Baum, Max Reinhardt und des Vaters amerikanischer Verleger Alfred Knopf zeigten sich äußerst großzügig. Auf einem der vielen Empfänge, gleich in den ersten New Yorker Tagen, kam es zur Begegnung mit einem Mann, der Erikas größter Gönner wurde: Maurice Wertheim.

Wertheim war ein *native New Yorker*, ein Mann in den besten Jahren, um die fünfzig, *handsome*, brünett, Schnurrbart, ein Mann mit Dollars und einem Spleen. Sein Vermögen war teils ererbt, teils stammte es aus Bankgeschäften und seiner Direktorentätigkeit in verschiedenen Unternehmen, darunter der Underwood Typewriter Company, das musste Erika ja gefallen, ein Mann, der sein Geld mit Schreibmaschinen verdiente, ein gutes Omen.

»Die schönen Künste, karitative und pädagogische Projekte unterstütze ich schon lange«, erklärte er. »Sagen Sie einfach, was Sie brauchen, und Sie bekommen es.« Er schlug die langen Beine übereinander und musterte Erika mit einem ausführlichen Blick aus seinen leicht schräg stehenden Augen. Wertheim, zweifellos ein echter *ladie's man*, war ganz angetan von ihr, das ließ sich kaum übersehen. Er las ihr jeden Wunsch von den Lippen ab, noch bevor sie ihn aussprach, schien geradezu darauf gewartet zu haben, ihr unter die Arme greifen zu dürfen. »Ich habe jetzt einen Herrn, der sich lebhaft interessiert und von dem es auch so aussieht, als ob er gerne etwas Geld nicht nur ausgeben, sondern auch wirklich einbüßen möchte«, konnte Erika der Mutter am 24. Oktober 1936 berichten.

Nachdem Maurice Wertheim also umstandslos mehrere Schecks ausgestellt und über den Tisch geschoben hatte, auf einem Empfang, auf den Erika ihn begleitete, machte er ihr ebenso umstandslos einen Heiratsantrag. »Ich war schon zweimal verheiratet, aber ich bin wieder ein freier Mann«, erklärte er mit einem smarten Lächeln und ließ Eiswürfel in seinem Whiskyglas klirren.

Erika lachte nur. »Ich bin aber nicht frei«, sagte sie. Sie dachte nicht an Auden, sondern an Martin Gumpert, mit dem sie eine Liaison begonnen hatte, an der sie allerdings manchmal zweifelte. Für Erikas Geschmack ging der Arzt manchmal allzu sehr mit ihm durch. Er sah mit Sorge ihren labilen Zustand, kritisierte ihre Kettenraucherei und den Drogenkonsum, fürchtete um ihr Herz. Dass dieses ganz für ihn schlage, nur für ihn, das wünschte er sich, Erikas starkes, gesundes Herz. Gumpert wollte sie ebenfalls zur Frau. Den Bund fürs Leben. Heiraten. Ein großes Wort. Erika erinnerte ihn daran, dass sie verheiratet war, mit Auden. Gumpert zuckte mit den Schultern. »Es ist halt keine richtige Ehe«, stellte er nüchtern fest. »Eine dieser Exilehen, Kriegsehen, Mittel zum Zweck. Es geht dabei doch nicht um Liebe.«

Ja, die Liebe. Auf dem Papier an Auden gebunden zu sein, kam Erika ganz gelegen. Das Bündnis schützte sie, jede Art von Liebesbeziehung bekam dadurch etwas Nebensächliches, Beiläufiges. Aber Gumpert war im Bilde und wollte sie partout ganz erobern, er drohte ihr sogar damit, sich das Leben zu nehmen, wenn sie ihn nicht erhörte.

Erika hasste solches Reden. »Hör auf damit. Ich bin doch für dich da.« Wenn er eine Szene machte, von Selbstmord faselte, weinerlich flehte, ging Erika erst recht auf Distanz. Einen Trauerkloß, der nicht aushielt, wie sie lebte und liebte, konnte sie nicht gebrauchen, schon gar nicht in diesen Zeiten. »Ich würde es begrüßen, wenn du dich ein wenig zusammenreißen könntest«, sagte sie gereizt, »wenn du mich unterstützen würdest in meinen Aktivitäten. Wenn du mir Kraft gäbest, statt sie mir auf diese Weise zu rauben.«

Aber Gumpert plagte die Eifersucht, nicht nur auf Wertheim, sondern auch noch auf Therese Giehse, die zuvor Erikas Lebensbegleiterin gewesen war. Die machte obendrein Stress, ihr kamen Gumpert wie Wertheim gleich ungelegen. Dass Erika mit dem »unermesslich Reichen«, wie sie ihn nannte, viel Zeit verbrachte, war ihr ein Dorn im Auge, doch gegen die Beweggründe der Freundin ließ sich nur schlecht etwas einwenden, schließlich stand der neue Verehrer auch für ihre eigene Gage ein. Zähneknirschend verstummte die Giehse, als Erika sie daran erinnerte.

Erika schaltete bei Szenen, bei denen es um Besitzansprüche und nicht um Liebe ging, routiniert auf Durchzug. Es gab ja doch nur einen, auf den Gumpert und die Giehse eifersüchtig hätten sein müssen: Klaus.

»I think she will be a success«, so der berühmte Papa im ersten Programmheft der amerikanischen Pfeffermühle, der Pepper Mill. Wie gut Erika das Pierrotkostüm stand, das sie in einer Nummer trug, die *Kaltes Grauen* hieß; in dieser Aufmachung erinnerte sie an ihre Mutter Katia als Kind, auf dem Kaulbach-Gemälde, das sie mit den vier Brüdern zeigte, alle fünf als Pierrot, jenes berühmte Bild, das der junge Thomas Mann aus der Zeitung ausgeschnitten hatte, lange bevor er Katia kennenlernte. Die erste Vorstellung der Pepper Mill fand am 5. Januar 1937 im New Yorker Chanin-Auditorium statt, einem Theatersaal im 17. Stockwerk eines Wolkenkratzers. Auden hatte für die englischen Übersetzungen der Couplets gesorgt. Die bewährte Truppe, Magnus Henning, Sybille Schloss, Lotte Goslar und Therese Giehse, war erst am 25. November in New York angekommen, wenig Zeit für die Proben. Die Darsteller gaben ihr Bestes, doch auf der Bühne konnten sie nur versuchen auszublenden, wie schwach die Resonanz des Publikums blieb. Zuschauer schüttelten verständnislos den Kopf, einige verließen den Saal. Erika ahnte, es handelte sich um die amerikanischen Kritiker, Journalisten, die sie extra eingeladen hatte, um gute Presse zu bekommen. Offenbar verstanden aber nur Insider die auf das Dritte Reich gemünzten Spitzen, und zwar die Emigranten selbst, die man ja nicht noch über die Gründe ihrer Flucht aufklären musste. Den meisten Amerikanern, die vor allem ins Auditorium gekommen waren, um gut und leicht unterhalten zu werden, blieben die Texte trotz englischer Version unverständlich. Was drüben in Europa geschah, was scherte das die Leute hier? Ironie und Humor, das wurde Erika jetzt besonders deutlich, waren eine nationale Angelegenheit. Nach nur zwei weiteren Vorstellungen der Pepper Mill im Januar 1937 in New York folgte das Aus für Erikas Kabarett. Therese Giehse verkündete, sie sehe für sich als Bühnenkünstlerin keine Chance in den USA und kehrte zurück nach Europa, nach Zürich. Dass Erikas Privatleben derart unübersichtlich war, dass sie sich nicht mehr darin zurechtfand, gefiel der Giehse ebenfalls nicht. Dann lieber fort.

Maurice Wertheim beglich ohne mit der Wimper zu zucken die Schulden, die durch den Misserfolg der Pepper Mill aufgelaufen waren, Saalmieten, Gagen, Reisekosten. Doch nun musste die Arbeit weitergehen. Anders. Erika musste ihr Publikum auf anderem Wege finden. Direkter werden. Knalliger. Amerikanischer. Sie musste die Stimme erheben und zu den Menschen sprechen. Klartext reden. Schon während der Weltumrundung mit Klaus hatte Erika einen Teil des Reisegelds mit Vorträgen und als Gedichtrezitatorin verdient. Lecturer, in Amerika ein richtiger Beruf. Leute, denen etwas auf den Nägeln brannte, die etwas auf dem Herzen hatten, eine Botschaft, eine Kunde, tingelten durch die Lande und hielten mitreißende Vorträge; das war gute alte Tradition, die des reisenden Barden, des fahrenden Sängers oder des Wanderpredigers, eine Tradition, an die Erika anknüpfen konnte.

Der Beginn der neuen Karriere war eine echte Feuertaufe. Der American Jewish Congress und das Jewish Labor Committee hatten für den 15. März 1937 eine Veranstaltung geplant, eine ›Peace & Democracy Rally‹ im Madison Square Garden mit verschiedenen Rednern, darunter der New Yorker Bürgermeister LaGuardia, Gewerkschaftsführer John H. Lewis sowie ein ehemaliger enger Mitarbeiter Präsident Roosevelts. Und Erika. Sie hatte nicht lange überlegen müssen, welches Thema ihr am meisten am Herzen lag. Es erzürnte sie nach wie vor, ja, brachte sie schier zur Weißglut, dass jeglicher Fortschritt, der den deutschen Frauen in den Jahren vor 1933 das Leben versüßt hatte, wie über Nacht dahin war. Wahlrecht, Berufstätigkeit, Lockerung der Sitten, als habe es all das in der Weimarer Republik nicht gegeben. Hatten wirklich nur die Happy Few begriffen, von welch großem Wert die Emanzipation war? Ein paar wenige, die es sich leisten konnten? Oder warum war die weibliche Mehrheit so rasch und geräuschlos im Nazi-Sumpf versunken? Ihr wurde übel, wenn sie sah, mit welcher Erregung die Damenwelt Hitler anschmachtete. Die Frau im Dritten Reich, ja, das war Erikas Leib-und-Magen-Thema. »Ich werde es ihr geben!«, rief sie aus. »Ich mache sie fertig!« Sie spannte ein neues Blatt in ihre Schreibmaschine und trommelte mit Aplomb geharnischte Sätze aufs Papier. Der Vortrag für den Premierenauftritt musste aus einem Guss sein, ein Volltreffer werden. Erika dachte an Klaus. Der hielt sich gerade wieder in Europa auf, in Paris, von dort wollte er weiter zu den Eltern nach Küsnacht in die Schiedhaldenstraße; erst im September sollte er in die USA zurückkehren. Erika hätte den Bruder jetzt gebraucht, ihren *counterpart* und besten Zuhörer. Stattdessen saß irgendein amerikanisches Mädel nebenan im Apartment des Bedford und übersetzte für ein Taschengeld ihre Rede.

Am großen Tag, dem 15. März, klopfte ein Bote an Erikas Zimmertür. Das Telegramm, das er überbrachte, war vom Vater und für ein Telegramm recht ausführlich. »Du sprichst dort als selbstständige Persönlichkeit, zugleich aber tust du es gewissermaßen an meiner statt als meine Tochter und als meines Geistes Kind.«

Bestens gerüstet durch den Zuspruch des Zauberers stieg Erika mit ihrem Redemanuskript beizeiten die Treppe hinunter und setzte sich an die Hotelbar, um auf den Fahrer zu warten, der sie wie verabredet abholen sollte. Sie orderte einen Kaffee, zündete sich eine Zigarette an und noch eine. Nach einer weiteren Zigarettenlänge, noch einem Kaffee, sah sie auf die Uhr, halb acht war längst durch, wo blieb der Chauffeur? Steckte er im dichten Verkehr auf Manhattans Straßen fest? Hatte er sie etwa vergessen? Sie sollte gleich zu Beginn sprechen, als Erste, sie durfte keine Zeit mehr verlieren. Erika beschloss, auf eigene Faust loszugehen, und löste sich vom Barhocker. Der Weg war nicht weit, ein paar Blocks die 40. Straße hinunter bis zur 7th Avenue, am Times Square links. Vorm Eingang der Arena eine gewaltige Menschenansammlung, offenbar war drinnen alles bis auf den letzten Platz besetzt, einige Leute protestierten lauthals, da sie keinen Einlass mehr fanden. Als Erika sich den Weg durch die Menge bahnte und in das Rund hineinwollte, versperrten ihr Ordner rabiat den Weg. »I am the daughter of Thomas Mann«, erklärte sie in einem Ton, der keinen Widerspruch duldete, »I am supposed to speak as an exiled german playwright.« Nachdem sie das dreimal schreiend wiederholt hatte, war sie heiser. Endlich ließ man sie ein. Über der Bühne hing in großen Lettern der Schriftzug ›Boycott Nazi Germany‹. Die Reihen in der Arena waren dicht besetzt, beim Anblick der Menschenmenge überkam selbst Erika für einen Moment Nervosität. Die Vorträge wurden ins ganze Land gefunkt, eine unheimliche Dimension. Lampenfieber kam aber gar nicht erst auf, dazu blieb keine Zeit, die Begrüßungsansprache war zuende, gleich war sie dran. »And I am proud to announce as a first speaker Erika Mann, the daughter of Thomas Mann, winner of the Nobel prize«, vernahm Erika ihren eigenen Namen. Je öfter sie ihn ausgesprochen hörte, mit dem Zusatz ›the daughter of‹, klang er in ihren Ohren wie ein britischer Adelstitel.

Erika trat ans Podium, Applaus brandete auf, sie holte tief Luft, räusperte sich, hob an, auf Englisch: »Bei unseren Versammlungen soll und darf niemals gelogen werden. Die Wahrheiten, die uns wichtig sind, sind mächtiger und überzeugender als alle Unwahrheit, die von einem Propagandaministerium nur zu einem Zweck geschaffen und erdacht wurde: nämlich zur Verbreitung der Unwahrheit.«

Abermals lautes Klatschen, der Saal bebte. »The women«, fuhr sie fort, »die Frauen im Dritten Reich sind es gewesen, die Hitler gewählt haben.« Eine traurige Wahrheit, die sie da ansprach. Weiß Gott, was die Weiber, die ihn wählten, an ihm fanden, diesem Emporkömmling mit dem albernen Oberlippenbärtchen und der schnarrenden Stimme. »Es würde zu weit führen, den Stellenwert und die Gefahren des Frauenwahlrechts zu erörtern«, fuhr Erika fort, »aber es ist eine Tatsache, dass das emotionale Element gerade im Fall von stimmberechtigten Frauen eine große Rolle spielt, und ihre Gefühle entschieden sich in diesem Fall für den gestutzten Schnurrbart, die Schaftstiefel und die haltlosen Versprechungen – ihre Gefühle glaubten, was ihnen schmeichelte.« Erika blieb bei ihrem Redekonzept und zog in ihrer Erbitterung das ganz große Register: »Die Frau im Dritten Reich ist eine Zuchtstute, deren einziger Zweck es ist, den Krieg vorzubereiten und zu ermöglichen.« Frauen, für die Nazis Soldatenmütter, Produzentinnen von Kanonenfutter, Gebärmaschinen. Darin lag immerhin eine bittere Hoffnung, denn welche Mutter nahm es auf Dauer hin, dass ein Sohn nach dem anderen auf dem Schlachtfeld blieb? »Die Mütter werden aufbegehren«, sprach Erika diese Hoffnung aus.

Sie entschloss sich spontan zu einem Einschub in ihrem Vortrag; legte ihr Redemanuskript beiseite und nahm des Zauberers Telegramm in die Hand. Alles brach in Jubel aus, als sie seinen Namen aussprach: »Thomas Mann.« Feierlich verlas sie seine Worte, auf Englisch. Als die Menge sich wieder beruhigt hatte, kam sie zum zweiten Teil ihrer Rede, der von Hitlers labiler Persönlichkeit handelte. »Bei allem, was wir gegen Hitler tun und planen, sollten wir immer seine Psyche, seine hysterisch-verletzliche, manisch-labile Gemütsart mit in Betracht ziehen. Das Nazireich steht und fällt mit Hitler. Hitler steht und fällt mit seinem Selbstbewusstsein, mit der Überzeugtheit davon, dass er – Hitler, mächtig, herrlich, glücksbegünstigt und weithin geachtet –, nun einmal dazu berufen ist, nach Deutschland die ganze Welt seinem diktatorischen Willen zu unterjochen ... Misserfolg aber, Misstrauen und Nichtachtung sind sehr dazu geeignet, das Selbstgefühl der aggressiven Mimose ins Wanken zu bringen – denn es ist auf Sand gebaut. ... Und sollte es gelingen, durch konsequenten Boykott der deutschen Waren dem Nazimachthaber zu zeigen, dass die Welt nichts von ihm hält und dass sie wünscht, er möge sich entfernen, das wäre bereits ein großer und wichtiger Schritt in Richtung dieser Entfernung. ... Der Boykott deutscher Erzeugnisse bedeutet eine entscheidende Schädigung des Dritten Reiches, das ohne Ausfuhr seiner eigenen Produkte die Rohstoffe nicht einführen kann, die es braucht; die es nicht dazu braucht, um sein Volk zu ernähren und dessen Lebensstandard menschenwürdig zu halten (das Volk hungert, und sein Lebensstandard ist auf Kriegsniveau gesunken!), sondern die es benötigt, um die Schlachten vorzubereiten, mit denen es den Frieden der Welt bedroht.«

Nach diesen Worten trat Erika, ernst und schweigend ins Publikum blickend, einen Schritt vom Pult zurück. Ein Segen – die Stimme hatte sie nicht im Stich gelassen. »Thank you!« Sie verneigte sich bescheiden, andeutungsweise. Der Beifall wollte gar nicht mehr enden. Sie war ins kalte Wasser gesprungen und hatte die Probe im Madison Square Garen bestanden. 23.000 Menschen waren gekommen, um den Rednern zuzuhören, erfuhr sie. Am Abend desselben Tages fand in der Arena eine Gegenversammlung statt, man zählte achtundsechzig Zuhörer. Tags darauf konnte ganz Amerika in der Zeitung lesen, welch Persönlichkeit die ›daughter of Thomas Mann‹ war. Nun trafen die Prophezeiungen des Zauberers wirklich zu: She was a success!

Nach zwei Sommermonaten, die Erika mit Klaus, Therese Giehse und Annemarie Schwarzenbach in Europa herumgereist war, ging die Vortragsreise erst richtig los. Erika legte die Organisation in die Hände einer Agentur, die sich um Reiseplanung und Hotelzimmer kümmerte, um Einladungen, die herausgeschickt werden mussten. Das Programm, das es zu absolvieren galt, war straff. »In Cleveland sprach ich fünf Mal in drei Tagen, was ... mich an den Rand des Zusammenbruchs brachte«, schrieb sie an die Mutter. »Im Übrigen aber war der Aufenthalt eher triumphal, und meine Erfolge als public speaker number 1 häufen sich.«

Die jüngsten Eindrücke aus Europa boten anschaulichen Stoff. Sie war mit Klaus auch in Paris gewesen, wo dieses Jahr die Weltausstellung stattfand. Die protzigsten Pavillons hatten sich Deutschland und die Sowjetunion geleistet. Sie präsentierten sich als zwei in der Höhe wettstreitende Türme, gekrönt vom Reichsadler hier, dort von einem Arbeiter und einer Kolchosbäuerin, die Hammer und Sichel in die Höhe reckten. »Die Franzosen zeichnen diese Scheußlichkeiten auch noch mit einer Goldmedaille für die schönsten Pavillons aus«, erzählte Erika ihren Zuhörern und zitierte, was Klaus angesichts der gewaltigen Türme prophezeit hatte. »Man wird vom Abscheulichen überfallen werden wie die Kinder vom Wolf.« Sie berichtete von der Angst der Emigranten in Paris vor Hitlers Expansionsgelüsten; wie lange blieb Frankreich noch ein sicherer Hafen für die Bedrohten und Verfolgten? Stolz erhob sich der Pavillon de la Paix gegenüber vom Eiffelturm auf der Terrasse an der Place du Trocadéro, eine Manifestation wie ein frommer Wunsch für die Zukunft. Dabei höhlten zwei Popanze genau die Werte der Demokratie aus, die Europa doch stark machen sollten.

Erika lebte monatelang aus dem Koffer, irrlichternd durch Vortragssäle und Hotelflure. Hotelzimmer, Pullmanwagen, Hotelzimmer, Pullmanwagen, so endete das Jahr 1937. Ein Blick auf die Liste, was war heute dran? Der Jewish Women's Club oder das Joint Committee? Und wohin ging die Reise morgen? Buffalo oder New Jersey? Worüber diesmal sprechen? Über die Erziehung der Jugend im Dritten Reich, den teuflischen Wesenskern der deutschen Diktatur oder Zuchtstuten mit Mutterkreuz? Erikas Mission war überall dieselbe, für die Emigranten werben, für Solidarität mit den Gästen im Land. Bei den dicht gedrängten Terminen ließ sich leicht die Übersicht verlieren, doch die Sklaventreiber von der Agentur kannten keine Gnade, sie verdienten an jedem Auftritt ordentlich mit. Erika breitete eine Landkarte auf der Bettdecke aus und fuhr mit dem Bleistift die Route ab, die im Februar 1938 vor ihr lag. Cincinnati, Grand Rapids, zurück nach New York, anschließend New Haven, Boston, Utica. Im März stand ein gemeinsamer Auftritt mit Klaus in Detroit an. Erika tippte die Liste mit den Terminen auf ein Blatt, auf Detroit folgte wieder New York, dann Evanston, wo lag das eigentlich? Illinois, sagte die Landkarte. Die öden mittelamerikanischen Städte, alles Provinz außer Chicago. Jede Stadt ein abgesteckter Claim in der Prärie. Ans Ende jeder Zeile hackte Erika den Betrag, der sie als Honorar erwartete, zwischen 100 und 300 Dollar, je nach Veranstalter, da kam unterm Strich hübsch was zusammen.

Erika musste oft nachhelfen, um sich für einen Vortrag in Stimmung zu bringen. Sie griff in die Handtasche mit dem Survival Kit. Hoffentlich nahm Klaus nicht so viel. Die Sorge um ihn war ihr ständiger Begleiter. Erika schaute in den Spiegel und sah ein »hageres Pferdegespenst«. Sie bräuchte dringend Erholung. Nach einem Jahr als Lecturer fühlte sie sich leer und ausgebrannt. Der leidenschaftliche Furor des Anfangs war einer gewissen Routine gewichen. Gleich würde sie wieder vor einer Gruppe Menschen stehen, sie kannte die Stichworte bereits im Schlaf, wusste genau, wann applaudiert, wann welche Frage gestellt wurde.

Verspätete Züge, Busse mit Reifenpannen, keine Zeit mehr zum Essen, nicht nur einmal betrat Erika das Podium als ausgehungertes Wrack. Diesmal ging aber alles glatt. Eine Einladung bei einem Frauenverein, alles in allem waren Erika die reinen Damennachmittage sehr lieb. Sie war immer froh, wenn sie eine Veranstaltung unter Studenten hinter sich gebracht hatte, Studenten waren laut und leicht abgelenkt, ein Kunststück, sie zu erreichen. Je jünger das Publikum, umso skeptischer auch. »Man hat sie gelehrt, ›Propaganda‹ zu misstrauen und anzunehmen, dass jeder, der sie von irgendetwas überzeugen will, ein ›Propagandist‹ ist. Es ist ihnen noch nicht in den Sinn gekommen, dass es etwas Gutes sein könnte, die Wahrheit anzupreisen. Außerdem erschweren es ihnen ihr eingefleischter Liberalismus, ihr Prinzip, ›alles von allen Seiten zu betrachten‹, und ihr Misstrauen gegenüber einfachen Einstufungen wie ›gut‹ und ›böse‹, den Feind als etwas offensichtlich Böses einzuschätzen – umso mehr, als ihnen die eigenen Leistungen nicht gerade ständig bewundernswert vorkommen.« Bloß nicht selbst unaufmerksam wirken – sofort schwand auch die Aufmerksamkeit im Auditorium. Erika gab, wenn sie vor einer Schulklasse, einer Studentengruppe oder in einem Rathaus vor Bürgern einer Stadt sprach, vor allem den Showmaster. Mit gut situierten Damen aber hatte sie immer das leichteste Spiel.

Sie werde am Bahnhof erwartet, so die Vorankündigung einer Club-Lady. Komischerweise erkannte man sich immer, auch ohne Namensschilder. Vor dem Haupteingang stand eine Dame mittleren Alters, die diesen typischen entschlossenen Blick auf die Ankommenden richtete. »Miss Mann?« Erika strebte auf die Dame zu. »Wir sind so froh, dass Sie gekommen sind!«

Erika sagte brav ein »nice to meet you« auf, komisch, sie begrüßt mich mit einer Erleichterung, als eile mir der Ruf voraus, die Leute regelmäßig zu versetzen. Vielleicht hatte der Frauenverein ja schlechte Erfahrungen mit anderen Rednerinnen gemacht. Erika lächelte weiter ihr professionelles, auf dem Gesicht festgefrorenes Lächeln.

»Also, packen wir's an«, sagte die Dame, »let's face it«, während sie zu einem bereitstehenden Wagen gingen. Während der Fahrt durch die Kleinstadt erfuhr Erika, dass die letzten Vorträge sich mit Indien, Waldpflege, Astrologie, Jugendkriminalität und der neuesten Hutmode befasst hatten. Man hielt vor dem Clubgebäude. Bereits beim anschließenden Mittagessen musste sich Erika ziemlich verausgaben. Die muntere Damenrunde löcherte sie schon bei Tisch mit Fragen. »Was kommt nach Hitler?«

Eine Frage, die auch Erika umtrieb, ihre Gedanken sprudelten nur so aus ihr heraus. So perorierte sie bei Truthahnsandwiches und Limonade über Demokratie, eine funktionierende Zivilgesellschaft, den Geist der Weimarer Republik und vor allem über die im Dritten Reich mit Füßen getretenen Frauenrechte. Wie lange würde es noch dauern, bis dem tausendjährigen Reich der üble Atem ausging? »Je länger der Nazispuk dauert«, sprach Erika ihre Befürchtung aus, »umso schwieriger wird es sein, die ideologische Saat, die die Herren im Lande ausstreuen, wieder auszurotten.« Jungen in brauner Kluft, die zu ›Herrenmenschen‹ erzogen wurden, und bezopfte Mädchen, die in BDM-Uniformen deutsche Volkslieder schmetterten, den Drill aus der Hitlerjugend würden sie noch an ihre Kinder weitergeben. Es klang zynisch, doch wenn Widerstand nichts bewirken konnte, erschien ein Krieg tatsächlich als die beste Lösung. »Das Ende des Dritten Reiches muss von außen kommen, denn in diesem Klima von Angst, das innerhalb des Landes herrscht, gedeihen keine Helden für die Freiheit.«

»Wer wird in Deutschland nach Hitlers Sturz regieren?« – »Was halten Sie von den United States of Europe?« – »Wird der Führer die Tschechoslowakei angreifen?« – »Wie alt wird Herr Hitler werden?« Erika antwortete ausweichend und gern in Bildern. »Er wird sich sein eigenes Grab schaufeln.« Wie naiv waren diese Amerikanerinnen eigentlich? Die absurden Fragen, wie sollte sie die beantworten? Ja, war sie denn das Weltgewissen? Pythia, das Orakel von Delphi? Unter den Zuhörerinnen gab es durchaus solche, die von den Nazis beeinflusst waren: »Ist es nicht so, dass Deutschlands Ehre von Hitler wiederhergestellt worden ist?« Von den Linken indessen wurde der Krieg gebrandmarkt: »Ist er nicht nur ein kapitalistisches Unternehmen?« Nur ungern dachte Erika daran, wie sie nach einer Veranstaltung in Milwaukee am Bühneneingang von drei jungen Männern abgefangen wurde, die ihr dort aufgelauert hatten und ihr Briefe überreichten. »Ihre Tage sind gezählt. Auf Sie wartet der Strick.« Hakenkreuze zierten die Drohungen.

Doch am meisten auf diesen Reisen fürchtete Erika die amerikanischen Hotelzimmer, und mit Hotels kannte Erika sich aus. Die Zimmer glichen einander alle, aber es kam sehr darauf an, ob die Lampen richtig verteilt, das Telefon am Bett und auf dem Schreibtisch gleichermaßen verwendbar, Kleiderhaken an der Tür und ob die Stühle sympathisch waren. Manche Häuser muteten ihren Gästen fensterlose Räume zu, nicht immer funktionierte die Klimaanlage, und natürlich die immergleiche langweilige Frühstücksmarmelade. Erika konnte nicht stundenlang in dunklen oder stickigen Zimmern sitzen zwischen ihrer Ankunft und Vortragsbeginn, sie schlug viel Zeit tot in Cafés und Kinos, nicht immer lohnte der Film. Über die Einsamkeit der Vortragsreisenden hätte sie ein dickes Buch schreiben können. Über den krassen Absturz nach einer Veranstaltung, für Stunden Mittelpunkt des Interesses und hochkonzentriert, dann schlagartig das Alleinsein im Hotelzimmer, das Gebrumm eines Ventilators, hysterische Stimmen hinter einer dünnen Wand, Türenschlagen und Schritte auf den Gängen. Fast sentimental dachte Erika an Tourneen mit der Pfeffermühle zurück, mit der ganzen Truppe, Freunde und Kollegen für den Drink nach dem Applaus. Der reisende Redner war allein in der Fremde. Den größten Trost bot Erika die Reiseschreibmaschine. Sie wertete ihre Notizen aus und schrieb über die langweilige Dinnerparty im Frauenverein Oklahoma und über Weissagungen, die ein Auditorium in Milwaukee von ihr verlangte. Sie schrieb über sich als Wanderpredigerin und als Spezialistin für Pullmanwagen, die sie inzwischen war. Haute so lange in die Tasten, bis wieder einmal ein Zimmernachbar gegen die Wand klopfte und sich laut rufend beschwerte, nervtötende Tipperei um diese Uhrzeit, stop it, unverschämt! Ergeben zog Erika dann das Blatt aus der Maschine und setzte ihre Arbeit mit dem Stift in der Hand fort. Dabei kamen ihr neue Ideen, in der Nacht, wenn Schlafmittel nicht halfen.

Wie nebenbei entstand während der Reisen ein politisches Lehrbuch, wie Erika es nannte: *Zehn Millionen Kinder. Die Erziehung der Jugend im Dritten Reich.* Es speiste sich aus Informationen, die sie auf der Europareise im Sommer von deutschen Emigranten bekommen hatte, ebenso wie aus Anschauungsmaterial, den Schulbüchern, mit denen die Kinder fanatisiert und indoktriniert wurden. Erikas Buch erschien recht bald, sowohl in den USA als auch 1938 bei Querido in Amsterdam.

Erika fiel jedes Mal ein Stein vom Herzen, wenn sie Klaus im Bedford wieder in die Arme schloss. Nach Tagen und Wochen, in denen Erika gute Miene unter fremden, oft unerträglich geistlosen Menschen gemacht hatte, so höflich wie möglich mit betulichen Gastgebern umgegangen war, unbändige Freude über die Nähe mit Klaus. Sie räumten die Zeitungen von den Sesseln in seinem Zimmer, stapelten sie auf den Boden und machten es sich bequem.

Auch Klaus trommelte zur Solidarität der Exilanten untereinander, so unterschiedlich sie sein mochten, denn jede Kontroverse stärkte die Verbrecher in der Reichskanzlei. Man musste unbedingt zusammenhalten, wenigstens nach außen hin. Schon im Dezember 1936 hatte Klaus vor etwa fünftausend Leuten auf dem sogenannten Deutschen Tag zusammen mit Ernst Toller und Hubertus Löwenstein einen Vortrag gegen die Nazis gehalten, im Fokus stand die Ausbürgerung seines Vaters. »Aber überall die gleichen Reaktionen, Stimmen, Mienen, Phrasen«, klagte er, »und immer wieder werde ich als ›der Sohn‹ präsentiert.« Er griff in die Innentasche seines Reisekoffers. »Zur Feier des Wiedersehens.«

Noch einmal der Rausch, der einen anderen ersetzte, nein, nicht ersetzte, sondern in künstlichen Paradiesen davon ablenkte, dass das Ersehnte auf Erden nicht zu bekommen war. Die angenehme Wirkung des Pulvers, das friedliche Wohlgefühl, das sich im Körper ausbreitete, löste Erika für Augenblicke die Zunge. »Ich sehe Bruno viel zu selten«, sagte sie, »aber eine glückliche Liebesbeziehung ist mir wohl nicht beschieden.«

Nur einer war eingeweiht in Erikas wenig Segen bringende Beziehung zu Bruno Walter, Klaus. »Also immer noch der greise Unhold?«, seufzte er.

»Ich bin arm«, sagte Erika wortkarg, »aber ehrlich, sehr einsam, aber gesellig.« Sie trug das Intimste nicht gern nach außen, nicht einmal Klaus gegenüber, gerade bei ihm fiel ihr das schwer. Denn Erikas verhängnisvolle Schwäche für einen Mann, der gut ihr Vater hätte sein können, traf sich im Unendlichen beider Geschwister Zuneigung zueinander mit Klaus' unersättlicher Jagd nach Liebe, die ihn in den Nebel von Dampfbädern, die Hitze von Saunen und allerlei finstere Kabuffs führte, wo ihm mehr oder weniger junge Männer zu Diensten waren, um ihn richtig glücklich zu machen – meistens vergeblich.

»Und was ist mit Tomski?«

»Tomski sagt, er kann's nicht länger mit ansehen, das Nehmen.«

Thomas Quinn Curtiss, der rund zehn Jahre jüngere New Yorker Journalist mit rotem Kussmund und schwermütigen Schlafzimmeraugen, der an einen Leichtgewichtsboxer erinnerte und ein wenig an den verstorbenen Freund René Crevel. Klaus hatte Tomski 1937 in Budapest kennengelernt, mitten in einem seiner zahlreichen Versuche, einen erfolgreichen Drogenentzug zu machen in einem Sanatorium mit dem einladenden Namen Siesta – Klaus schrieb im Brief an die Mutter von einem »Talmi-Zauberberg«. Tomski kümmerte sich rührend um den Geschwächten, in jenem Frühsommer wurde er zum Begleiter in Klaus' unstetem Leben.

»Tomski leidet über die Maßen darunter zu sehen, wie ich mich mit dem Zeug ruiniere. Er droht mir damit, sich von mir zu trennen, wenn ich's nicht in den Griff kriege«, sagte Klaus. »Aber es ist stärker als alles andere.«

Nicht nur Tomski litt, wenn er sah, wie schlecht es Klaus ging, wie labil er war. Erika musste wieder die Kontrolle behalten, ihn enger an sich binden und auf Trab halten, am besten durch ein weiteres gemeinsames Projekt, bevor er sich abermals unzureichenden Gefährten anvertraute, windigen Affären auslieferte, die ihm nicht guttaten.

»Man muss die Leute auf allen erdenklichen Wegen erreichen. Die Amerikaner müssen begreifen, dass jeder aufrechte Deutsche heute ein Flüchtling ist. Dass die Angst vor dem Kommunismus ihnen nicht die Einwanderung verwehren darf. Lass uns zusammen ein Buch schreiben. Unser Teamwork hat sich doch stets bewährt.«

»Und woran hast du gedacht?«

»An ein Buch über die Emigration. Wir müssen den Amerikanern zeigen, dass die Emigranten aus allen erdenklichen Gesellschaftsschichten kommen. Dass Juden und Antifaschisten mitnichten die gefürchteten Kommunisten sind, für die die Amerikaner alle halten. Dass sie seit je zur Tradition Amerikas gehören und dieses Land erst groß gemacht und ihm neues Leben zugeführt haben.«

»Hast du schon einen griffigen Titel in petto?«, fragte Klaus, der die Entschlossenheit seiner Schwester kannte und ahnte, dass sie sich bereits alles im Kopf zurechtgelegt hatte.

»Flucht ins Leben«, sagte Erika wie aus der Pistole geschossen, »Escape to Life.«

Klaus nickte zustimmend. »Ausgezeichnet. Ein Problem sind allerdings die bald anstehenden Wahlen«, gab er zu bedenken. »Roosevelt will 1940 wiedergewählt werden, eine allzu herzliche Willkommensgeste gegenüber den Flüchtlingen vermasselt ihm womöglich das Ergebnis.« Klaus wollte lieber einen Roman schreiben, ein Werk über die Emigration. »Etwas Ähnliches wie *Flucht in den Norden*«, erinnerte er Erika an den Roman, den er 1934 vorgelegt hatte und in dem er von einer Heldin namens Johanna erzählte, die sich im finnischen Exil in Ragnar verliebt und vor eine Gewissensfrage gestellt wird: Soll sie ihren Genossen zur Hilfe eilen, die ins Pariser Exil gegangen sind und von dort aus ihren Kampf für die Freiheit führen?

»Natürlich, Johanna, besser kann eine Freiheitskämpferin kaum heißen«, sagte Erika leicht spöttisch. »Schreib ihn, deinen neuen Roman, aber ich für meinen Teil, ich bin keine epische Natur.« Sie hörte die Stimme des Vaters, der in seiner Nobelpreisrede erklärt hatte: »Ich bin eine epische, keine dramatische Natur. Das ruhige Fortspinnen meines Fadens, das Gleichmaß in Leben und Kunst ist es im Grunde, was meinen Wünschen und Anlagen entspricht.« Für Erika galt genau das Gegenteil, sie dichtete nicht gern um Tatsachen herum. »In solchen Zeiten ist man an besten Realist. Wir müssen die Fakten aufschreiben«, erklärte sie. »Die verschiedenen Geschichten der Menschen, ihre Schicksale.«

Gesagt, getan, sie schrieben das Buch zügig und im bewährten, wenn auch nicht immer nur harmonischen Duett der Reiseschreibmaschinen. Erika gab den Ton an, das musste Klaus bald einsehen, und er überließ ihr die Regie. Sie wusste, wie man politische Überzeugungsarbeit leistete, ordnete das Material geschickt, flocht die Lebensgeschichten der Emigranten zu einem stringenten Plädoyer dafür, sie politisch und moralisch zu unterstützen. O-Töne für ihr Buch bekam das Autorenteam frei Haus, mit den meisten Protagonisten waren sie per Du, der Text geriet zu einem *Who is Who* einer schillernden Emigrantenszene. Erika und Klaus erzählten von Bertolt Brecht und Helene Weigel, die jetzt in Dänemark lebten, von Sigmund Freud, der mit Frau Martha und Tochter Anna vor Kurzem nach London geflohen war, von Albert Einstein, der weitsichtig genug gewesen war, von einer Vortragsreise in die USA 1932 gar nicht mehr zurückzukommen. Sie schrieben über Marlene Dietrich, die in Hollywood Erfolge feierte, und über Vicki Baum, die dort Drehbücher schrieb, und über ihre wortgewaltige amerikanische Freundin, die Journalistin Dorothy Thompson, die mit Eleanor Roosevelt befreundet war und ihren Einfluss im Weißen Haus für die Emigranten geltend machte. Erika und Klaus wollten den Lesern zeigen, dass die Emigration dieser Tage einer Völkerwanderung glich und die Exilanten von ganz unterschiedlicher Art und Gesinnung waren, mitnichten alles Kommunisten, vor denen sich die Amerikaner so sehr fürchteten. Kurzum, das Buch handelte von all jenen Persönlichkeiten aus Kunst und Kultur, die Aufklärung und Zivilisation verkörperten, also das, was Deutschland 1933 schlagartig abhandengekommen war. Der Bostoner Verlag Houghton Mifflin gewährte den Geschwistern einen Vorschuss, und *Escape to Life* konnte schon im April 1939 erscheinen. Das Motto des Buches stiftete Dorothy Thompson: »So gut wie jeder, der vor 1933 das repräsentierte, was man weltweit unter deutscher Kultur verstand, ist heute ein Flüchtling.«

Ein gemeinsames Projekt mit dem Bruder, damals hatte sich Erika durchgesetzt. Warum, fragt sie sich nun, in diesem verfluchten Jahr 1949, habe ich Klaus bei unserer letzten Begegnung kein neues Thema vorgeschlagen? Es gab doch ein heißes Eisen, das es galt anzupacken, die Zustände in Nachkriegsdeutschland. Ein Buch über die Gräuel der Nazis. Über die Notwendigkeit der Umerziehung der Deutschen zu lupenreinen Demokraten. Klaus hatte vor seinem Tod kein fesselndes Projekt auf dem Schreibtisch, sie hätte etwas vorschlagen müssen. Doch sie weiß auch, warum Klaus zuletzt an keinem neuen Buch gearbeitet hatte; er fühlte sich schon zu lange zerrissen zwischen zwei Sprachen, Deutsch und Englisch, in das er in den USA gewechselt war. In einem seiner Briefe tat er sein Dilemma dar: »Oder fällt das Schreiben mir schwerer als in den flotten Kindertagen? Damals hatte ich eine Sprache, in der ich mich recht flink auszudrücken vermochte; jetzt stocke ich in zwei Zungen. Im Englischen werde ich wohl nie ganz so zu Hause sein, wie ich es im Deutschen war – aber wohl nicht mehr bin.« Er hatte Erika die bittere Frage gestellt: »Aber was soll das alles? Mich freut gar nichts mehr.«

Für Klaus wie für Erika Mann war es nach Kriegsende schwierig, ja, schier unmöglich, in Europa neu anzufangen. Die erfolgsverwöhnten, charmanten ›Mann twins‹ von einst wurden nun argwöhnisch als linke Außenseiter angesehen. Es kränkte sie, dass man ihre geistige Unabhängigkeit nicht erkannte, die keine Ideologie, sondern einen neuen Humanismus einforderte, eine der Demokratie würdige Zivilgesellschaft. Eine Illusion zu glauben, sie würden gebraucht in einem befreiten, neuen Deutschland. »You can't go home again«, »Es gibt keine Heimkehr« – so lautete das bittere Fazit Klaus Manns in einer Sendung für Radio Stockholm im November 1947. In der Gegenwart des Jahres 1949 bleibt Erika vor allem das Wort Heimkehr im Halse stecken. Die deutsche Erde, in der die eigenen Wurzeln lagen, verbrannt. Es gab kein Zurück. Hüben wie drüben dachten die Menschen schwarz oder weiß, heiß oder kalt, sie sahen Freund oder Feind und steckten alles und alle in eine Schublade. Im Juni war ein Roman von George Orwell erschienen, er hieß *1984* und spielte in einem Überwachungsstaat. Was hatte Erika zu Klaus gleich zu Beginn der Hitlerei gesagt? »Die Zeit muss kommen, wenn die Menschen gezwungenermaßen ihr Phlegma aufgeben. Weil sie sehen, dass der Teufel wirklich ist. Dass er mitten unter uns wandelt.« Nichts hatten sie gelernt, die Menschen, nichts begriffen. Sie machten einfach so weiter.

Ein weiteres Problem zeigte sich bei der Umsetzung eines politischen Aufklärungsbuches. Die Deutschen wollten kein Wort mehr von Hitler, keinen Ton von der Schuld hören, die sie auf sich geladen hatten. Sie wollten in die Hände spucken und das geschundene Land wieder aufbauen. Vergessen, was war. Stunde null nannten sie es. Erika fand es geschmacklos, dass ausgerechnet am 28. Februar 1949 in Köln der erste Rosenmontagsumzug nach dem Krieg stattgefunden hatte, am Jahrestag des Reichstagsbrandes. Da zogen die ausgelassenen Jecken mit Pauken und Trompeten durch die Straßen der stark zerstörten Stadt, jubelnde Menschenmassen säumten den Straßenrand. Es hieß, auch die Münchner wollten in diesem Jahr ihre Oktoberfest-Gaudi wieder aufnehmen. Die Feiern seien, so hörte man, ein Sieg der Freiheit über die Diktatur, doch Erika wollte gar nicht wissen, wie viele alte Nazis unter Narrenkappen und Trachtenhüten steckten. Ein Gassenhauer machte die Runde: «Wir sind die Eingeborenen von Trizonesien«. »Mein lieber Freund, mein lieber Freund, die alten Zeiten sind vorbei. Ob man da lacht, ob man da weint, die Welt geht weiter, eins, zwei, drei.« Sie kehrten ihre Schuld einfach unter den Flickenteppich ihrer Lügen und Verharmlosungen der Vergangenheit. Es war zum Heulen.

Erika wird demnächst, spätestens Anfang Juli, wenn die Eltern aus der Schweiz nach Deutschland aufbrechen, nach Amerika zurückreisen, das ihr zu einer echten Heimat geworden ist, die Neu-Poschi in Pacific Palisades. Sie muss von dort aus wieder auf Lecture tour, ihren College-Pflichten nachgehen, so wie in jenen Jahren, als Klaus ihr den Rücken stärkte. Ihr Leben fortsetzen, als gäbe es den Bruder noch. Denn die Krise der Menschheit, die auch ihm keine Ruhe gelassen hätte, hält an. Die Atombombe, zweifellos Thema der Stunde, die atomare Bedrohung der Welt, die seit dem 6. August 1945 eine andere geworden ist. Die Atombombe auf Hiroshima und eine weitere, die am 9. August auf Nagasaki abgeworfen worden war, bedeutete, wie der Vater es radikal nannte, »das Ende der Weltgeschichte«. Haben die Russen, fragt sich nicht nur

Erika, schon ihre eigene Bombe gebaut hinter dem Eisernen Vorhang? Erika wird sich demnächst mit Albert Einstein, dem ehemaligen Nachbarn in Princeton, unterhalten müssen über diese aktuellen Fragen, die ein Szenario in den Bereich des Möglichen malten, das selbst den neuen Orwell-Roman in den Schatten stellte. Zurück nach Amerika, weitermachen. Weiterkämpfen. *The Continuing Crisis*, schreibt Erika in Blockbuchstaben auf ein weißes Blatt Papier. Ja, so wird ihr erster Vortrag in den Vereinigten Staaten heißen, *Die anhaltende Krise*, die Dauerkrise der Menschheit.

*

Im Februar 1938 reisten die Eltern aus der Schweiz in die USA, das kurze Vorspiel zu ihrer endgültigen Übersiedlung im Herbst. Die New School of Social Research in New York, die Exilversion des Frankfurter Instituts für Sozialforschung, hatte Thomas Mann als Vortragsredner eingeladen. In Amerika bot sich sogar eine Gönnerin an, die den Manns den Weg ins Land ebnete und ihnen das Leben dort mit ihrem Vermögen erleichtern wollte, die wohlhabende und einflussreiche Agnes E. Meyer, Gattin des Eigners der *Washington Post*. Manchmal ging dem Vater die ambitionierte Dame mit ihrem Eifer zwar ein wenig auf die Nerven, aber da er an ihr schönes Geld dachte, war Diplomatie im Umgang mit ihr geboten. In New York bezogen Thomas und Katia zunächst eine Suite, natürlich im Bedford. Gleich nach der Ankunft, am 21. Februar 1938, gab Thomas Mann eine Pressekonferenz: »Wo ich bin, ist Deutschland. Ich trage meine deutsche Kultur in mir.« Gut gesprochen. Ein Satz für die Ewigkeit. Für die Literaturgeschichte. Aber auch ein Satz, mit dem der Zauberer sich geschickt und nicht zum ersten Mal aus politischen Diskussionen herauszog.

Im Sommer 1939 waren die Eltern nach Princeton gezogen, wo der Vater seinen eher ungeliebten Vortragsverpflichtungen an der Universität nachkam, Erika und Klaus hielten sich in Arosa auf und schrieben an einem weiteren Buch, *The Other Germany*. Allein der Titel legte nahe, dass der Glaube der Geschwister an die

Lernfähigkeit des deutschen Volkes, wäre Hitler erst Geschichte, noch nicht ganz gebrochen war. Wenn es schon keine Helden mehr hervorbrachte, so ließe sich nach der Hitlerei doch mit ein paar Aufrechten an einer funktionierenden Zivilgesellschaft arbeiten.

Am 21. August ereignete sich das Drama, das als Greteltragödie in die Gespräche der Familie Mann eingehen sollte. Bruno Walters Tochter, die Kindheitsfreundin Gretel, erschossen vom eigenen Ehemann, dem Filmproduzenten Robert Neppach, der sich anschließend selbst getötet hatte. Erika eilte zur Trauerfeier nach Zürich, und als sei das Maß an schockierenden Nachrichten nicht schon übervoll, hörte sie am Abend die Radiomeldung vom Hitler-Stalin-Pakt. Der Zauberer hatte es ja immer gewusst: »Hitlerismus und Bolschewismus sind Brüder.« Erika fand, Hitler solle fein säuberlich besiegt werden, aber musste deshalb in ganz Europa der National-Bolschewismus ausbrechen?

Ein Krieg in Europa wurde durch das Bündnis der beiden Despoten immer wahrscheinlicher, diplomatische Bemühungen liefen auf Hochtouren, doch gegen einen, der um jeden Preis einen Krieg anzetteln wollte, der die Deutschen seit seiner »Machtergreifung« darauf einschwor, der seit Jahren Bunker und Bomben bauen ließ, waren Gespräche unter Diplomaten keinen Pfifferling wert, der tat sowieso, was er wollte. Erikas Passage zurück in die Vereinigten Staaten war für den 26. August von Rotterdam aus gebucht, aber nun waren etliche Leute unterwegs, die sicheren Boden unter den Füßen suchten, und sie verpasste ihr Schiff. Das Gepäck war weg, darin abgeschlossene Manuskripte, auch *The Other Germany*, eine Katastrophe. Auf der Gendarmerie setzte Erika alle Hebel in Bewegung, mit Erfolg, sie kam wieder in Besitz eines Teils des Gepäcks, immerhin, die Manuskripte waren dabei, das war die Hauptsache.

Für den 1. September 1939 hatte man im Stadshuset, dem Stockholmer Rathaus, einen Empfang zu Ehren Thomas Manns angesetzt, er wäre der Star beim diesjährigen 17. Internationalen PEN-Kongress, der dort stattfand, wo er zehn Jahre zuvor den Literaturnobelpreis in Empfang nehmen durfte. Nun stand der Kongress angesichts der angespannten Lage auf der Kippe. Das Telefonat mit den etwas ratlosen Eltern in Stockholm sagte ihr, dass die sie dringend brauchten. Ihr Gewissen verbot ihr, die Altvorderen »im Gebräu allein zu lassen«. Längst sollten Thomas und Katia zurück in den USA sein, aber man hatte die Rückkehr aufgeschoben, denn Katia wollte ihre alten Eltern – Alfred Pringsheim war gerade neunundachtzig geworden, Hedwig vierundachtzig – endlich in Sicherheit wissen. Die Urgreise lebten noch immer in München und hatten mitansehen müssen, wie auf dem Grundstück der Arcissi Hitlers Führerbau errichtet wurde, in dem das verlogene Münchner Abkommen unterzeichnet worden war, jener faule Frieden, der am Ende zum Krieg führen sollte; überhaupt ein Wunder, dass die Urgreise noch am Leben waren. Man musste sie irgendwie in die Schweiz bringen, aber guter Rat war teuer, man hatte ihnen inzwischen die Pässe abgenommen.

Erika gelang das Kunststück, einen Flug nach Stockholm zu bekommen. Ihr schlug das Herz bis zum Halse, die Maschine flog verdächtig niedrig. Was, wenn man den Piloten zur Landung zwingen und sie nach Deutschland entführen würde? Nie zuvor war Erika so erleichtert aus einem

Flugzeug gestiegen wie an jenem 30. August, als sie in Stockholm landete.

Die Radionachrichten, die die Manns in ihrem Hotelzimmer am 1. September zu hören bekamen, bestätigten die schlimmsten Befürchtungen. Die deutsche Wehrmacht hatte am frühen Morgen Polen überfallen. Hitler hat es so aussehen lassen, als habe Deutschland ein Angriff gegolten. »Seit 5:45 Uhr wird jetzt zurückgeschossen! Und von jetzt ab wird Bombe mit Bombe vergolten!«, so geiferte er in seiner Rede vor dem Reichstag. Im Lichte des Kriegsausbruchs erschien Erika die Greteltragödie wie ein Menetekel, ein böses Omen. »Aißi«, sprach sie ins Telefon, »was für eine Viecherei, nicht beisammen zu hocken, jetzt; was für eine Viecherei!« Klaus las die Kriegsnachricht in der Zeitung, die er auf dem Hollywood Boulevard gekauft hatte. »Da stand ›War!‹ in Großbuchstaben. Erscheint wie geträumt.« Er machte sich Sorgen, vor allem um Erika.

Die Sorge der Eltern galt besonders Monika und Michael in London, Golo war in der Schweiz und damit in Sicherheit. Aber stimmte das denn? Am Ende überfiel Hitler sogar ein neutrales Land, überwand Bergmassive wie einst Hannibal mit seinen Elefanten. Antisemiten, die ihm zujubelten, musste man in der Schweiz nicht lange suchen, Annemaries Mutter war da beileibe nicht allein auf weiter Flur.

»Hätte der unselige Mensch einen Funken dieser ›Liebe zu Deutschland‹, aus der er angeblich seine Untaten begeht, so würde er sich eine Kugel in den Kopf schießen«, sagte Thomas Mann.

Katia gab zu, dass selbst sie, eine alte und standhafte Kriegsprophetin, auf die Wahrung des Friedens getippt habe. »Bis zum Schluss habe ich gedacht, das feige

Schwein hätte ja längst Polen angegriffen, wenn er das eben wollte.«

Erika nährte weiterhin die unsinnige Hoffnung, dass die Deutschen, nun, da sie mutterseelenallein der Welt gegenüberstanden, morgen nicht marschieren würden. »Gott verdürbe sich seine gesamte Biografie, ließe er zu, dass Europa, um des kranken Tieres willen, verblutete. Dass sie es morgigen Tages absetzen, das hoffe ich noch immer.«

Thomas Mann äußerte sein Bedauern, dass er seine schöne Rede über *Das Problem der Freiheit* wohl nicht würde halten können, aber das sei ja nun Nebensache. Man müsse zusehen, dass man so schnell wie möglich nach Hause komme, nichts wie weg über den Atlantik. Eine unwirkliche Atmosphäre, die weiße Pracht des Schlosshotels am vom Meer umgebenen Rande Stockholms, verfangen in heillosen Gedanken über einen Krieg, der, das war allen klar, die Verzweiflung der Menschen in Europa weiter ausdehnen würde. Vor allen Dingen in Polen, diesem armen, schon so oft geteilten Land, das nun den Deutschen in den Rachen fiel und mit ihm die zahlreichen polnischen Juden in den Großstädten und in den Schtetl des Ostens.

Erika konnte sich kaum beruhigen. »Ob Katholiken oder Kommunisten, ob Konservative oder Demokraten: sie haben alle ihr Teil Schuld an dem Unglück, das zum Unglück der Welt zu werden droht. … Die schlimmste Sünde dieser Politiker war, dass sie uneinig untereinander gewesen sind, uneinig angesichts einer so lawinenhaft anwachsenden Gefahr wie dem Nationalsozialismus.« Sie lief nervös im Zimmer umher. »Als sei dies nicht seit sechs Jahren sichtbar gewesen, der Kranke jetzt, da es zu spät ist, von allen als ein verbrecherischer Wahnsinniger gezankt wird und wie der Reichssender Berlin keinerlei Andeutung macht, als handele es sich um etwas anderes als um ein Geplänkel mit den polnischen Aufständischen ...«

Hoffentlich warf die Kriegsmeldung Klaus nicht vollkommen aus der Bahn. Nachdem die Eltern auf ihre Zimmer verschwunden waren, beschloss Erika den Tag mit ein paar Zeilen an den Bruder: »Das Ganze ist *gespensterhaft* unglaubwürdig. Dies Gefühl – des gespensterhaft Unglaubwürdigen – hat mich seit dem 22. August – dem Tag von *Gretels Beerdigung* und dem Tag der Verkündigung des Russenpaktes, nicht mehr verlassen.«

Der Kriegsausbruch, mit dem man, rückblickend, jeden Tag hatte rechnen müssen, weswegen die Europareise der Manns in jenem Sommer von Anfang an ein leichtsinniges Unterfangen gewesen war, stürzte die Reisegesellschaft in ein mittleres Chaos. Der PEN-Kongress wurde endgültig abgesagt, während Katia des Zauberers Garderobe in die Koffer faltete, flitzte Erika von Pontius zu Pilatus, um eine Schiffspassage zu organisieren, für alle zusammen. Ellenlang die Schlangen vor den Reisebüros, aber wie so oft kam sie mit herbem Charme, dem kräftigen Tonus der Entschlossenheit und mit dem Namen Thomas Mann, der schon so oft ein Türöffner gewesen war, an ihr Ziel, hilfreich auch die guten Verbindungen der Gönnerin Agnes Meyer in Amerika. Auf Umwegen – per Avion von Schweden nach Holland und von da aus weiter, nach England – erreichte die Familie am 12. September in Southampton ein überfülltes Schiff nach New York. Statt gewohnt komfortabel in einer Einzelkabine, musste Thomas Mann in Gesellschaft von sechzig weiteren Herren in der Lobby schlafen. Die Washington legte am 19. September in New York an, vor allem Erika wurde sehnsüchtig von Martin Gumpert am Pier erwartet. Doch glaubte er, mit seiner gerührten Wiedersehensfreude ließe sie sich erweichen und würde sich mit einem ›ja, ich will‹ in seine Arme stürzen, Fehlanzeige. Nun war Krieg, und Erika sah einer neuen Aufgabe ins Auge.

Der britische Informationsminister Duff Cooper hatte Erika angetragen, im Rahmen der Rundfunkpropaganda an den deutschen Sendungen der BBC mitzuarbeiten. Also reiste sie trotz Warnungen der besorgten Eltern Ende August 1940, in der Pause ihrer Lecture tour, aus Amerika ab. »Man kann nicht sieben Jahre lang den Soldaten spielen, der, wie der Bürstenbinder in Tölz, auf den geheimen Marschbefehl wartet, um zu desertieren, wenn schließlich die Trompete bläst«, sagte sie beim Abschied zu den Eltern, in Anspielung auf einen Nachbarn zu Zeiten des Ersten Weltkrieges.

Zunächst kam Erika in Lissabon an, bevor es nach London weiterging. Die Stadt am Tejo war, ganz unübersehbar, ein Wartesaal für Flüchtlinge, sie saßen überall, in den Cafés am Hafen, auf Parkbänken und Treppenstufen. Erika fühlte sich umschwirrt wie von Motten das Licht, denn zu ihrer Verwunderung hielten sie nicht wenige für den amerikanischen Außenminister Hull. Während der zwei Wochen, die sie sich in der portugiesischen Kapitale aufhielt, bemühte sich Erika auch um die sichere Passage für Onkel Heinrich und Bruder Golo. Die saßen noch immer in Südfrankreich fest; seit die Deutschen das Land besetzten, waren die Grenzen dicht.

Wer es aus Frankreich hinaus und den Weg durch Spanien geschafft hatte, strandete in Lissabon, dem völlig überlaufenen Wartesaal Europas. In den engen Gassen der

Altstadt ein Stimmengewirr fremder Zungen. Heimatlose, wohin man sah, Verbannte, Verfolgte in der Hoffnung auf ein Schiff. So viele ärmlich gekleidete Leute, nervöse, angespannte Stimmung und eine entsetzliche Schwüle. In der schweren Luft hing der Geruch von Schweiß und schmutzigen Lumpen, die meisten Menschen hier trugen dieselben Kleider am Leib, in denen sie ihr Land vor Tagen und Wochen verlassen hatten. Erika fand nach langer Suche in der Baixa und dem Bairro Alto endlich ein freies Zimmer. Sie verabredete sich mit Alfred Döblin, der sie aus kurzsichtigen Augen hinter seiner dicken Brille hervor ansah. Die Schweiz, Frankreich und nun wollten die Döblins weiter nach New York, der Schriftsteller hegte Hoffnung: »In Hollywood werden gute Drehbücher doch immer gesucht.« Alfreds Frau Erna sei nach der Flucht nur noch ein Nervenbündel. Döblin erzählte von seinen Söhnen Wolfgang und Klaus, sie dienten in der französischen Armee, was der ganzen Familie die Einbürgerung in Frankreich erleichtert hatte. Mit dem Einmarsch der Deutschen war all das wertlos, Döblin war Jude, und nun bangte man auch um die beiden Söhne.

Erika traf sich mit Toni Kesten und mit Babette Gross. Beide Frauen waren aus dem Lager Gurs freigekommen. Das Camp de Gurs war ursprünglich als Lager für Flüchtlinge aus Spanien, für die republikanischen Kämpfer des Spanischen Bürgerkriegs errichtet worden – trügerisch befand es sich in der ›zone libre‹, aber die Franzosen erwiesen sich als willige Vollstrecker der Anordnungen aus Berlin und der Marionettenregierung in Vichy. »Wer da nicht rauskommt, ist verloren«, so die beiden Frauen. In einer Baracke hatten sie gesessen, zusammengepfercht mit sechzig anderen Frauen. Immer ein kalter Wind von den

Pyrenäen, Krankheiten, Ungeziefer. Toni erzählte, dass sie und ihr Mann Hermann, der in Amsterdam bei den Exilverlagen tätig gewesen war und Klaus auf die Idee zum *Mephisto* gebracht hatte, nun mit einem Besuchervisum in die USA wollten. Babette aber hatte lange keine Nachricht mehr von ihrem Mann Willi Münzenberg erhalten, keine Ahnung, ob er selbst noch interniert oder überhaupt noch in Frankreich war. Ursprünglich wolle er sich in die Schweiz durchschlagen, wo er ihnen Hilfe von Freunden und Geld für die weitere Flucht verschaffen wollte. Erika sprach mit Adrienne Thomas, die vor zehn Jahren einen recht erfolgreichen pazifistischen Roman geschrieben hatte, *Die Katrin wird Soldat.* Auch sie war aus Gurs herausgekommen und wollte so schnell wie möglich in die USA. Sie alle, alle warteten. Auf gute Nachrichten, auf Visa, auf die Schiffspassage.

Die steilen Treppen der Altstadt hinauf und der Blick von den Miradores hinunter über die mattroten Dächer der Stadt, der Geschmack des Vinho Verde, der Duft des gerösteten Kaffees, die bimmelnden Straßenbahnen, die an bunt mit Azulejos geschmückten Fassaden vorüberruckelten, die Schiffe im Hafen und der breite Tejo, der hier, kurz vor seiner Mündung ins Meer diesen unwiderstehlichen Sog hinaus ausübte, dem die großen Seefahrer gefolgt waren, all das hätte so schön sein können. Aber überall begegnete Erika endlosen Schlangen vor Behörden, die Stempel verteilten, für eine Aufenthaltserlaubnis, und die Zeit drängte, denn wie lange bliebe Portugal noch verschont, neutral? Vor dem amerikanischen Konsulat eine Menschentraube, die Leute waren zu allem bereit, um Visa für die USA zu bekommen. Gespräche an den Nebentischen im Café an der Praça Dom Pedro drehten sich immer um dieselben existenziellen Fragen: »Wohin soll ich gehen? Ich habe für kein Land ein Visum, und übermorgen muss ich weggehen.« – »Werden sie mich zurückbringen nach Frankreich?« – »Meine Frau ist noch in Südfrankreich, ich habe ihr Geld zum Reisen geschickt, sie wollte noch fliehen, heute oder morgen, und jetzt sind die Grenzen geschlossen.«

»Schlimmer als die Katastrophe ist die Angst vor der drohenden Katastrophe, der man hilflos ausgeliefert ist«, sagte Erika zu einer jungen Frau, die sich an ihren Tisch gesetzt hatte und erzählte, dass die wertvollen Schiffskarten wieder verfallen seien, weil sie ihr Visum nicht rechtzeitig bekommen hatte. Nun hatte sie ein Visum, aber keine Schiffspassage, eine zermürbende Endlosschleife.

Erst am 6. September reiste Erika weiter nach London, eine Reportage schon im Kopf: *Waiting for the Lifeboat*. Am 20. September konnten Heinrich und Golo aus dem Hotel Estoril in die USA telegrafieren: »In Lissabon angekommen +++ warten auf Schiff +++ Brief unterwegs«. Sie waren am 12. September von Cerbère aus zu ihrem Fußmarsch über die Pyrenäen aufgebrochen, zusammen mit den Feuchtwangers und den Werfels und Heinrichs Nelly. Der rettende Engel hieß Varian Fry, ein amerikanischer Journalist, der das Emergency Rescue Committee ins Leben gerufen hatte und sein eigenes Leben aufs Spiel setzte, weil er es als seine dringendste Aufgabe betrachtete, Flüchtlingen zu helfen. Ein Mitarbeiter Varian Frys hatte sie geführt, genaugenommen getragen, denn Franz Werfel und Nelly stimmten ununterbrochenes Gejammer an und mussten streckenweise huckepack genommen werden. Kein einfacher Job, weiß Gott, bei Nellys Körperfülle. Angekommen in Portbou, sollte es von dort weiter mit der Eisenbahn nach Lissabon und am 4. Oktober endlich an Bord eines Schiffes gehen, der Nea Hellas, mit Kurs auf New York.

Die glückliche Rettung von Onkel und Tante, eigentlich ein Grund aufzuatmen, doch während der Odyssee der Flüchtlinge war Schreckliches geschehen. Monika hatte erst vergangenes Jahr den ungarischen Kunsthistoriker Jenö Lányi geheiratet, mit dem sie in London lebte. Seit dem 7. September 1940 wurde die Stadt angegriffen, die Air-Raids nahmen weiter zu, die Engländer sprachen von ›The Blitz‹. Die Schäden in der Innenstadt waren drastisch, auch das Haus von Virginia und Leonard Woolf am Mecklenburgh Square war gleich zu Beginn zerstört worden. Am 13. September wurde der Buckingham-Palast getroffen. Monika und ihr Mann wollten raus aus der von Luftangriffen bedrohten Stadt. Sie verabschiedeten sich von ihrer Wohnung in Notting Hill und fuhren an Bord der City of Benares, die an jenem 13. September in Liverpool ablegte, in Richtung USA. Unter den vierhundert Passagieren befanden sich etliche englische Kinder, die nach Kanada evakuiert werden sollten, ferner Carl von Ossietzkys Anwalt Rudolf Olden mit seiner Frau, der an Klaus' Exilzeitschrift *Die Sammlung* mitgearbeitet hatte. In der Nacht des 17. September 1940 wurde der Dampfer von einem deutschen Torpedoboot im Nordatlantik versenkt. Monika war mit anderen Überlebenden von einem englischen Kriegsschiff in eine Klinik in Schottland gebracht worden, das Smithston Hospital in Greenock nahe Glasgow. Jenö, so hieß es, hatte man nicht aus dem Wasser bergen können. Gleich nach Erhalt der Hiobsbotschaft hatte Erika in London alles stehen und liegen lassen und war zu Monika geeilt. Sie fand ihre Schwester einigermaßen gefasst im Krankenzimmer vor; offenkundig war Monika froh, überhaupt gerettet worden zu sein. Kaum zu glauben, dass die kleine Schwester nach zwanzig Stunden im herbstkalten Wasser unter diesen Umständen überlebt hatte, sie hustete nicht einmal.

»Etwas noch Schlimmeres wird dir in diesem Leben nun nicht mehr passieren können«, sagte Erika.

Monika setzte sich auf in den Kissen und schüttelte den Kopf: »Sterben könnte ich doch, und das will ich nicht.« Sie sprach leise, schien sich aber an jedes Detail der Schreckensnacht zu erinnern. »Es gab so einen Ruck, als sei man irgendwo aufgefahren – die Alarmglocke klingelte – nachts, ja, es war halb elf, ich hatte schon geschlafen, er kam aus dem Salon herunter, wo er Klavier gespielt hatte – Bach, das wohltemperierte Klavier von Bach –, bei der Alarmglocke kam er herunter in unsere Kabine, bleich – er zog erst mir den Rettungsgürtel an, dann sich selbst – was wir anhatten? Nur Regenmäntel, wir nahmen nichts mit, wir hatten keine Zeit, wir hatten Rettungsboot Nummer sechs, da waren viel zu viele Menschen, viel mehr, als in ein Rettungsboot gehen, es fehlten Rettungsboote, die waren durch den Torpedo kaputtgegangen, und wir fielen alle auf den Grund des Meeres fast, weil wir zu viele waren, auch waren die Seile kaputt. Es war ein wahnsinniges Geschrei gewesen von der Mannschaft, sie hat nichts als geschrien – und als wir wieder heraufkamen, schrien wir, so gut es ging, nahe am brennenden Schiff, wir hatten Petroleum geschluckt und waren zerschlagen und suchten nach etwas zum Festhalten, wir riefen einander, ich hörte seinen Ruf, dreimal, und dann nichts mehr. Und dann waren lauter Tote um mich rum und ganz schwarze Nacht und ganz hohe Wellen, und ich war durstig, und ich hatte keine Stimme mehr, und meine Hände waren unendlich kalt, und ich habe mich einmal übergeben, mein Schal wurde schmutzig – mein grün-braun gewürfelter Wollschal, sein letztes Geburtstagsgeschenk, dann hat ein Matrose auf dem englischen Kriegsschiff den Schal genommen – die Wellen haben mich ganz zugedeckt, sie kamen wie schwarze Gebirge auf mich los – tote Kinder gab es, von Schreck und Kälte getötet, und Durst – ja der Durst!« Monika schilderte den hohen Seegang, die Wellen türmten sich auf und schlugen über den Rettungsbooten zusammen, alle waren gekentert, wirklich alle. Monika hatte Jenö noch rufen hören mitten im Getöse des Chaos, »dreimal rief er meinen Namen«, wiederholte Monika die herzzerreißende Szene, dass seine Rufe immer schwächer geworden waren, schließlich verstummten sie. »Ich bin davon überzeugt, dass er sich aufgegeben hat, weil er mich für verloren hielt.« Wie sie sich gräme, dass sie nicht hat rufen können, zu erschöpft sei sie gewesen, habe zu viel Wasser geschluckt. Ein Leben lang würde sie das verfolgen, nicht mehr loslassen. »Dabei geschah alles in nicht mehr als einer Viertelstunde, die Explosion, die anfängliche Unordnung, die Panik, der Sturz in die Tiefe, das Chaos am brennenden Schiff, unsere Rufe, unser Verstummen.« Nun begann Monika, bis jetzt sehr gefasst, doch noch zu weinen.

Es kostete Erika Überwindung, den Arm mit mütterlicher Geste tröstend um Monikas Schultern zu legen. Derartige Liebesbezeugungen gehörten nicht unbedingt zu ihrem Repertoire, ganz abgesehen von ihrem nicht gerade zärtlichen Verhältnis zur mittleren, oft so sperrigen

Schwester, dem oft so belächelten Mönle. Jenö hatte sie sehr geliebt, wann je würde sie dergleichen wiederfinden? »Aber dass du lebst, ein Wunder!«

Monika nickte, als Erika die weiteren Schritte schilderte, die sie für nötig hielt; ihr war klar, dass die Ärmste zur Familie stoßen musste, in die USA. Was blieb ihr sonst? Was war nun zu tun? Alles war verloren, Monikas Pass, alles. Und wie bekam man Monika jemals wieder auf ein Schiff, gar ein britisches, das abermals der Gefahr eines Angriffs ausgesetzt wäre?

Die lautlos weinende Monika zurücklassend, fuhr Erika zurück nach London. Sie organisierte Monikas Reise nach Lissabon und weiter in die USA. Telefonierte mit den Eltern und mit Klaus. »Sie braucht ja alles neu. Und vor allem die Schiffspassage«, sagte Erika und erbat eine angemessene Geldsumme von den Eltern.

Die willigten ein, doch in der Familie Mann herrschte Zweifel, ob Monika jemals mit ihrem schweren Los fertig würde. »Jenö war schließlich ihr Ein und Alles«, war Katia überzeugt.

»Erbarmen mit dem gebrechlichen Kind«, das wollte der Vater haben. Er empfand Grauen und Abscheu angesichts des Unglücks, das ihr widerfahren war.

Klaus zeichnete ein düsteres Bild: »Die arme, gottgeschlagene, dumme, ärmste Monigga! Wie kann man über ein so unvorstellbares Erlebnis überhaupt hinwegkommen? Sogar wenn man viel stärker und tapfrer wäre. Diese Szene im Rettungsboot, wenn sie getrennt wurden, und er vielleicht noch vom Deck oben sein ›Mönnle!‹ winkte. Dass Gott erbarm. Eine schwache Chance besteht ja wohl noch, dass er unter den seither Gefundenen ist, oder sonst plötzlich noch zum Vorschein kommt – vielleicht nah dem

Nordpol, an ein Stück treibendes Holz geklammert, mit vor Grauen weiß gewordenem Haar. Solche Geschichten sind ja schon dagewesen. Wenn diese schöne Pointe aber ausbleibt – wie soll man sich die Zukunft der armen Person dann vorstellen? – Die Mutter im Spinnhause. Nun ist es völlig.«

Wie sie sich immer lustig gemacht hatten über das Mönle, die leicht beschränkte Morrniga, von Anfang an, bereits in Kindertagen. Dann hatte sie ihren Kunsthistoriker gefunden, ein durchaus angenehmer Mensch, das fanden sogar Erika und Klaus, die mit allen so hart ins Gericht gingen. »Man kann nur auf das Wunder hoffen«, sagte Erika, aber sie wussten beide, dass Klaus' Szenario so unwahrscheinlich war wie ein Abdanken des Teufels in Berlin. »Da werde ich sie wohl trösten müssen«, befürchtete Erika und verzog das Gesicht.

»Du bist immer in der Nähe, wo die Schicksalsschläge fallen, arme Niobe«, sagte Klaus.

Bald erfuhr man, dass mehr als die Hälfte der vierhundert Passagiere der City of Benares, man zählte zweihundertachtundvierzig, ums Leben gekommen waren. Jenö Lányi blieb verschollen. Unter diesen Umständen bangte man um Leib und Leben von Golo und Heinrich, immer noch unterwegs auf hoher See. Ein Schiff unter griechischer Flagge, beruhigte man sich, sei sicher. Aufatmen, als Onkel und Neffe am 13. Oktober wohlbehalten in Princeton ankamen. Immer wieder fing Heinrich von seiner und Nellys mühseliger Flucht über die Pyrenäen an: »Auf einem Weg, der eher für Ziegen gedacht war«, entrüstete er sich, »und nicht für Schriftsteller reiferen Alters.« Der Onkel ging auf die siebzig zu, weiß Gott kein Alter, in dem man leichtfüßig anstrengende Bergtouren unternahm. »Und überhaupt, wie kommt man dazu? Man ist schließlich kein Verbrecher!«

›Die Verbrecher sitzen im Berliner Reichstag‹, dachte Erika beim Bericht der Eltern. Wieder war sie, Erika, mit Erfolg für die Familie tätig gewesen. Doch bei aller Bruderliebe, für Thomas Mann waren die sich nun häufenden Besuche von Heinrich und Gemahlin ein wenig anstrengend. Die bloße Gegenwart von Nelly, die sich in den Augen des Vaters meistens desolat aufführte, genügte schon, um ihn zu skandalisieren.

Am 28. Oktober 1940 wurde Monika in New York von den Eltern in Empfang genommen, wovon das *Journal-American* am nächsten Tag auf der ersten Seite berichtete, ein Foto zeigte Monika, umschlungen von Katia, geschmiegt an die wärmende mütterliche Brust. Sie war mit Erikas Geleit in Lissabon an Bord gegangen. Erika, die Heldin, rettender Engel in diesem Drama.

Große Erleichterung über Monikas Rettung, unbändige Freude über die Rückkehr Erikas aus der Höhle des Löwen. Im Bombenhagel über London hatte sie ihre Reportagen geschrieben. Gasmasken, Verdunkelungen, über den Häusern aufgespannte Ballonnetze, in denen sich die sogenannten Heuschrecken verfangen sollten. Sirenen und wieder Stille, ein neuer Bombenkrater, der sich zwischen Kensington und Greenwich, zwischen Islington und Brixton auftat. Im November schrieb Erika auf, was sie hatte erleben müssen: »Meine Wohnung ist fast in die Luft geflogen, meine Schreibmaschine ist zerstört und fast alle meine Manuskripte und Notizen sind verbrannt.« Gesplitterte Fenster, Brandgeruch und Schutt in den Zimmern. Erika hatte einen Schutzengel zur Seite gehabt, sie war während des Angriffs nicht zu Hause gewesen. Der Landlord, ein älterer soignierter Herr, zeigte ein wenig Erregung, seine Sorge galt vor allem seinem Kanarienvogel. Wenig später erschien die Feuerwehr und sicherte das Haus, aber bleiben konnte Erika nicht, ebenso wenig wie die anderen Bewohner. Man musste zusehen, wo man blieb.

Erika hatte gestaunt über die sprichwörtliche Diszipliniertheit der Engländer, selbst in lebensgefährlicher Lage. »Frankly, I don't like it«, bekannte jemand mit größter Gelassenheit, dabei fanden die Londoner kaum noch Schlaf, Nacht für Nacht flogen Bomber über die Themse hinweg, seit geraumer Zeit. Unterwegs durch die Stadt, auf der Suche nach einer provisorischen Bleibe, begegnete Erika einem Mann, der kopfschüttelnd vor den Ruinen seines Hauses stand. Im Ton eines äußerst zivilisierten Herrn wiederholte er ein ums andere Mal mit ungläubigem Staunen: »Aber das ist ja wirklich abscheulich!« Es war bestialisch, aber eines schien für die Londoner ausgeschlossen: Kapitulation.

Wie jetzt auf die Schnelle ein Hotel finden? Über der nächtlichen Stadt lag ein blutroter Feuerschein, Explosionen von Granaten rissen nicht ab. In der Ferne vernehmbar das Grollen der Flugabwehr, schon wieder heulten Sirenen, auf der Straße unterwegs musste Erika ständig Deckung in Hauseingängen, unter Kolonnaden und Torbögen suchen, wenn Görings folgsame Helden sich dröhnend am Himmel näherten. Sie war völlig ungeschützt, die Zinnhelme, die gegen Schrapnellsplitter schützen sollten, alle ausverkauft. An der nächsten Ecke endlich ein Hotel, doch da brauchte sie es gar nicht erst zu versuchen, das Haus war ausgebombt, und das nächste, an dem sie vorbeikam, heillos überfüllt, sie hatte es sich denken können.

Dennoch betrat sie die Lobby, und obwohl der Luftalarm kein Ende nahm, erstarrte Erika in kurioser Faszination vor den farbig schillernden Schlieren, die sich am Boden zu ihren Füßen ausbreiteten, bis ins Hintere des Foyers, dort, wo noch bis vor einer Stunde die Hotelbar gewesen war. Blue Curaçao, Menthe und Pernod liefen ineinander, bunt wie Öl in einer Regenpfütze. »Worauf warten Sie, Madam, hinunter in den Keller, schnell«, rief der Portier, »bleiben Sie wenigstens hier, bis Entwarnung gegeben wird.«

Das Haus erbebte, die Fenster barsten, ohrenbetäubender Lärm und der unwirkliche Klang der Stille, nachdem die Flieger wieder abgezogen waren. Erika trat hinaus auf die Straße, der Asphalt übersät mit Glassplittern. Sie setzte ihren Weg fort, ständig hörte sie es knacken unter den Schuhsohlen, und nach ein paar Schritten irritierte sie ein merkwürdiges Gefühl in den Schuhen, es fühlte sich an wie barfuß im Seichten. Feinste Scherben waren durch die Sohlen gedrungen, ihre Füße bluteten, die Strümpfe färbten sich rot, ungerührt ging sie weiter, zum nächsten Hotel. Dort wurde sie von Musik empfangen, eine Jazzkapelle spielte auf. Die Leute tanzten auf dem Vulkan, die Musik übertönte die aufs Neue herandräuenden Flugzeuggeräusche. Man drehte sich im Kreis mit dem Sensenmann.

Klaus weilte wieder in seinem angestammten Zimmer im New Yorker Bedford Hotel, seinen Wohnsitz in Amsterdam hatte er nach dem Einmarsch der Deutschen am 10. Mai 1940 verlassen müssen. Europa wurde noch enger, der Flüchtlinge letzte Hoffnung blieben die Vereinigten Staaten von Amerika. Auch Isherwood und Auden hatten England inzwischen verlassen und waren in die USA gegangen. Klaus kam schier um vor Angst um seine

Schwester, die, las man ihre lakonischen Briefe, die Gefahr durch die deutschen Luftangriffe auf die leichte Schulter zu nehmen schien, hoffentlich kam sie wohlbehalten zurück. Er ertränkte seine Sorge im Alkohol, senkte sie in den Nebel einschlägiger schwuler Dampfbäder und warf sich in seiner Gemütslage oft dem Erstbesten an den Hals. Erika dachte an ihre Pflichten, sie stand unter Vertrag mit der Agentur und musste im Spätjahr ihre Lectures in den USA wieder aufnehmen. Ehrlich gesagt, ohne große Lust. ›So bedrohlich die Bombardements auch sind‹, dachte sie, ›lieber in London der Gefahr trotzen, als sich den leidigen Lectures in die geilen Arme werfen.‹

Beim Wiedersehen der Geschwister im Bedford konnte man Klaus anmerken, dass ihm ein Stein vom Herzen fiel. Bei einem Whisky in der Hotelbar gestand er Erika, dass ihn gerade der betont muntere Ton ihrer Briefe stutzig gemacht und in Sorge versetzt habe.

Erika wischte seine Sorgen mit einer wegwerfenden Handbewegung vom Tisch: »Der Kampf ist gut, wenn der Feind schlecht ist und wenn man auf die eigene Stärke und Unbesiegbarkeit vertraut.«

Am 9. November, ihrem fünfunddreißigsten Geburtstag, feierte Erika in Princeton mit den Eltern, mit Martin Gumpert und Klaus. Sie stießen mit Champagner an, und Erika gab zu bedenken, dass ihr Ehrentag nun für immer mit dem grausamen Geschehen der sogenannten Reichskristallnacht kontaminiert sei, dem Bild brennender Synagogen, diese traurige Koinzidenz sei ihr erst recht eine Verpflichtung, ihren Kampf gegen das Monster Hitler zu führen. Schon der 9. November 1923, Hitlers gescheiterter Putschversuch, sei ja ein geschichtsträchtiges Omen gewesen. Beim Essen brach eine erregte Debatte über den

Pazifismus der amerikanischen Jugend an, über ihre Einstellung zum Krieg, der einerseits weit weg war, andererseits den Amerikanern eine moralische Verantwortung auferlegte. »Sie müssen uns unterstützen, jetzt erst recht«, sagte Erika.

Nach Tisch versuchte der Vater, die Diskussion mittels einer Lesung aus dem *Nachsommer* umzulenken, er sprach lieber über Adalbert Stifter und dessen optimistische Prophetie des kommenden Zeitalters. Die Dichter waren der Kraftquell, aus dem der Zauberer seine Geduld und Widerstandskraft in diesen unsicheren Zeiten zog.

Doch noch vor dem Nachtisch war man wieder bei der Politik, die Rede war vom britischen Premierminister Churchill, der bald nach Kriegsausbruch den glücklosen Chamberlain abgelöst hatte. Er war konsequent geblieben, keine Verhandlungen mit Hitler. »Ein Realist«, sagte Erika, »mit einem wie Hitler kann man nicht verhandeln.«

»Schon schizophren, dass man Churchill dazu beglückwünscht, dass er damit beginnt, unsere alten Heimatstädte von der Royal Air Force bombardieren zu lassen«, sagte Gumpert.

»Den Schulterschluss mit Roosevelt zu suchen, war das Beste, was er machen konnte«, sagte Klaus, »aber dadurch erhöht sich freilich die Wahrscheinlichkeit, dass die USA auch bald im Krieg sind.« Er nahm sein Glas zur Hand. »Unsere Lösung liegt in dem Wissen, dass es keine absolute Lösung gibt, außer der einen, dass Hitler geschlagen werden muss.«

Damit war klar, dass das notfalls eben auch ein Krieg sein konnte. Erika schüttelte den Kopf: »Der Krieg hat doch längst begonnen.«

»Pazifismus können wir uns nicht mehr leisten«,

sagte Klaus und erinnerte an sein frühes Bertha-von-Suttner-Leseerlebnis. »Die einzig aktuelle, relevante Frage ist: Wird aus diesem Kriege eine Welt erstehen, in der Menschen meiner Art leben und wirken können?«

»Menschen unserer Art«, korrigierte Erika.

*

Erika fuhr am 17. Juni 1941 für ein gutes Vierteljahr abermals in Diensten der BBC nach London. Die Familie ließ sie nur ungern ziehen, die Kriegslage wurde zusehends unübersichtlich, selbst Erika beschlich diesmal ein ungutes Gefühl. »Ich habe nicht die Absicht, mir etwas zustoßen zu lassen«, beruhigte sie die Eltern bei der Abreise. »Schließlich bin ich alles andere als ein Pechvogel. Mir ist noch nie ein Haar gekrümmt worden. Macht euch um mich keine Sorgen.« Sie verabschiedete sich bis zum Oktober, wenn sie die Vortragsreisen als Lecturer erneut aufnähme.

Am 22. Juni 1941 erfuhr die Welt vom Überfall der deutschen Wehrmacht auf die Sowjetunion, ›Unternehmen Barbarossa‹, so hieß Hitlers Verrat am 1939 geschlossenen Pakt mit Stalin. Damit war der Wahnsinnige in der Reichskanzlei nurmehr noch wahnsinniger geworden. Erikas erster Gedanke war jedoch, dass man nun den ganzen Osten als Verbündeten hatte. Die Chancen, dass Deutschland den Krieg bald verlieren würde, waren mit diesem perfiden Wortbruch immerhin gestiegen.

Wieder war Lissabon Zwischenstop auf Erikas Reise, sie wartete dort auf ihr *reentry-permit*; im Unterschied zum vergangenen Jahr präsentierte sich die Stadt jetzt öd und leer. Statt Emigranten traf sie nun widerliche deutsche Touristen, die sich an Porto und Vinho Verde labten. Zwar bezeichnete sich Portugal offiziell als neutrales Land, doch das hieß auch, Präsident Salazar ließ die Achsenmächte gewähren. Ein wahres Paradies für Spione und Agenten! Die deutsche Kolonie in Lissabon bestand aus Hitlertreuen, überall vor deutschen Schulen und Ansiedlungen wehten Hakenkreuzfahnen. Trotz der bitteren Erkenntnis, dass die europäische Welt ja geradezu auf Hitler und deutsche Nazis gewartet zu haben schien, war Erika zu Scherzen aufgelegt, schon um sich selbst zu erheitern. Sie stand vor der Gestapo-Zentrale, den Schalk im Nacken. Was riskierte sie, wenn sie, eine Schauspielerin, ihrem unbezähmbaren Drang folgte? Kaum hatte sie das Gebäude betreten, stand sie in der Eingangshalle einem Beamten gegenüber. »Heil Hitler«, sagte sie in breitestem Sächsisch, »darf ich mich vorstellen, ich bin die Frau Ruppelt.« Man ließ sie vor zur Dienststelle des Chefs, leider sei heute nur der Stellvertreter da. Erika gab die einsame Gattin eines Geschäftsmanns, der ständig unterwegs sei, gerade in Madrid, sie mopse sich auf dem Hotelzimmer, dabei, so habe sie gehört, gebe es bei der Gestapo doch diese netten Würstchenabende. »Ich würde gar zu gern einmal dazu eingeladen werden, ei verbibbsch.« Während Erika sprach, schaute sie sich im Büro um, prägte sich ein, was sie sah, das obligatorische Führerbild hinter dem Schreibtisch, Plakate, Hetzschriften, dazwischen ein überquellender Aschenbecher und eine leere Kaffeetasse. Das gehörte zur Recherche für den nächsten Korrespondentenbericht. Mit einer Einladung zu Würstchen und voll diebischer Freude verließ Erika die ahnungslosen Männer, die keinen Moment auf die Idee gekommen waren, dass sie verulkt wurden. Tags darauf flog Erika nach London, die kabarettistische Einlage als Köpenickiade im Gepäck – wie würde Klaus lachen darüber! Oder erschrecken. Denn was wäre wohl passiert, wenn nicht bloß der Stellvertreter, sondern der Gestapo-Chef persönlich sie empfangen hätte? Der wäre womöglich bestens im Bilde gewesen über die Ansage aus Goebbels' Propagandaministerium: Erika wurde steckbrieflich gesucht, galt als »Musterbeispiel dafür ..., wie gewisse Kreise erst den Krieg gegen Deutschland geschürt und ihn auf Englands Seite propagiert haben.« Für den *Völkischen Beobachter* war sie eine »politische Gebrauchsdirne«. Sträflich leichtsinnig war sie gewesen, und das, wo die Greise sich aus Sorge um sie sowieso immer mehr graue Haare wachsen ließen. Sie war Staatsfeind Nr. 1 für die Nazis, dennoch hatte sie es riskiert und sich in die Höhle des Löwen begeben. Ein Glück, dass Erika jetzt im Flieger saß und nicht in einem Folterkeller der Gestapo. Als sie aus dem Fenster schaute und unter sich die grünen Rasenflächen sah, die sich von der Südküste Englands bis nach London erstreckten, als das Flugzeug wenig später etwas unsanft auf dem Rollfeld aufsetzte, atmete sie auf, wieder auf der Insel gelandet zu sein. In London drohten zwar weitere Luftangriffe, Sirenengeheul und Gasalarm wären erneut an der Tagesordnung, doch das wäre leichter zu ertragen als die bleierne, bedrückte Stimmung unter den hilf- und hoffnungslosen Flüchtlingen, besser als die bedrohliche Präsenz der Nazis und die Hakenkreuzfahnen in der sonst so charmanten Stadt am Tejo. Hier in London hatte sie eine wichtige Aufgabe. Hier konnte sie ihn weiterführen, ihren Kampf gegen das Böse.

*

Mit dem Angriff der Japaner auf die amerikanische Pazifikflotte in Pearl Harbour am 7. Dezember 1941 waren auch die USA in den Krieg eingetreten, nun ging die Auseinandersetzung die Amerikaner selbst etwas an. Die Rede, in der Präsident Roosevelt Deutschland und Italien den Krieg erklärte, hörten die Manns am neuen Standort, in Pacific Palisades. Im März 1941 waren sie von der Ost- an die Westküste gezogen, schon des Wetters wegen, Thomas Manns Lungen war das Klima im Osten des Landes abträglich. Doch nicht allein der Sonne wegen bot sich Kalifornien als neues Domizil an. Dort hatte sich inzwischen eine große deutsche Kolonie angesiedelt, im nahen Hollywood suchten etliche Autoren wie Bertolt Brecht oder Alfred Döblin ihr Glück. Zunächst mieteten die Manns ein Haus am Amalfi Drive oberhalb des Santa Monica Canyon, doch standesgemäß war so ein Mietverhältnis nicht. Ein dem Neuen Bauen verbundener Architekt, Julius Ralph Davidson, der in Berlin geboren und 1923 nach Amerika gegangen war, wurde mit dem Bau eines eigenen Hauses auf dem Grundstück einer früheren Zitrusplantage betraut; der Vater hatte sich nicht zuletzt der üppigen Vegetation wegen für diesen Platz entschieden. Davidsons Entwurf versprach ein strahlend weißes, lang gestrecktes Gebäude mit Flachdach und viel Glas, lichtdurchflutete Zimmer auf zwei Etagen, oben für jedes Familienmitglied ein eigenes, unten der Salon und eine großzügige Terrasse, Vaters Arbeitszimmer in einem extra

Flügel mit Fenstern in Richtung Südosten. Anfang Februar 1942 zogen die Manns also in den Neubau am San Remo Drive 1550. »In die Neu-Poschi«, wie Erika sagte.

In dieser Villa maritima durfte man sich fühlen wie an der Riviera, tatsächlich hieß das ganze Villengebiet hier so, Riviera, die Straßen oberhalb des Sunset Boulevard weckten Sehnsucht nach der Mittelmeerküste, Amalfi, Capri, San Remo Drive. Umzugswagen hielten vor der Einfahrt, und der Vater verfolgte den Einzug der Kisten und Möbel, der ganzen »Wanderhabe«, so nannte er das in die Fremde nachgereiste Hab und Gut. Vor allem um seinen Schreibtisch war es ihm zu tun, das schwere Eichentrumm mit Schnitzereien und goldenen Griffen an den Schubfächern, der den ganzen weiten Weg von München, erst in die Schweiz und dann über den Atlantik, genommen hatte. Wie groß war 1933 die Sorge des Vaters gewesen, dass seinem in der Poschi zurückgebliebenen Schreibtisch etwas zustieße. Es erschien ihm wie ein Wunder, als er aus München nachkam, zuerst nach Zürich in die Schiedhaldenstraße, von dort über den ganzen Atlantik nach Amerika und quer durch die Vereinigten Staaten bis an die kalifornische Westküste. Nun stand er im neuen Arbeitszimmer, darauf das Josephsmanuskript, dahinter die Standuhr und das Gemälde Franz von Lenbachs, das Porträt von Katia als Mädchen. Thomas Manns melancholischer Blick ruhte oft auf einem gerahmten Foto seiner selbst aus den Tagen des frühen Ruhms, kurz nach Veröffentlichung der *Buddenbrooks*. Nach getaner Arbeit saß er wie ein Gouverneur im hellen Anzug, die Beine übereinandergeschlagen, die unverzichtbare Zigarre in der beringten Hand, im Salon, in dem man fürderhin zahlreiche Gäste würde bewirten können. Er habe, so äußerte der Vater gelegentlich, trotz der neu errichteten Pracht, ein wenig Angst vor Vereinsamung und Vergreisung im goldenen Käfig des Exils. Immerhin zählte er 1942 bald siebenundsiebzig Jahre.

»Über Vereinsamung kannst du dich nun wirklich nicht beklagen«, entgegnete Erika. »Außerdem habt ihr noch den Pudel.«

Bei Lichte besehen hatte der Vater nicht unrecht, was die Familie betraf. Elisabeth lebte mit ihrem Mann und der Tochter Angelica in Chicago, Michael mit seiner Frau Gret und den beiden kleinen Söhnen in Monterey, südlich von San Francisco. Golo war zwar mitgezogen, sah jedoch einer Lehrtätigkeit am Olivet College in Michigan entgegen, Monika wiederum strebte nach New York. Niemand traute der unbeholfen wirkenden Schwester das zu, doch sie war fest entschlossen und ging noch im selben Jahr. Und Erika und Klaus waren ohnehin ständig auf dem Sprung.

Klaus war beseelt von einem Wunsch: Er wollte zur Army. Am 28. Mai 1942 war er zu einer ersten Musterung einbestellt und abgelehnt worden, im September wurde er zum zweiten Mal einbestellt. Klaus in der Army? Erika konnte sich den zarten Bruder nur schwer mit einem Gewehr in der Hand vorstellen, aber sie vermutete, dass er die Uniform wie eine Art Talisman betrachtete, sie im besten Fall zu seiner seelischen Gesundung beitrüge. Doch seine Homosexualität würde er bei der Army unterdrücken müssen, und Erika zweifelte, ob er es überhaupt aushielte in einem strengen militärischen Korsett. Konnte er auf die Drogen verzichten, die ihm gnädige Augenblicke der Betäubung verschafften? Am 14. Dezember 1942 bekam Klaus endlich die heiß ersehnte Einberufung in die amerikanische Armee, eine Befreiung sei das, atmete er auf. Knapp zwei Wochen später, am 4. Januar 1943, wurde er vor dem Grand Central Palace vorstellig, als Soldat in Uniform. Nach überstandener Grundausbildung diente er als *brain*, das hieß, er verfasste auf seiner Reiseschreibmaschine Flugblätter und Radioaufrufe, zunächst noch in den USA, dann, im März 1944, in Italien, wo amerikanische Militäreinheiten die Wehrmacht zurückdrängen sollten.

Bald nach dem Einzug der Manns am San Remo Drive ließen die Nachrichten aus Europa die Erinnerung an Lübeck wieder aufsteigen – aus Ruinen. Heftige Bombardements der Royal Air Force hatten im März und April 1942 die traditionsreiche alte Hansestadt in Schutt und Asche gelegt. Die Marienkirche ein Raub der Flammen, der Rathausmarkt ein Trümmerhaufen, ebenso das Buddenbrook-Haus in der Mengstraße und der einstige Firmensitz der Manns in der Beckergrube 52.

Erika erinnerte mahnend an Coventry, die englische Stadt mit der berühmten Kathedrale, die im November 1940 von der deutschen Luftwaffe ausradiert worden war. »Coventry, das ist eine Tragödie«, sagte sie streng, »aber die Deutschen, die Hitler gewählt haben, haben es nicht besser verdient.«

Während Erika sich mit dem Vater über letzte Änderungen am Josephsroman beugte, dem Opus magnum, das tatsächlich zu einem Ende kam und nunmehr in Stockholm erscheinen sollte, wohin Bermann Fischer mit einem Teil des Verlages gegangen war, schneite überraschend der Schriftsteller Leonhard Frank herein, und Katia bat ihn zum Tee. Düster prophezeite Frank den Sieg des Faschismus. Erika nannte die Japaner »Hitlers gelbe

Handlanger« und hieß es ein Wunder, dass Monstre, wie sie den Diktator nannte, es geschafft habe, Amerika, »diese zum Äußersten entschlossene Nation«, in den Krieg gebracht zu haben. »Über ein Weilchen wird er wissen, was er angerichtet hat, sich und dem deutschen Volk, mit seinem amerikanischen Wunder, und mit Schiller wird man von ihm sagen dürfen: ›Staunend sieht er seine Werke und bewundernd untergehn.‹« Während das Mädchen dem Gast Tee reichte und dieser seine finstersten Zukunftsvisionen nur mehr vertiefte, klang das fröhliche Lachen junger Leute unten auf der Straße wie aus einer anderen, friedlichen Welt herauf.

Leonhard Frank verabschiedete sich nach dem Tee, man verschob die Weiterarbeit am Joseph auf den morgigen Tag, denn Erika und die Eltern waren heute noch bei Werfels eingeladen, in Beverly Hills, Los Tilos Road 6900. Erika fand das Anwesen mit langem Arkadengang vor der Front protzig, dagegen war das Haus der Manns geradezu von japanischer Schlichtheit.

Die Dame des Hauses trat aus dem Säulenhain und kam den Besuchern entgegen, ganz Wiener Walküre. »Willkommen in unserem Tuskulum«, rief Alma und breitete die Arme aus. Bei allem Respekt, aber irgendetwas an ihr erinnerte Erika immer unangenehm an die schwergewichtige Nelly, Heinrichs Frau. Man ließ sich im Salon nieder und sprach über die Bombardements in Deutschland, die Lage in Wien, schließlich über den erschütternden Tod Stefan Zweigs, der sich im Februar 1942 im brasilianischen Exil zusammen mit seiner Frau Lotte das Leben genommen hatte. »Aus Gram kann er sich nicht getötet haben, auch nicht aus Not«, äußerte Thomas Mann. Erika wunderte sich über diese Einschätzung des Vaters.

Die Entwurzelung, das Wissen um die Tragödien der Weggefährten, die peinigende Vorstellung, dass Wiener Juden nach dem ›Anschluss‹ Österreichs ans Dritte Reich die Bürgersteige Wiens schrubben mussten, war das nicht Grund genug für tödliche Gram? Werfel klagte über das Wüten der Deutschen in seiner Heimatstadt, dem schönen Prag. »Es wird gemunkelt, dass der dortige Reichsprotektor Reinhard Heydrich bei einem Attentat ums Leben gekommen ist«, sagte er. Während man sich noch mit der Frage beschäftigte, ob ein weiterer Kriegswinter möglich sei, wurde ein bekömmlicher Imbiss aufgetragen, und bei Sandwiches und Weißwein glitt man hinüber zu leichter verdaulichen Themen wie dem kürzlich en famille besuchten Haydn-Konzert in der örtlichen Philharmonie.

Den Ausklang des Abends bildete zu später Stunde das im Hause Mann beliebte Schallplattenkonzert. »Fremd bin ich eingezogen, fremd zog ich wieder aus, der Mai war mir gewogen mit manchem Blumenstrauß«, Schuberts *Winterreise* schuf eine tröstliche Atmosphäre. Der Vater saß mit halb geschlossenen Augen in seinem Sessel und legte die Hand hinters Ohr, als höre er dann besser. »Ich kann zu meiner Reisen nicht wählen mit der Zeit, muss selbst den Weg mir weisen in dieser Dunkelheit. Es zieht ein Mondenschatten als mein Gefährte mit. Es zieht ein Mondenschatten als mein Gefährte mit.« Die diamantene Nadel des Plattenspielers schien beim Refrain hängenzubleiben. Als wiche der Mondenschatten erst, wenn die eigene Exilreise beendet wäre.

Bald nach Klaus' Einberufung in die Army kam es an der Ostfront zum ersehnten Wendepunkt des Krieges, in den Gesprächen über den Krieg machte sich ein wenig Optimismus breit, denn von der Kapitulation der 6. Armee vor Stalingrad war die Rede. Höchste Zeit, dass das Blatt sich wendete, fand der Vater, die politischen Gespräche auf den Dinner-Empfängen seien längst ausgelaugt. Erika packte vor allem die Wut darüber, dass alles, was aus Deutschland verlautbart wurde, immer noch so tönte, als stürben Wehrmachtssoldaten Heldentode, dabei bereiteten die alliierten Mächte schon ein Treffen von Roosevelt, Churchill und Stalin in Teheran vor, mit dem über die Aufteilung des bald besiegten Hitlerreiches entschieden werden sollte. Im Hause Mann schwang bei den leidigen politischen Diskussionen nun immer häufiger die Frage mit, was das herbeigesehnte Kriegsende für die Familie bedeuten würde. Schließlich wohnte man im nahezu nagelneuen Eigenheim, das auf den Hügeln über dem Ozean stand wie für die Ewigkeit.

»Darüber können wir uns den Kopf zerbrechen, wenn es so weit ist«, unterbrach Erika die Gedankenreisen. Sie war es leid, über das fortgesetzte Elend zu debattieren und gleichzeitig von klassischen Konzerten zu schwärmen, die man in einer bequemen Loge der Philharmonie genossen hatte. Erika drängte es, ihren Beitrag zu leisten, um das Ende des Krieges zu beschleunigen. Sie strebte hinaus in die Welt, an verschiedene Kriegsschauplätze, um für amerikanische Zeitungen zu berichten. Als Korrespondentin in Uniform im Rang eines Army-Offiziers kam sie 1943 abermals nach London, besuchte Kairo, Marokko und Algier, reiste bis nach Teheran, fuhr in den Irak und nach Palästina. Und lernte unterwegs eine junge Frau kennen, die wie sie Berichterstatterin in Uniform war. Betty Knox erinnerte Erika verblüffend an Sternheims Tochter Mopsa. Betty war Klaus' Jahrgang, geboren am 10. Mai 1906 in

Salina, Kansas. In jungen Jahren war sie als Chorus Girl und als Trio mit zwei Tänzern aufgetreten. Betty schilderte Erika auf sehr witzige Art und Weise, wie die kleine Company auf der Bühne Hieroglyphen getanzt hatte, ja, richtig gehört, Schriftzeichen in ägyptischen Kostümen, eine Art choreografierte Scharade. Im Berliner Wintergarten hatten sie gastiert, 1935, Betty erinnerte sich, dass Hermann Göring im Publikum gesessen hatte und dass Joseph Goebbels, vielleicht, um dem dicken Superminister und Lebemann damit eins auszuwischen, die Show als zu anstößig verbieten ließ. Erst später, Anfang der Vierzigerjahre, war Betty Journalistin geworden und schrieb nun für den *London Evening Standard*. Bar jeder Erfahrung und Ausbildung in diesem Metier, zeigte sie sich als Naturtalent. Ihre pointierten Kolumnen über britische und amerikanische Soldaten, Militärkrankenhäuser und Lebensmittelrationierungen, konsequent aus Sicht der Frauen, waren äußerst beliebt.

In den glücklichsten Augenblicken zu zweit fühlte sich Erika mit der verrückten Betty wie im einträchtigen Zusammenspiel mit Klaus, jedenfalls gelang die Inszenierung fürs eigene Empfinden. In Bettys unbeschwerter Gesellschaft merkte Erika, dass ihr das Lachen doch noch nicht vergangen war. Mal wieder schien das Spiel ins Leben Einzug zu halten; 1931 hatte Erika eine Nebenrolle in einem Film gespielt, *Mädchen in Uniform*, auch darin ging es um lesbische Liebe. Sie musste Klaus unbedingt von ihrer neuen Freundin berichten und schrieb ihm während ihres Aufenthalts in Paris einen Brief: »Hier bei mir ist eine junge Frau – eine Amerikanerin, die für den *London Evening Standard* arbeitet –, gentille comme tout, wenn auch überaus verrückt und gefährdet. Mein Tomski sozusagen. Wir sind durch reinen Zufall zusammen herübergekommen und haben seitdem Feldbetten, Jeeps und Autos geteilt.«

Thomas und Katia Mann machten sich jedoch kummervolle Gedanken, diesmal weniger um Erikas Sicherheit als um das unstete Liebesleben ihrer Ältesten. »Warum um Himmels willen«, fragten sie sich, »muss sie sich immer jemanden aussuchen, mit dem sie nicht glücklich werden kann?«

Thomas Mann erinnerte seine Frau an Erikas Beziehung zu Therese Giehse. Der sei immerhin das Kunststück gelungen, gleichsam mit seiner Wenigkeit und dem von ihm so ungeliebten Brecht klarzukommen. Allerdings war Betty Knox gegen die Charakterschauspielerin eher ein Leichtgewicht. »Solange das Erikind glücklich ist«, beschied Thomas Mann, »werden wir ihrer neuen Freundin ganz sicher nicht die Tür des Hauses weisen.«

»Man findet sich ja mit jeder Eule ab«, sagte Katia, »aber diese, fürchte ich, ist à la longue kein glückliches Zubehör.«

»Sie ist durchaus etwas verrückt«, bestätigte Thomas Mann, nachdem Erika und ihre Begleitung zu Besuch gekommen waren und er die neue Eule mit eigenen Augen gesehen hatte. »Wie selbstverständlich sie sich in unseren Räumen bewegt.« Für seinen Geschmack, es war unschwer zu überhören, etwas zu selbstverständlich. »Einerlei, sie bringt das Erilein zum Lachen.«

Erikas nicht nur rein freundschaftliche Beziehungen zu anderen Frauen waren durchaus kein Tabu, doch Thomas Mann wurde vom Rest der Familie im Unklaren darüber gelassen, was Erika jahrelang ins Haus und in die Arme des verheirateten Bruno Walter getrieben hatte. So erzählte Katia ihm auch jetzt nicht, was sie dachte, nämlich, dass Betty Knox, diese schrille und etwas anstrengende Person, womöglich nur eine Ablenkung im großen Stil von der unseligen Beziehung zum dreißig Jahre älteren Dirigenten war, der Erikas Vater hätte sein können. »Ich möchte gar nicht mehr Schwiegersöhne meiner Generation haben, schon der eine ist mir völlig genug«, schrieb sie an Klaus. Womit Katia Elisabeths Ehemann Giuseppe Antonio Borgese meinte, Jahrgang 1882 und damit etwa ein halbes Jahr älter als seine Schwiegermutter.

Alles sprach über das Attentat auf Hitler, das Claus Schenk Graf von Stauffenberg am 20. Juli 1944 verübt hatte. Es war fatalerweise missglückt, man hatte dem Widerstandskämpfer und seinen Mitverschwörern den Prozess gemacht und sie nach dem Urteil auf der Stelle in Berlin-Plötzensee hinrichten lassen, doch war diese furchtlose Tat nicht ein wichtiges Signal? Wies sie nicht auf das baldige Ende von Hitlers Gewaltherrschaft hin und zeigte sie nicht, dass es in Deutschland doch noch Helden gab?

Erika war in jenem August 1944 abermals in Diensten der Army in Paris, auch Betty Knox hielt sich in Frankreich auf, berichtete über die Landung der Amerikaner in der Normandie, die Operation Overlord, die am 6. Juni 1944 begonnen hatte. Erika war fünf Jahre zuvor in Paris gewesen, als das Damoklesschwert des Krieges über der Stadt hing. Das hatte der Teufel, der keine Konkurrenz zu seinem Germania dulden wollte, nicht geschafft, die Schönheit der Straßensterne und des grau glänzenden Häusermeeres zu zerstören, das sich unterhalb der Butte Montmartre ausbreitete. Die Pariser feierten sich nun als Sieger, was vorher war, vergessen. Nach dem ersten Schock über die Präsenz der Wehrmacht in ihrer Stadt hatten sich die Behörden gut mit den Deutschen arrangiert; der Schwarzmarkt blühte während der ganzen Besatzungszeit. Nur Zufall, dass ausgerechnet in Frankreich eine im Großen und Ganzen reibungslose Judenverfolgung ihren Lauf nehmen konnte? Wenn Erika nun durch die Pariser Straßen ging, konnte sie sich des Verdachts nicht erwehren, auf jedem Trottoir Kollaborateuren zu begegnen, die sich in die Brust warfen und von der Résistance schwadronierten. Erika machte für ihre Reportagen einige wichtige Termine aus, auch mit einem Zweiundzwanzigjährigen, der sich Capitain Pierre Neuville nannte und der wirklich im Widerstand gewesen war, stolz berichtete er von vielen Deutschen, die er beseitigt hatte. Auf die Frage, wie der junge Kämpfer sich Frankreichs Zukunft vorstellte, zuckte er nur mit den Achseln, keine Vision. Erika interviewte eine Mademoiselle Yvonne, die in einem Schönheitssalon arbeitete und den Spieß einfach umdrehte, indem sie die Besucherin in US-Uniform über die neueste New Yorker Lippenstift- und Nagellackmode befragte. Yvonnes Traum galt einem Laden auf den Champs-Élysées, und ihr größter Chagrin war, dass es keine Nylonstrümpfe mehr gab in ganz Paris.

Besonders erwartungsvoll ging Erika zu einem Treffen mit Thea Sternheim, Carl Sternheims erster Frau. Sie hatte Erika Schreckliches zu berichten. Carls Tochter Mopsa, Pamelas Freundin, war in der Résistance aktiv gewesen, nun saß sie in Ravensbrück, einem Frauenlager. Schockiert nahm Erika zur Kenntnis, dass Mopsa von der Gestapo gefoltert worden war, weil sie die Namen anderer Widerstandskämpfer nicht preisgeben wollte. »Die Zähne hat man ihr ausgeschlagen«, berichtete Thea Sternheim und verzog keine Miene. Erika durchfuhr bei diesen Worten körperlicher Schmerz. »In Ravensbrück arbeitet Mopsa im Krankenlager, als Blockälteste, bislang hat sie sich wie durch ein Wunder nicht mit Cholera, Ruhr und Typhus angesteckt.« Genauso entsetzt wie über diese Schreckensnachrichten war Erika aber, als sie merkte, wie wenig Thea von Mopsas Schicksal berührt wurde. Wusste sie denn nicht, was das bedeutete, Ravensbrück? Ravensbrück war ein Konzentrationslager, kam man da überhaupt lebendig wieder heraus? Thea war bei Kriegsausbruch doch selbst im Lager gewesen, in Gurs, hatte sie das vergessen? Entweder war sie vollkommen hart und herzlos geworden, abgestumpft durch die traumatischen Erlebnisse und den Krieg, oder sie stand gänzlich unter Schock, seit sie von Mopsas Verbleib wusste.

Der Dichter Paul Éluard, den Klaus aus den Kreisen der Surrealisten kannte, war auch in der Résistance gewesen, mit seiner zweiten Frau Nusch. Was die beiden wohl zu berichten hatten? Erika verabredete sich mit ihnen und strebte kurz darauf der Rue Becquerel am Montmartre zu, erklomm die Treppe hinauf zur Wohnung im siebten Stock. Éluard öffnete, er wirkte kaum verändert, fast wie vor dem Krieg, doch das abgemagerte und ausgezehrte Geschöpf, das hinter ihm in der Tür auftauchte, machte einen erbärmlichen Eindruck. Éluard schwärmte hemmungslos von seiner ersten großen Liebe Gala, die mit Dalí im katalanischen Cadaqués lebte, der Heimat des Malers. »Ich träume immer noch von ihr, wenn ich masturbiere«, sagte er unumwunden.

›Widerlich‹, Erika lenkte ihren fassungslosen Blick weit hinaus aus dem Fenster, über die grauen Dächer von Paris. Nusch goss Tee in Gläser, als habe sie nichts gehört. Wie himmelschreiend leidensfähig Frauen sein konnten. Als

Éluard Dalís Namen aussprach, hätte Erika kotzen können. Der geniale, aber völlig durchgedrehte Maler hatte nichts gegen Franco einzuwenden, im Gegenteil, er diente sich dem Diktator an, und an Hitler hatte Dalí kritiklos fasziniert, wie eine einzige Person es schaffte, so viele Leute auf einmal zu frenetischem Jubel zu bringen und den rechten Arm hochzureißen. Mit so einem wollte Erika nichts zu tun haben, egal, wie fantastisch er malen konnte.

Éluard erhob sich, fragte nach Klaus, was der gerade schreibe, nickte anerkennend, als Erika Klaus' Arbeit an einem Essay über André Gide erwähnte, und sprach dann von seiner eigenen jüngsten Arbeit, *Paris respirait encore – Paris atmete noch*, ein Gedichtband, das Manuskript lag druckfertig auf dem Tisch. Éluard hob zu rezitieren an: »Du wirst dich befreien Paris/ Paris wie ein Stern flackernd/ Unsere überlebende Hoffnung/ Du wirst dich befreien von Müdigkeit und Schmutz./ Brüder lasst uns Mut haben.« Éluard schien in sich zusammenzusinken. Eher von zarter Natur, wirkte er mit einem Mal noch schmaler, blutleer und durch die schweren Jahre angeschlagen. Womöglich dachte der Dichter bei diesen Versen aber nur an die abtrünnige Gala, seine Muse.

Nein, auch der Besuch bei Éluard konnte Erikas Laune nicht aufhellen. Sie fand die Haltung des Dichters degoutant. Zu selbstverliebt. Wie er in seinem Saft schmorte, den er zu larmoyanten Gedichten eindampfte, mit deren Poesie Erika wenig anfangen konnte. Ein Salonkommunist eben. In der aktuellen Hochstimmung wiedererlangter nationaler Souveränität verstanden die Kommunisten sich außerordentlich gut mit den Gaullisten; ›Frankreich zuerst‹, so lautete ihre Parole. In der anschließenden Unterhaltung über die Notwendigkeit einer geistigen Führung

Frankreichs nach diesem Krieg hob Éluard im Ton eines Sowjetfunktionärs zu sprechen an: »Zunächst muss man ihre Reihen von unzuverlässigen Elementen reinigen«, betonte er, »Céline, de Montherlant, Giono«, begann er mit einer Aufzählung missliebiger Kollegen. Seine Miene hellte sich auf, als er von den Genossen im Kampf gegen die Besatzer sprach: »Louis Aragon und Elsa Triolet, André Malraux, René Char, sie alle haben geholfen, Frankreich zu befreien.«

Erika stürzte ihren Tee hinunter und verließ die Dichterwohnung mit einem schalen Gefühl. In ihren Herzen schienen die Leute noch immer bewaffnet zu sein. Der Kampf war nicht beendet, darüber konnten auch muntere Akkordeonklänge und die Stimme Edith Piafs nicht hinwegtäuschen, die aus einem Bistro an ihr Ohr drangen. Dabei war gerade Frankreich so wichtig jetzt, es musste eine Führungsrolle übernehmen bei der Befriedung der Welt.

Erika lief von der Butte Montmartre aus stadteinwärts, nahm auf Höhe der Grands Boulevards die Métro, um pünktlich zu ihrer Verabredung mit Pablo Picasso in seinem Atelier in der Rue des Grands-Augustins zu kommen. Vergangenes Frühjahr erst hatte der Maler sich von seiner Freundin Dora Maar getrennt, mit der er in den Jahren der deutschen Besatzung zusammen gewesen war. In düsteren Farben gehaltene Porträts, die er von ihr erschaffen hatte, blickten vorwurfsvoll von den Wänden; es hieß, die beiden seien nicht im Guten auseinander gegangen. Picasso hatte in seinem Atelier mitten im besetzten Paris in einer Art innerer Emigration gelebt. Doch schon jetzt wurden Stimmen laut, die meinten, er habe die Fahne der Freiheit stets hochgehalten, der Maler sei eine »Ikone des künstlerischen Widerstandes«, aber das sei nicht wahr, klärte Picasso seine Besucherin auf. Er hatte Kontakte zu Künstlern in der Résistance gehabt, jedoch nichts unternommen, was ihn hätte gefährden können, bloß kein Risiko, gab er unumwunden zu. »Ich habe nicht den Krieg gemalt, weil ich nicht zu der Sorte von Malern gehöre, die wie ein Fotograf etwas darzustellen suchen. Aber ich bin sicher, dass der Krieg Eingang genommen hat in die Bilder, die ich geschaffen habe.« Mit seinen Pranken deutete er auf die an den Wänden hängenden und lehnenden Gemälde: »Entartet haben sie es genannt. Ich hatte Ausstellungsverbot. Ich habe privatisiert.«

Picasso war wenigstens aufrichtig, das ehrte ihn. *Guernica*, sein großes Gemälde über die Zerstörung der Stadt im Spanischen Bürgerkrieg, war zur aufrüttelnden Ikone geworden. Erika berichtete dem Maler von ihrer Reise in das gebeutelte Land, zusammen mit Klaus war sie 1938 dort gewesen, wie etliche Künstler ihrer Generation, die auf einen Sieg der Republikaner gesetzt hatten. Nun regierte Franco das Land, kein Ende in Sicht. »Wenigstens Mussolini ist zur Strecke gebracht«, sagte Erika und fügte hinzu, dass Klaus bei der Befreiung von Italien dabei gewesen war. Eben noch hatte er vor Ort mit einer Malaria darniedergelegen, von der er nur langsam genas.

Erika sagte Picasso nach einer Stunde Adieu, auf der Treppe lief sie einer kleinen Abordnung amerikanischer Soldaten in die Arme. »The studio of Mister Picasso?« Erika deutete nach oben auf die Tür, durch die sie gerade herausgekommen war. Das Atelier des Malers war schlagartig zum Pilgerort geworden.

*

Jetzt, fünf Jahre später, ist das bunte Leben nach Paris zurückgekehrt, Klaus' erklärte Lieblingsstadt, dicht besetzt die Terrassen der Cafés auf den von Kastanien und Platanen gesäumten Boulevards, man hört von einem spektakulären Jazzfestival, von Josephine Bakers neuem Programm im Casino de Paris und vom ersten Weltfriedenskongress der Pazifisten in der Salle Pleyel. Kein Geringerer als Pablo Picasso hat das Plakat dafür gestaltet, es zeigt eine weiße Friedenstaube auf schwarzem Grund. Zwei Tage nach Klaus' Tod, am 23. Mai 1949, haben sich an der Seine die Außenminister der Siegermächte zusammengefunden. Auf ihrer Konferenz geht es einmal mehr um die Zukunft Deutschlands. Die Sowjetunion plädiert für einen Friedensvertrag und einen gesamtdeutschen Staatsrat in einem Alliierten Kontrollrat. England, Frankreich und die USA wollen die Sowjets davon überzeugen, dass sie für ihre Besatzungszone das Bonner Grundgesetz anerkennen müssen. Einig bleibt man sich nur über das Ende der Berlin-Blockade und die Freizügigkeit des Verkehrs in Deutschland, doch was die Einheit der Zonen unter einem politischen Nenner angeht, kommt man einfach nicht zusammen. Die Westmächte fürchten, dass Stalin sich das ganze Land unter den Nagel reißen wird, Planwirtschaft für alle, und die Sowjetunion ist auf dem Kommunismus aufgebaut, Kompromisse mit dem Grundgesetz ausgeschlossen.

Für Erika ist die Zukunft Deutschlands längst besiegelt, die Weichen sind spätestens seit der Währungsreform im Westen gestellt. Schon am 4. April 1949 haben die USA, Kanada und zehn europäische Außenminister in Washington den Vertrag zur Gründung der NATO unterzeichnet, von einem reinen Verteidigungsbündnis war die Rede. Alles läuft auf eine dauerhafte Teilung des Landes in zwei Staaten hinaus. Und der berühmte Vater wird sich sehenden Auges vor den Karren beider Ideologien spannen, sich feiern lassen von alten Nazis und neuen Bonzen, wenn er nach Deutschland fährt. So oft hat sie seine Entscheidungen in die richtige Richtung lenken können, doch diesmal fehlen ihr die Kräfte. Ihr fehlt Klaus, der größte Unterstützer, ihr geliebter Bruder, der Aißi.

*

Am 27. Januar 1945 wurde das Konzentrationslager Auschwitz durch die Rote Armee befreit. Während in Süddeutschland weiße Tücher aus den Fenstern wehten, Frankfurt am Main schon im März gefallen war, tobten im April letzte Kämpfe um die Reichshauptstadt Berlin und forderten noch einmal Hunderttausende Tote. Hitler hatte sich am 30. April zusammen mit Eva Braun in seinem Bunker das Leben genommen, während die Rote Armee die Stadt Straße für Straße einnahm. Am 8. Mai 1945 erklärte Deutschland seine bedingungslose Kapitulation. Der Krieg war endlich vorbei, doch der Schrecken riss nicht ab, der Kampf gegen das Böse, den Feind der Menschheit.

Erika trat bald nach dem Sieg über das Hitler-Regime eine Europareise an, abermals als Korrespondentin in amerikanischer Uniform. Zunächst fuhr sie nach Berlin. Das Stadtzentrum glich einer Mondlandschaft. Hinter dem Brandenburger Tor, links und rechts der nunmehr baumlosen Allee Unter den Linden, erstreckte sich eine graue Wüste, in der Leute mit bloßen Händen Stein um Stein aus den Ruinen klaubten und in Loren hineinstapelten, die über schmale Schienen rollten. Über Schutthaufen stiegen Männer in Schlips und Kragen mit Aktentaschen unterm Arm, ganz als sei Berlin noch Berlin und man ginge wie gewohnt seiner Arbeit nach. Vergangenheitsbewältigung, Verantwortung übernehmen, die wahren Opfer benennen und sühnen, das musste jetzt Vorrang haben. Erika machte sich keine Illusionen: Es war ein langer Weg bis dahin. Zu erschlagend die Schuld, als dass die Deutschen ihr ins Auge blicken konnten. Wollte man dieses zerstörte Land rasch wieder aufbauen, Wohnraum und funktionierende Verkehrswege schaffen, hieß es, in die Hände spucken statt Asche auf sein Haupt streuen. Ja, Asche, davon war auf deutschem Boden weiß Gott genug. Nach vorne schauen – lobenswert, aber wie unheimlich auch, die eifrigen Deutschen zu sehen. Die Menschen in der zerstörten Stadt lebten zwischen lauter Gespenstern. Als Erika den Nollendorfplatz überquerte, vorbei am Stahlgerippe des U-Bahnhofs, wo wilde Abende mit Klaus begonnen und im Morgengrauen geendet hatten, als sie sich nach kurzem Fußmarsch durch das apokalyptische Szenario dem Lützowplatz näherte, schlug ihr ein fauliger, süßlicher Geruch entgegen. Wie viele Tote mochten unter den Ruinen begraben, ins Wasser des Landwehrkanals geworfen worden sein? Das Jüngste Gericht hatte seine biblische Strafe über das Sündenbabylon herniederfahren lassen, das ein besonderes Abenteuer der Jugend gewesen war.

Im alten Westen erkannte Erika kaum mehr als die abgebrochenen Stummel der Türme der Kaiser-Wilhelm-Gedächtniskirche. Die Fassade des ausgebrannten Romanischen Cafés mit den Höhlen seiner Rundbogenfenster und den an Gesimsen hervorsprießenden Gräsern erinnerte an das antike Rund des Forum Romanum, ebenso das Ufa-Kino ein paar Schritte weiter. Am Bahnhof Zoo Reste von Panzersperren und ein riesiger Flakbunker, wo nun eine Holzhandlung untergebracht war. Menschen standen vornübergebeugt vor Zettelwänden und studierten Suchanzeigen und Tauschangebote. Am Kurfürstendamm saßen Gäste in provisorisch eingerichtete Cafés zwischen den Ruinen. Erika fand einen freien Platz und bestellte einen Kaffee. Die Zeitung, die dort lag, *Der Berliner*, war gerade von der britischen Militärbehörde genehmigt worden. »Berliner Ingenieur stellt aus Stahlhelmen Kochtöpfe her«, las Erika, geniale Idee. Man erlaubte den Deutschen die Gründung politischer Parteien, »Um das Wachstum eines demokratischen Geistes in Deutschland zu fördern«, wie es von den Siegermächten hieß, in Zukunft sollte es auch wieder freie Wahlen geben. Am 1. September war Berlin auf Grundlage der Beschlüsse der Potsdamer Konferenz in vier Sektoren aufgeteilt worden. Im Wedding wehte die Trikolore, die Briten residierten in Charlottenburg, die größten Gebiete im Südwesten der Stadt unterstanden den Amerikanern, und die Sowjets beherrschten den ganzen Osten Berlins. Am 7. September hatte die große gemeinsame Siegesparade der vier Siegermächte auf der Charlottenburger Chaussee stattgefunden, man sprach noch immer über die sage und schreibe fünftausend Soldaten, die aufmarschiert waren. Im Schulterschluss feierte man den Sieg über Japan, eine Einmütigkeit, die gewiss nicht lange hielte. Die Sowjets hatten eine gänzlich andere Vorstellung von der deutschen Zukunft als die Westmächte. Deutschland würde zerlegt werden wie eine fette Beute. Hier in Berlin, wo auf Schritt und Tritt Schilder den Weg versperrten, die in den drei Sprachen der Sieger auf die innerstädtischen Sektorengrenzen hinwiesen, wurde das Erika am deutlichsten. Die Strafe nach dem Sündenfall, unter Schmerzen entzweigerissen wie unter mittelalterlicher Folter. Die Gründung zweier Staaten zementierte die Teilung auf lange Sicht. Berlin, die Glitzerstadt von einst, Frontstadt des Kalten Krieges, zerbrach in zwei Teile, hier die Hauptstadt der DDR, dort eine Insel in diesem neuen Staat und Symbol der freien westlichen Welt. Eindeutig Erikas Prognose: »Die Welt wird sich spalten, in zwei Hälften, die westliche wird sich an Amerika anschließen, die andere an die Sowjetunion. Und Deutschland, good old Germany, ist der Nukleus dieser Teilung der Welt.«

*

Auf ihrer Deutschlandreise besuchte Erika erstmals seit Kriegsende auch ihre Heimatstadt München, Ort gleißender Erinnerungen an die wilde Kindheit, die Streiche der Herzogparkbande. Keine Zeit für Illusionen, die Innenstadt eine einzige klaffende Wunde, der ausgebrannte Hauptbahnhof, das geschwärzte Sendlinger Tor, auf der einst so belebten Geschäftsstraße, die dort ihren Ausgang nahm, hatten Ladenbesitzer Schilder in die Schuttberge zwischen den Stahlskeletten der Häuser gesteckt, Theatiner-Schuhhaus und Lotterie-Hornung, mit Hinweis auf den neuen Standort. Die ausgehöhlten Zwiebeltürme der Frauenkirche ragten brüchig in den Himmel empor. Vom Rathaus, erstaunlich unversehrt, wehte die amerikanische Flagge, Stars and Stripes, über das Erschaudern beim Anblick der geschundenen Stadt legte sich der Stolz, das Böse niedergerungen zu haben, endlich. Auf dem Marienplatz standen die Jeeps der Sieger, in den Nebenstraßen ihre Panzer, ein enormer martialischer Fuhrpark. Erika fuhr in einem geliehenen Wagen die Ludwigstraße hinauf. Vor der Feldherrnhalle, wo Hitler seine faulen Triumphe zelebriert hatte, lag das umgestürzte Ehrenmal mit dem Hakenkreuz im Dreck, da, wo es hingehörte. In die Theatinerkirche schien das Schwert Gottes hineingefahren zu sein, nun nichts als eine Ruine, hier betete niemand mehr, ein Szenario wie in des Vaters Erzählung *Gladius Dei*. Von ganz Schwabing war nicht viel übrig, vom Studentenviertel rund um die Schellingstraße, wo Sophie und Hans Scholl ihr Leben riskiert und verloren hatten. Nur das riesige Haus am Königsplatz, das an genau der Stelle stand, wo einmal die Arcissi ihre Pracht entfaltet hatte, stemmte sich erschreckend selbstgewiss aus den Trümmern. In seinen Mauern hatten die Amerikaner den sogenannten Munich Central Art Collecting Point eingerichtet, wo die Raubkunst der Nazis asserviert wurde. Gut, dass die Urgroßeltern das zerstörte München nicht mehr erleben mussten. Noch im Oktober des Jahres 1939 hatten die alten Pringsheims Deutschland in Richtung Schweiz verlassen können, quasi im letzten Moment, und nur dank bester Beziehungen. Dort, in Zürich, waren sie hochbetagt verstorben, Alfred 1941, Hedwig 1942, in der Fremde zwar, aber wenigstens in Frieden.

Beherzt fuhr Erika weiter hinaus nach Bogenhausen; kaum in die Poschingerstraße eingebogen, wusste sie, dass Klaus, der das Elternhaus bereits kurz nach Kriegsende, im Mai 1945, in Augenschein genommen hatte, nicht untertrieb. Obwohl die Villengegend am Herzogpark erstaunlich unversehrt schien, die Poschi hatte es ziemlich erwischt. Das Haus war in einem beklagenswerten Zustand, doch trotz der massiven Bombenschäden war eine junge Frau eingezogen, Klaus hatte sie oben auf dem Balkon seines früheren Zimmers entdeckt. Sie sei Stenotypistin, ausgebombt, man habe sie hier einquartiert, bekam er zur Auskunft. Das Elternhaus war nach 1933 von der SS in Beschlag genommen worden, eine Weile wohnte darin ein Ministerialrat Siebert, inzwischen in amerikanischer Internierungshaft. Am fürchterlichsten aber die Gewissheit, dass die Nazis in der Poschi eine Art Baby-Factory eingerichtet hatten, eine Zuchtanstalt für rassenreine Arier. Das eigene Elternhaus eine Filiale des Lebensborn-

Vereins, etwas Zynischeres ließ sich kaum ausdenken. Neue Wände waren eingezogen, die geräumigen Zimmer geteilt worden, nach Klaus' Einschätzung ließe sich das Haus aber zurückbauen und instand setzen. Erika sah an der Fassade empor. Der Balkon voller Risse im Gemäuer wirkte eher, als müsse man ihn ganz abbrechen. Wollte man allen Ernstes wieder hier einziehen? Das geschundene Haus, für immer kontaminiert. Man müsste es ausräuchern wie ein Ungeziefernest. Bei der Vorstellung von im Namen des Führers in den eigenen vier Wänden kopulierender Männer und Frauen drehte sich Erika der Magen um, ein Bild, das man in der Poschi womöglich nie mehr loswurde.

Erika stieg in den Wagen und fuhr zu der Adresse, die als Wiedergutmachungsbehörde – was für ein Wort! – firmierte, um das Haus in der Poschingerstraße registrieren zu lassen. Denn wollte man auch nicht hierher zurück, es gehörte den Manns, um den Wert der Immobilie musste man kämpfen. Zunächst, so die Dame vom Amt, werde ein Schild an der Fassade angebracht, auf dem ›Off Limits‹ stehe, und die Immobilie in Verwahrung genommen. Eine Begutachtung des Objekts ergab, dass man den Balkon tatsächlich würde abräumen müssen, so schwer war er durch die Schäden in Mitleidenschaft gezogen. Bei einer Begehung des Hauses fand sich nichts mehr, was auf die einstigen stolzen Bewohner hinwies, gar nichts. Durch die Einbauten war kaum etwas wiederzuerkennen. »Wir legen nun eine Akte an und leiten das Wiedergutmachungsverfahren ein«, sagte die Dame vom Amt. Das konnte dauern.

Bevor sie die Poschi wieder verließen, schweiften Erikas forschende Blicke noch einmal durch die Diele. Im Entrée hatte der große ausgestopfte Braunbär die Eintretenden erschreckt, in den Tatzen ein Teller mit Visitenkarten, wie an seinem vorherigen Standort in der Beckergrube, im Elternhaus des Vaters. Der Bär hatte Einzug in die *Buddenbrooks* gehalten, als Taufgeschenk für den kleinen Hanno. Er war mitgereist von Lübeck nach München, und nun? Die Dame vom Amt wusste zu Erikas Überraschung Bescheid: »Genau so ein Bär«, sagte sie, »stand doch immer in einem Schaufenster in der Sendlinger Straße.« Sie überlegte einen Moment. »Ja, genau, im Schaufenster des Lederwarengeschäftes Matt. In seinen Tatzen trug er einen Stapel Fensterleder.« Erika hatte die erschrockenen Gesichter mancher Besucher vor Augen, wenn sie den braunen Riesen erblickten; es grenzte an ein Wunder, wenn der Bär die Verheerungen in den Geschäften der Sendlinger Straße heil überstanden hätte. Er war verschwunden, so wie alles andere hier. Aber wer weiß?

Erika vereinbarte einen Termin mit Dr. Valentin Heins, dem Anwalt, dem man die 1933 unfreiwillig zurückgelassenen Sachen anvertraut hatte, darunter die Manuskripte des Vaters, Tagebücher und Briefe. Im bangen Vorgefühl dessen, was Heins ihr gleich mitteilen würde, durchmaß Erika die Münchner Innenstadt, ein wenig orientierungslos zwischen Schutthalden und Kraterlandschaften, man kannte sich ja gar nicht mehr aus hier. Die Kanzlei des Anwalts in der Weinstraße hinter dem Rathaus war ebenfalls ausgebombt, aber stolz erzählte er, er habe sämtliche Akten bergen können. »Allerdings«, schickte Dr. Heins zögernd hinterher, »es tut mir leid, ausgerechnet die Manuskripte Ihres Vaters sind verbrannt.«

Erika schaute ihn fragend an. »Ausgerechnet die Manuskripte?«

»Während ich Papiere und Akten Stück für Stück evakuiert habe, in meine Privatwohnung etwas außerhalb der Stadt, gab es einen Luftangriff in der Innenstadt. Und mitten in der Ausführung meines Plans ging die Kanzlei zugrunde.«

Unverrichteter Dinge verließ Erika den Anwalt und telefonierte mit Klaus, der seinerseits als Sonderberichterstatter für die eigene Zeitung der US Army, *The Stars and Stripes* seit Mai in Deutschland unterwegs war: »Erstaunliches hat sich begeben. Was immer Dr. Heins zur Zeit der Evakuierung bei sich verwahrt hielt – Akten, Akten, Akten; Schriften, Schriften, Schriften –, es wurde geborgen. Nur die Manuskripte nicht. Nur die Briefe nicht.« Es ging um Hunderte von Sendungen des Vaters an die Mutter, das Mielein, fein säuberlich nach Jahrgängen geordnet und liebevoll mit Bändchen versehen, die der Anwalt rätselhafterweise den Flammen preisgab. »Ich glaube, der Mann lügt.« Davon ließ sich Erika nicht abbringen. Er hatte seine Erklärungen etwas zu aufgesagt heruntergeschnurrt.

»Aber warum?«, fragte Klaus. »Meint er vielleicht, daraus Kapital schlagen zu können?«

»Oder er hat sie bereits auf dem Schwarzmarkt verscherbelt.«

Als Erika an jenem Tag nochmals an der Feldherrnhalle vorbeikam, entdeckte sie ein Transparent. Weiß auf Schwarz hatte ein Schmierfink in großen Lettern darauf gepinselt: »Goethe, Diesel, Haydn, Rob. Koch/ Ich bin stolz, Deutscher zu sein.« Sie haben Hitler gewählt, und nun sehen sie in der Niederlage eine Erniedrigung. ›Geschieht ihnen recht‹, dachte Erika, ›unerträglich, dieses triefende Selbstmitleid!‹

Unterwegs in den Straßen der Stadt fühlte sich Erika

schlagartig alt, krank und leer. Sie sah, wie die Leute ihren Geschäften nachgingen. Frauen in Friseursalons mit Lockenwicklern unter riesigen Trockenhauben. Männer mit schweren Bierseideln am Tresen eines notdürftig wieder hergerichteten Braustübchens. Dürres Geläut von Kirchenglocken, Menschen mit einer Bibel unterm Arm strebten dem Gottesdienst zu, als hätte Beten je geholfen. Schwarzmarkthändler und Schieber. Spielende Kinder an den Isarauen, die ihre Füße in das Wasser tauchten, sich gegenseitig bespritzten und kreischten, wie Kinder immer kreischen, wenn sie mit Wasser spritzen. Über allem herrschte eine lähmende Stille, als hätten die Vögel das Singen verlernt und die Grillen das Zirpen. Kein Schmetterling tanzte über den Ruinen, kein Lufthauch bewegte die Grashalme, die zwischen den bizarren Skeletten der Häuser hervorsprießten. Wie ehedem auf dem abschüssigen Weg, nach dem Fahrradsturz in den Dolomiten, war das zaghaft wiederkehrende Grün des Grases, der Sträucher und Bäume, die der Feuersturm verkohlt hatte, mit einem Lidschlag vergiftet.

»Bayern, oh je, ist beunruhigend lieblich«, schrieb Erika in dem Brief, den sie an die Eltern schicken wollte. »Erwägt *auch nicht eine Minute lang*, in dieses verlorene Land zurückzukehren. Es ist einfach nicht menschenerkennbar. Und damit meine ich nicht seinen physischen Zustand!!!«

Erika fuhr für eine Reportage nach Geiselgasteig, an die Menterschwaige im Villengebiet. In einem ausgebombten Wohnhaus oberhalb der Isar wurde sie von Ilse Heß empfangen, der Gattin von Rudolf Heß, Hitlers Privatsekretär. Um der Frau möglichst viele Details zu entlocken, spielte Erika mal wieder eine Scharade. Sie hatte sich nicht als offizielle Korrespondentin Erika Mann angemeldet, sondern stellte sich leutselig als kleines Schreibfräulein vor. »Mildred, nennen sie mich einfach Mildred, ich bin von der Zeitung.« Seltsam, dass keine Nachfrage kam, von welchem Blatt eigentlich, wunderte sich Erika. »Liebe Frau Heß, möchten Sie mir vielleicht ein bisschen von Ihrem Schicksal erzählen?«

Erika gab sich so naiv wie Ilse Heß es offenbar wirklich war, durch und durch naiv. Naiv und dumm. Sie jammerte laut herum, dass sie ihren Mann hoffentlich bald wiedersehen könne.

»Aber haben Sie denn schon einmal von den Konzentrationslagern gehört?«, fragte Erika. »Es soll ja diese Lager gegeben haben, wo man Juden eingesperrt und sogar umgebracht hat. In Gaskammern. Millionen Menschen hat man darin ermordet.« Erika schaute sich im Zimmer um. Sie saß in einem weichen Polstersessel, während sie vom Holocaust sprach, zu Ilse Heß vor dem Hintergrund einer Blümchentapete. Die Banalität des Bösen. Dieses dumme Weib löste in Erika Abscheu aus, nicht weniger als die Schweine in Camp Ashcan, so lautete der Geheimname des Hochsicherheitstrakts.

Ilse Heß schüttelte ungläubig den Kopf. Konzentrationslager? Gaskammern? Dachau, Auschwitz, Sobibor, Treblinka? Ilse Heß behauptete tatsächlich, diese Namen noch nie gehört zu haben, jedenfalls nicht in Verbindung mit solch schlimmen Einrichtungen.

Innerlich erstarrte Erika zur Salzsäule, doch wozu war sie gelernte Schauspielerin? »Aber liebe Frau Heß, man hat Ihnen bestimmt Bilder gezeigt von diesen KZs, die die Amerikaner befreit haben, oder etwa nicht?«, fragte sie mit Unschuldsmiene.

Ilse Heß schien den Tränen nahe. Ja doch, sie habe vor einiger Zeit derartige Bilder gezeigt bekommen. »Von einer amerikanischen Kollegin von Ihnen, Fräulein Mildred. Ich habe es erst gar nicht glauben können.« Eine herbe Enttäuschung, eine ganz furchtbare Enttäuschung, dass ein so feiner Mann wie der Adolf Hitler es gewesen sei, sich solche unschönen Sachen habe zuschulden kommen lassen. Wenn dem wirklich so sei, die Leute erzählten ja viel. Nun ja, schließlich sei auch ihr Mann Rudolf in Ungnade gefallen seit seinem missglückten England-Flug, und damit auch sie. »Nur der Heinrich hat noch zu mir gehalten, der Heinrich Himmler.«

»Aber wissen Sie denn gar nicht, dass ihr treuer Freund Heinrich Ende April 1945, als nichts mehr zu gewinnen war, mit den Alliierten im Westen verhandelt hat? Dass er sogar Hitlers Sturz angeboten hat, um seine eigene Haut zu retten?«

Bei diesen Worten war es mit Ilse Heß' Fassung am Ende. Laute, hysterische Schluchzer ausstoßend, verbarg sie das Gesicht in den Händen. »Aber sie sind eben alle Verräter, Deutschland ist voller Verräter, in England wäre so etwas nicht möglich.«

Das reichte. Durch die schöne Villengegend ging Erika zurück zum Auto, im Kopf jede Menge Material für ihren Artikel. Erschütternd, dass Deutschland vor Leuten wimmelte, die dachten wie Ilse Heß. Vermutlich brauchte es Generationen, bis man diesem fehlgeleiteten Volk das Übel ausgetrieben hatte. Erika begriff einmal mehr, warum es den Deutschen nicht gestattet sein konnte, von sich als Opfer zu sprechen. Selbst die Menschen, die ausgebombt worden waren, herausgekrochen aus Luftschutzkellern, um nur noch die rauchenden Trümmer ihres Hauses zu sehen, die Ströme von Flüchtlingen, die aus Ostpreußen, Oberschlesien, dem Sudetenland gen Westen geflohen waren, zu Fuß, per Schiff oder auf dem großen Treck, die alles zurücklassen mussten, was ihnen Heimat gewesen war, hatten sie das Recht zu klagen? Es würde sehr lange dauern, bis sie ihre Geschichte erzählen durften, eine von Flucht und Vertreibung. In Dachau, dicht vor den Toren Münchens, in den leeren Baracken zwischen morastigen Wegen, sprachen jetzt die Toten.

Erikas aufregendstes Ziel auf ihrer Tour war das luxemburgische Mondorf-les-Bains. Hier, in Bad Mondorf hatte man im Mai 1945 die Kriegsverbrecher interniert, im luxuriösen Palace Hotel, umfunktioniert zu einem Gefängnis. Das Gelände wurde strengstens bewacht, Camp Ashcan. Die Ortsansässigen konnten Göring und Konsorten hinter einem hohen Stacheldrahtzaun durch den weitläufigen Park spazieren sehen; wenn ein Windstoß die Planen ein wenig anhob, mit denen man die Insassen abschirmen wollte, ließ sich ein Blick auf sie erhaschen. Sie trugen ihre alten Uniformen, freilich ohne Orden und Abzeichen, doch von Weitem konnte man sie immer noch für die zweifelhaften Würdenträger des niedergerungenen Landes halten, schon weil sie sich nach wie vor unverfroren siegessicher in die Brust warfen. Hier, im Palace Hotel, wurden die Hauptangeklagten von den Amerikanern verhört, bevor am 20. November in Nürnberg die Kriegsverbrecherprozesse eröffnet werden sollten.

Erika war es nach einigem Hin und Her bei der Beschaffung der erforderlichen Papiere gelungen, in ihrer Eigenschaft als US-Korrespondentin für den *London Evening Standard* Einlass ins Hotel-Camp zu bekommen. Der Captain nahm sie persönlich in Empfang. »John Dolibois«, stellte er sich vor, fragte, ob Erika mit ihm einen Rundgang durch die Zellen machen wolle. In seiner Hand rasselte ein riesiger Schlüsselbund, kaum vorstellbar, dass diese Schlüssel mit den Zimmernummern einst Erholung suchenden Reisenden ausgehändigt worden waren. Erika ließ sich nicht lange bitten.

Dicke Teppiche auf den Hotelfluren schluckten das Geräusch der Schritte. Noch vor wenigen Monaten hatten sich hier Kurgäste über das schöne Wetter und heilsbringende Anwendungen im Kurhaus unterhalten. Nur das Schlüsselrasseln erinnerte an die aktuelle Bestimmung dieses Ortes, wie ein Gefängnis wirkte das alles nicht, Erika fühlte sich eher wie im Zoo. Monstre hatte sich ja feige aus dem Staub gemacht in seinem Bunker, Goebbels sich eine Kugel in den Kopf gejagt, und Himmler hatte es ebenfalls vorgezogen, seinen Richtern mithilfe einer Zyankalikapsel zuvorzukommen. »Hermann Göring«, kündigte der Captain an, als er die erste Tür aufsperrte. Da saß der ehemalige Universalminister bräsig und mit leerem Gesicht auf einem Stuhl. Erika durfte leider nicht mit ihm sprechen, schade, das war nur offiziell bestallten Vernehmungsbeamten gestattet. Erregtes Zucken in Görings Gesicht, als ahne er, wer da vor seiner Zellentür stand. Weiter ging es zu Alfred Rosenberg und Robert Ley. Rosenberg, Hitlers schlimmster Chefideologe, murmelte beim Anblick Erikas: »Pfui Deubel!« Als NSDAP-Reichsleiter Ley die Besucher sah, begann er zu schreien: »Assez!« Er schlug die Hände vors Gesicht.

Der Captain sperrte Hans Franks Zelle auf. Da saß auch der ehemalige Außenminister Joachim von Ribbentrop und hörte zu, wie der frühere Generalgouverneur im Osten ihm aus der Bibel vorlas. Der Schlächter von Polen und der Ex-Champagnerhändler, wirklich ein reizendes Paar.

Dolibois erläuterte, Hans Frank habe bei seiner Verhaftung versucht, sich umzubringen. »Er hatte ein Messer dabei, sich damit in die Kehle geschnitten und es dann in den Bauch gerammt. Also haben wir den Schurken alles abgenommen, Rasierklingen und dergleichen. Und Göring hatte jede Menge Medikamente in der Tasche.«

In der Zelle, die der Captain nun aufschloss, erwartete sie Julius Streicher, Herausgeber des Hetzblatts *Der Stürmer*. Der Publizist war im Bilde, er erkannte Erika sofort. Mit gespreizten Beinen stand er mitten im Raum, verschränkte die Arme vor der Brust und traf den Nagel auf den Kopf, als er höhnte: »Na, sind Sie gekommen, um all die wilden Tiere im Zoo anzustarren?« Er löste sich aus der Pose. »Dann können Sie auch gleich alles sehen!« Streicher ließ einfach die Hosen herunter. Angewidert drehte sich Erika auf dem Absatz um. Ihr entging nicht, was Streicher sagte: »Du lieber Gott, und diese Frau ist in meinem Zimmer gewesen!«

Noch jetzt, in ihrer jämmerlichen Lage, zeigten diese Idioten, was für ein Abschaum sie waren. Der Zoorundgang war nach einer Stunde beendet. Was Erika gesehen hatte, erinnerte allerdings mehr an ein Affen- als an ein Raubtierhaus. Nein, niederschmetternder. Sie war durch ein Irrenhaus geführt worden. Bad Mondorf, selbst für die taffe Erika ein gespenstisches Abenteuer.

Für ihren Bericht brauchte Erika O-Töne der Mordgesellen; ihr wurde gewährt, einem Vernehmungsbeamten ein paar Fragen aufzuschreiben, die er ihnen überreichte. So erfuhr Erika bald nach der Besichtigung von Camp Ashcan, Göring habe bedauert, dass sie sich ihm bei ihrem Besuch nicht vorgestellt hatte. Denn dann hätte er alles erklärt; und hätte er den Fall Mann seinerzeit höchstpersönlich bearbeitet, dann hätte er die Sache anders gehandhabt. Ein Deutscher von Thomas Manns Format, so Göring, hätte dem Dritten Reich sicherlich angepasst werden können.

Erika tippte ihren Bericht, den peinlichen Vorfall in Streichers Zelle ließ sie lieber aus, und kabelte den Text dem *London Evening Standard.* Hochzufrieden hielt sie die Zeitung vom 13. August 1945 in den Händen. Sie hatte ihre Titelgeschichte bekommen.

Am 14. November 1945 fand sich Erika in Nürnberg ein, als amerikanische Korrespondentin saß sie mit Betty Knox in den Reihen der zu den Kriegsverbrecherprozessen in Nürnberg zugelassenen akkreditierten Journalisten. Erich Kästner, Ernest Hemingway, Stephen Spender, John Steinbeck, Ilja Ehrenburg, die britische Schriftstellerin Rebecca West, Alfred Döblin, John Dos Passos, Janet Flanner, Elsa Triolet – nur einige der rund vierhundert internationalen Berichterstatter, die man hier antreffen konnte. Die zweiundzwanzig Hauptangeklagten boten einen merkwürdigen Anblick, geradezu unwirklich, lauter gewissenlose Verbrecher auf einem Haufen in diesem Gerichtssaal zu sehen, lauter unscheinbare Männer, die für das beispiellose Unheil verantwortlich waren, das sie über den ganzen Erdball heraufbeschworen hatten. Sie saßen apathisch da, als ginge sie das Ganze gar nichts an, mit gelangweilten, beleidigten Mienen, als hätten sie etwas in den falschen Hals bekommen. Im Laufe der Verhandlung kam auch die Rolle der Rüstungsindustrie zur Sprache. Der Krupp-Konzern hatte ordentlich am Krieg verdient, ebenso wie die IG Farben, doch keiner der Firmenbosse wurde hier zur Rechenschaft gezogen. Die fehlende Verantwortung der Industriellen, ein Thema, das Erika bereits beim Frauenkongress 1932 angeprangert hatte. Dass Gustav Krupp von Bohlen-Halbach nicht auf der Anklagebank saß, empörte Erika maßlos.

Angekündigt war die Vorführung von Dokumentarfilmen aus den Konzentrationslagern, das Licht im Saal wurde gedimmt, ein Projektor surrte. Kaum zu ertragende Bilder, die Züge an der Rampe, die ausgemergelten Körper der Menschen in gestreiften Häftlingsanzügen, die Leichenberge. »Schrecklich!« Es war das einzige Wort, das den Angeklagten über die Lippen kam. Hjalmar Schacht, der Reichsbankpräsident und Wirtschaftsminister gewesen war, besaß tatsächlich die Verwegenheit zu behaupten, man dürfe ihn nicht dieser Vorstellung aussetzen. »Ich selbst habe zwei Wochen lang in einem Konzentrationslager gelitten«, sagte er und warf sich in die Rolle des traumatisierten Opfers.

Der von seiner Ilse so heiß zurückerwartete Rudolf Heß schien sich bei der Filmvorführung für einen kurzen Moment aus seiner dauerhaft apathischen Erstarrung zu lösen. »Na endlich etwas Interessantes. Bis jetzt habe ich mich pausenlos gelangweilt. Ich darf kein Buch mehr ins Gericht mitbringen. Heute gab es etwas zu sehen!«

Kein einziger der Mörder zeigte einen Funken Reue. Erika wollte nicht in der Haut der Verteidiger stecken. Wie, verdammt, sollte man etwas verteidigen, was gar nicht zu verteidigen war?

Das erste Weihnachtsfest nach Kriegsende und den Silvesterabend 1945 verbrachten Erika und Klaus in Zürich, in

Gesellschaft von Therese Giehse und Betty Knox. In einer Welt, in der die Staaten wieder gegeneinander aufrüsteten, herrschte kein Frieden. Man sprach über die Zustände, die die Geschwister im besiegten Deutschland angetroffen hatten. Klaus hatte das Konzentrationslager Dachau besucht, auch er hatte Hermann Göring gesehen. Klaus' Treffen mit Richard Strauss in Garmisch, kurz bevor der Komponist am 8. September betagt gestorben war, ließ ihn erschrecken. »Wie kann ein Künstler von seiner Sensitivität in Fragen von Gesinnung und Gewissen so stumpf sein?«, fragte er sich. »Mit sanfter Stimme teilte er uns mit, dass die Nazidiktatur auch für ihn in mancher Beziehung lästig gewesen sei.« Eine Zumutung für den Schöpfer des *Rosenkavaliers*, dass man nun fremde Menschen bei ihm einquartieren wollte, Ausgebombte. »Und stellt euch vor, Hans Frank gehörte seine ganze Sympathie, weil der seine Opern schätzte!«

»Ich kann seine Musik schon lange nicht mehr hören«, sagte Erika angewidert. Riesengroß war ihre Abscheu gegenüber den Mitläufern und Speichelleckern, die weitermachten, als sei nichts gewesen. »Auch Furtwängler ist für mich gestorben.«

Klaus erzählte weiter, von seinem gespenstischen Besuch in Bayreuth, bei Winifred Wagner, der glühendsten Hitler-Verehrerin weit und breit, die ihm erzählt hatte, ungebrochen an den Nationalsozialismus zu glauben. »Wenigstens gibt sie es offen zu«, sagte er. »Die Deutschen zeigen nicht die Spur einer Empfindung von Verantwortung, geschweige denn ein Gefühl von Schuld. Sie begreifen nicht, dass ihre gegenwärtige Misere das unmittelbare, unvermeidliche Ergebnis dessen ist, was das deutsche Volk als Ganzes in den letzten fünf Jahren der Welt angetan hat. Es gibt keine Heimkehr!«

»Das riecht nach einem Titel! Wie wär's, schreiben wir ein neues Buch?«, fragte Erika. »You can't go home again.«

Klaus nickte, berichtete aber begeistert von einem anderen Projekt. Im September war er in Rom gewesen, wo er seinen Entlassungsbescheid aus der Army ausgehändigt bekam. Aus der Bekanntschaft mit dem Regisseur Roberto Rossellini waren die Idee zu einem Film und ein Drehbuch über die Befreiung Italiens vom Faschismus entstanden.

Klaus war überzeugt von *Paisà*. Er war ja Augenzeuge, selbst bei der Befreiung Italiens vom Faschismus dabei gewesen. »Das Drehbuch wird dadurch etwas Zwingendes bekommen«, versicherte er.

Bevor Erika von Zürich aus wieder in die Vereinigten Staaten zurückflog, unterzog sich die Kränkelnde einer eingehenden Untersuchung. »Ich rate Ihnen zu ausgewogener Kost, und vor allem«, der Arzt sah Erika mit väterlicher Sorge im Blick an, »empfehle ich Ihnen eine strikte Abstinenz vom Alkoholischen.« Unterziehen Sie sich einer Entgiftungskur, schonen Sie sich, gönnen Sie sich etwas Ruhe, das hörte Erika immer wieder. Die Ärzte hatten gut reden. »Aus welcher Kraft erträgt man diesen spukhaft provisorischen Aufenthalt – Leben?« Das waren Klaus' Worte gewesen. Die ohnehin nur halbherzig gefassten guten Vorsätze, ein gesünderes Leben zu führen, waren umgehend in den Wind geschlagen. Diese Welt ließ sich nüchtern doch kaum ertragen.

Einigermaßen wieder bei Kräften reiste Erika im Mai 1946 zurück in die USA. Der Vater wartete auf sie, es ging um die Korrekturen an seinem aktuell laufenden Hauptwerk, dem *Doktor Faustus*. Für den Roman über den deutschen Tonsetzer Adrian Leverkühn, der einen Pakt mit dem Teufel eingeht, hatte er wie nebenher bei Wein und Bier Adorno und Schönberg über Notensysteme und Zwölftonmusik ausgequetscht, wenn das mal nicht Ärger gäbe, sobald die beiden das Buch in den Händen hielten. Aneignung geistigen Eigentums, so würden sie es sehen. Hoch über den Wolken, als der Pilot verkündete, die Maschine sei *airborne*, zündete Erika sich eine Zigarette an und atmete tief durch. Die Wirkung des Nikotins und das monotone Gebrumm der Triebwerke versetzten sie in einen entspannten Ruhezustand. Erika schloss die Augen und sah, überlebensgroß wie in einem Traum, den ausgestopften Riesenbären aus der Poschi vor sich stehen, der ihr zutraulich seine braunen Tatzen entgegenstreckte.

*

Der 23. Juli 1949, jener bedeutsame Tag, an dem die Eltern aus Zürich gen Deutschland aufbrechen. Ein diesiger Himmel breitet sich über der Limmat aus und färbt sie bleigrau. Der Vater am Arm der schier unerschütterlichen Katia zeigt Nerven: »Ich reise mit dem Gefühl, als ob es in den Krieg ginge.«

»Na dann, auf in die Schlacht«, so herzlich wünscht Erika den Eltern eine gute Reise, als sie in den Zug nach Frankfurt steigen.

Wochen-, ja monatelang hatten die Eltern also hin und her überlegt, den Gedanken an die mit doppelten Ehrungen aufwartende Deutschlandreise im Herzen bewegt. Waren sich dank Erika über das Politikum klar geworden, welches der Auftritt sowohl in Frankfurt am Main als auch in Weimar bedeutete. Jedes einzelne Wort des Nobelpreisträgers würde man auf die Goldwaage legen. Alles, was er sagte, jede Betonung und jede Nuance, ließe sich als Propaganda und Positionierung zunutze machen für oder gegen den einen oder anderen deutschen Staat. Erika wusste genau, wie die Presse hüben und drüben reagieren würde. Neutralität in dieser Sache war kaum möglich. Setzte der Vater einen Fuß nach Weimar, kam das für die westlichen Medien einem Bekenntnis zur sowjetischen Zone gleich und würde gedeutet werden als ein Beitrag Thomas Manns zur Spaltung Deutschlands. Fuhr er indes nur nach Frankfurt, verriete er seine ganze schöne These, die These vom Goethe'schen deutschen Geist, der erhaben über ideologischen Niederungen und Abgründen schwebte.

Alles oder nichts – im Juni, an einem Abend im Grill des Baur au Lac in Zürich, war die Entscheidung gefallen. Gar nicht fahren ging jedenfalls nicht. Der Vater wollte seine Goethe-Rede unbedingt halten, sowohl in der symbolträchtigen Frankfurter Paulskirche als auch im Deutschen Nationaltheater, der Wiege der Weimarer Republik. So wie sich die Frage nach dem Für und Wider der Reise im Laufe der Zeit hochgeschaukelt hatte, stand sie wie ein Elefant im Raum. Andererseits, das Gewicht, das man ihr in dieser heiklen weltgeschichtlichen Situation beimaß, schmeichelte dem Vater. Längst ließ sich der Eindruck gewinnen, der geladene Gast sei kein Schriftsteller, sondern ein hoher Diplomat, ein Staatspräsident oder gar ein kirchlicher Würdenträger. Vermochte der Vater in Deutschland tatsächlich so geschickt aufzutreten, dass er neutral im Sinne jenes übergeordneten deutschen Geistes sprach, den der große Goethe in seinen Augen verkörperte? War das heutzutage überhaupt möglich? Bei der angespannten Weltlage nach dem Ende des Krieges? Erika trug sich weiterhin mit größten Bedenken.

Am 23. Mai 1949 war das Grundgesetz der Bundesrepublik verkündet worden, am 14. August sollte die Wahl zum ersten deutschen Bundestag stattfinden. Konrad Adenauer von der CDU und der Sozialdemokrat Kurt Schumacher kandidierten fürs Amt des ersten Bundeskanzlers. Das in drei Sektoren zerteilte, unter alliierter Kontrolle stehende West-Berlin war keine Option mehr als deutsche Hauptstadt, also hatte man nach einer Alternative gesucht und per Abstimmung am 10. Mai 1949 für Bonn am Rhein als Regierungssitz votiert.

Adenauer, der aus Köln stammte, hätte sozusagen ein Heimspiel.

In der sowjetischen Besatzungszone wiederum hatten im Mai Wahlen zum 3. Volkskongress stattgefunden, am 7. Oktober würde man unter der Ägide von Wilhelm Pieck den anderen deutschen Staat aus der Taufe heben, die Deutsche Demokratische Republik. Berlin, gar keine Diskussion, sollte Hauptstadt des neuen sozialistischen Staates sein. Viele Kunstschaffende, nicht nur Brecht und Weigel, bekannten sich zu diesem Deutschland. Anna Seghers war seit 1947 in Ost-Berlin, Arnold Zweig seit 1948, Hanns Eisler seit 1949, der Dichter Johannes R. Becher fungierte als Präsident des Kulturbundes und ersann gerade einen Text für die Nationalhymne der DDR. Becher war es um die Rückkehr prominenter Schriftsteller in sein Deutschland zu tun, er warb um Lion Feuchtwanger, Hermann Hesse, die Brüder Mann. Onkel Heinrich war schon im Januar 1947 von ihm eingeladen worden, sich als Präsident der Akademie der Künste in Ost-Berlin niederzulassen. Ein Angebot von äußerst hohem symbolischen Wert, es ließ sich wie eine Art Wiedergutmachung verstehen, denn zwischen 1931 und seiner Flucht 1933 war Heinrich Erster Vorsitzender der Sektion für Dichtkunst der Preußischen Akademie der Künste gewesen. Er freute sich auf solch eine Rückkehr in Ehren, die Frage nach seiner Zukunft in der DDR schwebte seit Bechers Antrag im Raum, und kam die Sprache darauf, schien sich der alters- und gramgebeugte Onkel für einen Moment aufzurichten; sah man ihn jedoch genau an, wuchsen starke Zweifel, ob ihm ein solcher Schritt noch zuzutrauen war. Seit dem Tod der geliebten Nelly, seiner vom Zauberer so wenig geschätzten Frau, die eine Woche vor Weihnachten im Jahre 1944 eine

Überdosis Schlaftabletten genommen hatte, war er ein gebrochener Mann. Der Vater sprach in der Familie schonungslos vom Endzustand, in dem der greisenhaft wirkende Bruder sich befände. Einerseits bedeutete Bechers Einladung eine Perspektive, an der er sich festhalten und aufrichten konnte, doch Heinrich schwankte, knüpfte seine Zusage an die Zahlung eines Reisegeldes und kaschierte damit womöglich vor sich selbst die bittere Erkenntnis, dass seine Kräfte für eine Rückkehr nach Europa und ein Präsidentenamt nicht mehr ausreichten.

Auch Erika packt ihre Koffer, in einer Stunde kommt das Taxi zum Baur au Lac und bringt sie zum Flughafen Klothen, sie will in Amsterdam mit Fritz Landshoff über Klaus' literarisches Erbe sprechen. *Der Wendepunkt* soll in diesem Jahr postum bei Querido herauskommen, auch das geplante Gedenkbuch für Klaus will sie dort unterbringen. Sie könnte Pamela Wedekind um einen Beitrag dafür bitten. Eines Abends, in ihrer Suite im vornehmen Amstelhotel, schreibt sie abermals einen Brief an die alte Freundin: »Danke dafür, dass Du mich eingeladen hast, aber ich kann jetzt nicht nach Deutschland kommen, habe vielmehr, wie Du vielleicht aus den Gazetten ersahest, schwersten Herzens die Eltern allein fahren lassen. Das zu erklären, warum, würde zu weit führen. Lass mich nur hoffen, dass man sich doch in diesem Leben – etwa in der Schweiz – nochmals zusammenfindet.«

Danach hält sich Erika für ein paar Wochen in Ehrwald in Tirol auf, am Fuße der Zugspitze und bei einem alten Mitstreiter aus Zeiten der Pfeffermühle, Magnus Henning. Dort verfolgt sie die Nachrichten über den Deutschlandbesuch ihres Vaters am Radio. Die Eltern, erfährt sie, reisen unter Polizeischutz, vorsichtshalber, denn schon im Vorfeld wurden Morddrohungen laut, wie ehedem von den Schmierern der braunen Presse, darüber können auch die jubelnden Massen nicht hinwegtäuschen, die den Weg der Reisenden an den Main säumen. Am 25. Juli 1949 ist der große Tag, Preisverleihung in der Paulskirche. Seine Rede beginnt Thomas Mann sehr persönlich, spricht über seine Bewegtheit, zum ersten Mal seit seinem ungewollten Aufbruch mit leichtem Gepäck vor sechzehn Jahren wieder auf deutschem Boden zu stehen. »Ich war nicht emigriert, ich war nur auf Reise gegangen. Und plötzlich fand ich mich als Emigrant.«

Erika lächelt. Welche Zerreißprobe damals! Wie viel Überredungskünste hatte sie das gekostet! Nun aber war sie stolz auf ihren Vater, zum überzeugten Europäer war er im Exil geworden. Kaum zu glauben, dass er einst so Preußisch-Strammes geschrieben hatte wie die *Betrachtungen eines Unpolitischen*.

Erika dreht das Radio ein wenig lauter. Seltsam, sie hat doch mitgeschrieben an der Rede, aber im Rundfunk klingt jeder Satz ganz neu und unbekannt. Thomas Mann feiert wortreich die deutsche Sprache als Heimat, die ihm nicht zu nehmen sei; er geißelt das Versagen des Bürgertums, das Hitlers Aufstieg erst ermöglicht hat, bekundet seinen Hass auf das Naziregime, das den Keim des Krieges von Anbeginn in sich trug. »Mehrere meiner Kinder, seltsames Spiel des Schicksals!, nahmen in amerikanischer Uniform an ihm teil«, erklärt er, und Erika vernimmt den Vaterstolz in seinen Worten. Anschließend wird er deutlich: »Ich kenne keine Zonen. Mein Besuch gilt Deutschland selbst, Deutschland als Ganzem, und keinem Besatzungsgebiet. Wer sollte diese Einheit gewährleisten und darstellen, wenn nicht ein unabhängiger Schriftsteller, dessen wahre Heimat, wie ich sagte, die freie, von Besatzungen unberührte deutsche Sprache ist?«

Erika lächelt erneut, nun ein wenig gequält. Spricht da nicht immer noch derselbe rührend naive Zauberer, der sich auch 1933 im guten Glauben gewiegt hatte, sein freier Geist schwebe über allem, selbst über den Aufmarschplätzen von SA und SS? Der in den Wohnzimmern des Dritten Reiches lesehungrige deutsche Frauen hinter zugezogenen Vorhängen imaginierte, die seine Geschichten von Männer- und Geschwisterliebe verschlangen? Nun war Hitler besiegt, aber blüht nicht aufs Neue die Ideologie? Schon jetzt wird doch alles im Anflug marxistisch Verdächtige aus der Bundesrepublik verbannt und umgekehrt, in der DDR, ausgesiebt, was bürgerlich-dekadent erscheint. Der freie Geist, ein hehres Ideal!

Der nächste Satz des Vaters versetzt Erika einen Stich ins Herz, denn da fällt Klaus' Name, »ein Opfer dieser Krisenzeit« nennt er seinen Sohn. Hatte nicht auch Onkel Heinrich die Ansicht geäußert, sein Neffe Klaus sei »von dieser Epoche getötet« worden? Dann endlich, nach langen autobiografischen Ausführungen und kurzer Kunstpause kommt der Vater endlich auf Goethe zu sprechen, die autoritätsgebietende Inkarnation dessen, was er einen freien Geist nannte. »Das ›gute Deutschland‹, das ist die Kraft, gesegnet durchs Musische, gesittete Größe. So konnte ein Deutscher musterhaft werden, Vorbild und Vollender seines Volkes nicht nur, sondern der Menschheit, zu deren Selbst er sein Selbst erweiterte.«

Als Erika am 21. August ihre Koffer wieder im weißen Haus am San Remo Drive abstellt, findet sie die Eltern, die bereits seit zwei Tagen zurück sind, in Mitteilungslaune. Der gemeinsame Abend im Wohnzimmer gehört dem Austausch der Erlebnisse.

»Nein«, sagt Erika und lehnt sich zurück im geblümten Sessel, »Betty ist nicht mehr mitgekommen. She was crazy like hell.«

Die Eltern versuchen gar nicht, ihr Bedauern darüber zu heucheln. »Sie war ja doch ein wenig trivial«, sagt Katia mit einer Handbewegung, als schleudere sie einen Groschenroman in die Sofaecke. Gewogen und für zu leicht befunden.

»Ich habe schlecht und recht standgehalten«, hebt Thomas Mann an, bevor Erika der Mutter etwas entgegnen kann. Auf sie wirkt der Vater allerdings recht wohl. Während der einwöchigen Rückreise auf der New Amsterdam, im Liegestuhl an Deck und bei guten Diners, schien er sich von den Strapazen einigermaßen erholt zu haben. Zu seinen Füßen hat es sich der Pudel gemütlich gemacht.

Gedränge, Ehrentrünke, Blechmusik, die Eltern kommen offenbar von einem nicht enden wollenden Volksfest zurück. In Frankfurt Empfang beim Oberbürgermeister, Besuch des Goethe-Hauses inmitten der Trümmer und Taunus-Fahrt im Automobil, am Tag des Vortrags die von Polizei umstellte Paulskirche bis auf den letzten Platz besetzt. Anschließend, nach vielen Mühen, an die erforderlichen Inter-Zonen-Pässe zu kommen, im Buick durch die sowjetische Zone nach Weimar.

»Die gesamte thüringische Regierung war auf der Landstraße, da wir in Wartha bei Eisenach persönlich eingeholt und durch das in festlichem Aufruhr befindliche Land nach Weimar geleitet werden sollten«, erzählt Katia.

Großer Bahnhof auch dort, Thomas und Katia im offenen Coupé unterwegs zu Goethes Gartenhaus, zu Frauenplan, Liszt-Haus und Fürstengruft, dort andächtige Schweigeminute vor dem Katafalk von Goethe, dem von Schiller. Am 1. August die Goethe-Rede im Nationaltheater, Verleihung der Ehrenbürgerwürde der Stadt und des Goethe-Preises unter Applaus und Akklamationen. Pressefotos zeigen Thomas Mann umringt von weiteren ihm zujubelnden Menschen in festlicher Kleidung und unter den Augen Goethes und Schillers hoch auf ihrem Sockel vor dem Weimarer Schauspielhaus; er schreitet an der Seite Johannes R. Bechers, der ihm in seiner neuen Eigenschaft als Präsident des Kulturbundes die Ehrenurkunde überreicht hatte. Der amerikanische Staatsbürger Thomas Mann wurde hofiert in der jungen DDR.

Katia stimmt kritischere Töne an. »Wir grüßen unseren Thomas Mann«, imitiert sie leiernd die Gesänge der FDJ-Chöre. Das habe sie aufs Unangenehmste an frühere Aufmärsche erinnert, sagt sie, »die von Morgen bis Abend ihr Friedens-Horst-Wessel-Lied grölten. Sogar der gute Becher hat mir da zugestimmt. Ob es richtig war, der dortigen Propaganda als so überaus fetter Bissen zu dienen, bleibt mir zweifelhaft, aber natürlich lässt sich auch manches dafür sagen.«

»Ich habe es euch ja vorher gesagt«, antwortet Erika, »aber ist es nicht einzigartig, dass ein und demselben Manne in zwei spinnefeindlichen Sphären gleichermaßen göttliche Ehren erwiesen werden? Papale, sie umbuhlen dich in beiden Hälften Deutschlands, damit du zurückkehrst.« Überall streckt man ihm die Hand entgegen, eine Rückübersiedlung des Schriftstellers käme einer Akkolade für den deutschen Staat gleich, welchen auch immer.

Der Vater schweigt und schickt einen langen Blick aus

dem Fenster, hinaus auf die Unendlichkeit des Meeres, das dort unten vor dem Fenster liegt, der weite Pazifik, ein tiefer Horizont, der ihm im Laufe der Zeit unersetzbar geworden ist. »Glück des Zuhause-, des Gerettet- und vor der Welt Geborgenseins, die draußen schreien mag«, spricht er wie zu sich selbst.

»Apropos zu Hause, ihr wart doch auch in München«, erinnert Erika brüsk an die anhängigen Verhandlungen mit dem Anwalt.

Thomas Mann schüttelt den Kopf, man ist zwar dort gewesen, hat aber bis jetzt nichts erwirkt. »Die Stadt ist für mich zerlumpte Vergangenheit, für die ich nur noch wenig Herz habe«, sagt er.

»Nein«, fügt Katia hinzu, »auch in der Poschi sind wir nicht gewesen. Wir wollten das alte Heim lieber nicht sehen. Die Kränkung, uns von dort vertrieben zu haben, war doch allzu groß.«

»Übrigens, Heinrich war gestern zum Tee, lange. Will und will nicht«, sagt Thomas Mann leicht entnervt. »Und jetzt sagt er auf einmal auch, dass er sich nicht an eine Volksdemokratie verkaufen wolle.« Noch ist nichts für die Zukunft entschieden, bei niemandem.

Kurz nach zehn verabschieden sich die Eltern in die Schlafgemächer. Ein Duft von Schweizer Fichtenessenz erfüllt bald die oberen Gemächer, der Wasserhahn rauscht. Der Vater nimmt noch ein Bad.

Gewitterstimmung über Kalifornien, schon den ganzen August über. Draußen fernes Donnergrollen, in Thomas Manns Arbeitszimmer Wagnerklänge und Beethoven. Erika klopft an seine Tür, die Stunde der täglichen Lektüre von Post und Presse ist angebrochen, Zeitungsausschnitte, die die Agenturen nach Amerika geschickt haben. Der Vater sitzt mit seinem Brieföffner aus Elfenbein in der Hand am Schreibtisch, vor sich den Aschenbecher und eine angebrochene Cinzanoflasche, im Regal vor den Reihen der Bücher die eingerahmte Erika im Pierrotkostüm, an der Wand Lenbachs Katia-Porträt. Dieser Tage kommen von überall her auch Glückwunschtelegramme und Briefe an, die auf die Goethe-Ansprachen Bezug nehmen. Alma Mahler-Werfel sendet rote Gladiolen. Nicht nur Blumen treffen ein. »Schimpf und Ehr«, sagt Thomas Mann und hält Erika die neue Nummer der Zeitschrift *Die Gegenwart* hin. »Ein Artikel von Friedrich Sieburg.«

»Jeder politisch denkende Deutsche muss aufs Entschiedenste ablehnen, was der Dichter in den letzten Jahren zu diesen Fragen gesagt hat, obwohl so vieles daran richtig war«, liest Erika mit zusammengekniffenen Augen Sieburgs Kommentar über Thomas Manns Haltung zum Dritten Reich. Sie fühlt sich persönlich attackiert, schließlich hat sie dem Vater in den entscheidenden politischen Fragen die Richtung gewiesen, die Weichen gestellt. »Ausgerechnet der alte Nazi Sieburg«, schimpft Erika, »erst trommelt er für den Krieg, und jetzt geriert er sich plötzlich als großer Franzosenfreund.«

»Seltsamer Kopf«, wundert sich Thomas Mann und legt den hysterischen Artikel erst einmal beiseite.

Der Strom an Zuschriften reißt nicht ab. »Haufen von deutschem Zeitungsmist«, kommentiert der Vater die Post auf seinem Schreibtisch, darunter ein weiterer böser Artikel zu Thomas Manns Fahrt in die werdende DDR aus der Zürcher Zeitung *Volksrecht*, mit Bitte um Beantwortung. Ihm liegt die Angelegenheit im Magen. »Was machen wir nun mit der Schweizer Aufregung über Weimar?«

»Dass sowas kommen würde, war ja zu erwarten«, sagt Erika gelassen und gießt sich einen Cinzano ein, »aber ausgerechnet von einem Stockholmer Korrespondenten, Paul Olberg heißt er.« Der Schwede schreibt, dass Thomas Manns Weimar-Besuch selbst in Kreisen »sonst unzweifelhafter Bewunderer« Unsicherheit und Verwirrung ausgelöst habe. »Um es kurz zu sagen: Manche fragen sich, wie Thomas Mann, der so radikal mit Nazideutschland gebrochen und mit so unerbittlicher Schärfe den Kampf gegen Gewalt und Terror geführt hat, die Einladung eines Regimes annehmen konnte, das in nicht minder brutaler Weise Freiheit und Humanität mit Füßen tritt.«

»Das kann ich wirklich nicht unbeantwortet lassen«, sagt Thomas Mann.

Vater und Tochter machen sich an eine Replik. Eri muss die Suppe salzen, immer wieder. Sie nimmt in einem der Sessel in des Vaters Arbeitszimmer Platz. »Bloß eine Rechtfertigung darf es nicht werden«, rät sie, »auf gar keinen Fall.«

Mehrere Tage sitzen die beiden am Entgegnungsschreiben, formulieren, ändern, streichen, ergänzen. Eine Luft zum Schneiden, zwischendurch gehen sie mit dem Pudel Gassi, hören zur geistigen Erbauung Opernplatten. Über Pacific Palisades lastet eine feuchte Schwüle, es wird wieder gewittern. Nach drei Tagen Klausur kommen sie zu folgender Formulierung: »Im Zürcher ›Volksrecht‹ hat jemand geschrieben und mir Aufklärung gegeben, dass in Weimar ein totalitäres System herrsche, dass die deutschen Machthaber dort stark russisch beeinflusst seien und dass es nahe der Stadt ein Konzentrationslager gebe. Ich war ganz verblüfft. Worüber die Leute mich belehren zu müssen glauben.«

Erika nickt es ab. »Ausgezeichnet. Sehr diplomatisch.«

Der Cinzano ist alle, das Mädchen bringt eine neue Flasche. Erika tritt ans Fenster und lässt den Zigarettenrauch heraus. Das Donnergrollen wird lauter, Blitze zucken überm Ozean.

Über der Zusammenarbeit mit dem Vater schwebt eine kardinale Frage, jene, die man sich 1933 so schon einmal stellen musste: bleiben oder gehen, und wenn nicht bleiben, wohin gehen? Für Erika ist sonnenklar, eine Rückkehr nach Deutschland gibt es nicht. »Im Westen sitzen die alten Nazis. Weißt du, wie die Leute dort sprechen werden? Was man für Geschichten serviert bekommen wird von anständigen deutschen Soldaten, von armen Witwen, und dass Hitler auch viel Gutes gemacht hat. Willst du das wirklich hören? Und dann die Lügenmärchen der sogenannten Kollegen!« Erika verzieht das Gesicht, wenn sie an den Schriftsteller Werner Bergengruen denkt, der sich als Star der sogenannten Inneren Emigration feiert und so tut, als sei die Hitlerei über Deutschland gekommen wie eine Naturkatastrophe, ein himmlischer Fluch. »Er gibt Deutschland das Antlitz des leidenden Christus am Kreuz – o Haupt voll Blut und Wunden! Unsäglich. Oder der Romancier Frank Thiess, der wie Gottfried Benn die aufkommende Herrschaft der Nazis als eine ›nationale Revolution‹ begrüßt und sich dann in aller Erhabenheit über das Grauen in einen unbefleckten Raum des Geistes zurückgezogen hat, so seine eigenen Worte. Und das rechnet er sich nun als Verdienst an.« Bergengruen und Thiess hatten sich weggeduckt und waren im Lande geblieben, jetzt wagen sie es, von Emigration zu sprechen. »Von stillschweigendem Widerstand, pfui Teufel«, Erika schüttelt es, vor allem, wenn sie an Klaus denkt, der an der Entwurzelung zerbrochen ist. »Wie gut, Papale, dass du einen anderen Weg gegangen bist. Dass du die Stimme erhoben hast gegen die Nazis.«

Erika ahnt es, eine Ära ist angebrochen, in der niemand es gewesen sein, niemand etwas gewusst haben will. Deutschland, das Land der Lügner und Leugner. Die Trümmerfrauen, die sie in Berlin gesehen hatte, inszenierten sie sich nun nicht als die neuen Heldinnen, die der schmählichen Niederlage trotzten und aufs Neue das Bild vom kraftvollen deutschen Menschen verbreiten halfen? Keine der Frauen war für Erika frei von dem Verdacht, dem verehrten Führer zugejubelt zu haben. Erika macht sich keine Illusionen. In der Bundesrepublik feiert die Restauration fröhliche Urständ, die DDR führt in eine Diktatur.

»In den Zeitungen steht jetzt viel von den beiden deutschen Staaten, die Teilung ist damit zementiert. Und den Osten werden die Sowjets, den Westen die Amerikaner unterstützen«, sagt Thomas Mann.

»Du weißt, was das bedeutet?«, fragt Erika. »Unsere Tage in Amerika sind gezählt, je tiefer der Graben zwischen Ost und West aufreißt. Ja, du hast ja recht, ich liebe unser kalifornisches Zuhause, den american way of life. Aber ich fürchte, wir sind hier nicht mehr erwünscht.«

Thomas Mann verdrängt den Gedanken an einen Weggang aus den USA am liebsten. Etwas Abwechslung von den politischen Fragen bringt der Postbote ins Haus. Am 21. April 1949, also genau einen Monat vor Klaus, ist Viktor Mann gestorben, der wenig geliebte kleine Bruder von Thomas und Heinrich, mit nicht einmal sechzig Jahren; nun ist ein Buch aus Deutschland eingetroffen,

Wir waren fünf. Bildnis der Familie Mann. Die Veröffentlichung seiner Memoiren hat der Verfasser nicht mehr erlebt. Wie sehr er dieses bedaure, diktiert Thomas Mann Erika in einem Dankesbrief an Viktors Witwe in die Feder. »Ich wenigstens bin im frischesten unterhalten und freue mich am herzlichsten der natürlich-heiteren und urwüchsigen Darstellungsgabe des Autors.«

Erika weiß es besser, der Vater hatte nach der Lektüre doch ganz anders über das Erinnerungsbuch gesprochen, es »peinlich« genannt, wenn auch erzählerisch stellenweise oft ausgezeichnet. Ein ganz kurioser Fall, hatte er sich nach der Lektüre gewundert, und zwar »in seiner Lügenhaftigkeit, gutmütigen Beschönigung, Selbst- und Familienverherrlichung und dabei Talentiertheit.«

Von Exil konnte man ja nach all der Zeit gar nicht mehr sprechen. »Meine Anhänglichkeit an dieses Haus«, sagt Thomas Mann. »Ich habe noch nie ein solch schönes Arbeitszimmer besessen.« Seine Fingerspitzen streichen über das Holz der Schreibtischplatte.

Wenig später sieht Erika, wie der Vater den Garten abschreitet, er wandelt unter Palmen, wie Joseph und seine Brüder im alttestamentarischen Ägypten. Das lichte weiße Haus hinter sich zu lassen, es fiele ihm schwer. Werden ihm die Enkelbesuche nicht sehr fehlen, Michaels kleine Söhne Frido und Anthony? Doch längst werden die Manns vom FBI bespitzelt, Erika und Klaus sowieso, und Thomas Mann hatte 1948 in einem Flugblatt davor gewarnt, dass sich in den USA eine spezifische amerikanische Form des Faschismus abzeichne. »We ... are«, schrieb er, »well on our way towards the fascist police state.« Das hatte genügt. Und als in Hollywood unter dem Namen

›Hollywood Ten‹ Filmschaffende gegen die Denunziation von Kommunisten in ihren Reihen protestierten, hatte er sich mit ihnen solidarisiert und befand sich damit in bester Gesellschaft von Humphrey Bogart, Lauren Bacall, Rita Hayworth, Billy Wilder oder Leonard Bernstein. Immerhin sind Thomas und Katia seit Juni 1944 amerikanische Staatsbürger, wird man ihnen denn so schnell etwas anhaben können?

Einsamer wird es werden in Pacific Palisades. Franz Werfel ist 1945 gestorben, aber Alma, seine Witwe, ist noch hier, Salka Viertel, Vicki Baum, die Adornos und Arnold Schönberg. Und ausgerechnet jener Schriftsteller, der das lauteste Loblied auf Stalins Sowjetunion und die Segnungen des Kommunismus gesungen hatte, Lion Feuchtwanger, besitzt das prächtigste Haus der ganzen Emigrantenkolonie. Doch Brecht und Weigel sind seit zwei Jahren fort, in Ost-Berlin feierten sie mit dem eigenen Ensemble schon im Januar 1949 Premiere mit *Mutter Courage*. Max Horkheimer will nach Frankfurt zurück so wie viele, denen der Boden hier zu heiß wird. Ach ja, auch Bruno Walter ist noch im Lande. Im März 1945 war seine Frau Else gestorben. Endlich, hätte man denken können, freie Bahn für Erika. Aber nein. Es blieb bei einem diskret amourösen Verhältnis mit dem deutlich Älteren, obwohl Erika nun einfach zu Bruno Walter hinübergehen konnte, ohne Eifersuchtsszenen einer Ehefrau befürchten zu müssen. Seit Klaus' Tod hat Erika zum Glück nicht mehr an ihn gedacht, an den Dolchstoß, den der einstige Geliebte, der schon in Kindertagen abgöttisch Verehrte ihr im vergangenen Jahr versetzt hat, mitten ins Herz. Nicht nur, dass der Dirigent mit Tochter Lotte statt mit ihr als Begleitung auf Konzertreise nach Zürich und Wien gegangen war; er hatte Erika in nüchternen Worten unterbreitet, endgültig einen Schlussstrich unter das Verhältnis mit ihr ziehen zu wollen. Dahinter steckte eine andere Frau, abermals eine Sängerin, Delia Reinhardt, die er 1915 entdeckt hatte, nun hatte er ihr in der Nachbarschaft ein Haus gekauft, um sie in seiner Nähe zu haben. Ist diese traurige Geschichte nicht ein Grund mehr, Amerika den Rücken zu kehren?

In einem offenen Brief war Thomas Mann im August von Walter von Molo gebeten worden, in die Heimat zurückzukehren. In seiner ausführlichen Antwort wies er solches Ansinnen von sich: »Ja, Deutschland ist mir in all diesen Jahren doch recht fremd geworden. Es ist, das müssen Sie zugeben, ein beängstigendes Land. Ich gestehe, dass ich mich vor den deutschen Trümmern fürchte – den steinernen und den menschlichen.«

»Ich sehe nur einen gangbaren Weg zurück nach Europa, in die Schweiz«, sagt Erika, »das Land des ersten Exils, schließlich waren wir bei den Eidgenossen schon mal zu Hause.« Der Vater wird kommendes Jahr fünfundsiebzig, dieses Geburtstagsjubiläum beging man womöglich an einer neuen Adresse. Die Schweiz als Alterssitz, warum nicht?

»Ich werde das Meer sehr missen«, sagt Thomas Mann. Als Junge im Badedress am Strand von Travemünde, später auf Hiddensee und im Sommerhaus in Nidden, die Zwischenstation an der Côte d'Azur, nun lag dem Vater ein ganzer Ozean zu Füßen. Hoch spannte sich der blaue Himmel, der Sunset Beach garantierte das tägliche Bad in den Wellen, die Ocean Avenue den täglichen Spaziergang unter ägyptischen Palmensäulen, bei dem der Vater Inspiration fand, allein oder in Begleitung von Katia oder

Erika. Man war 1933 nicht freiwillig gewandert, ausgewandert, und dennoch schien es, als habe sich das Meer vor der Türe entsprechend zum Anwachsen des väterlichen Ruhms mit jedem neuen Domizil vergrößert und ausgedehnt. Er würde nur schweren Herzens Abschied nehmen. Könnte er sich mit dem Zürichsee vor dem Fenster trösten?

»Das Gebirge hat auch seinen Reiz«, sagt Erika, »denk an den ›Zauberberg‹.«

Gerade erst wurden kostspielige Erneuerungen am kalifornischen Haus vorgenommen, vor allem in den Badezimmern. Gegen die genäschigen Ratten, die kürzlich eine ganze Blechschachtel mit Schokolade leer gefressen haben, wird man dringend vorgehen müssen, ein Kammerjäger ist bestellt. Der Alltag am San Remo Drive geht weiter seinen Gang, als säße man nicht schon auf gepackten Koffern.

Erika durchmisst den Garten, der Eukalyptus duftet, die Zitronenbäume verströmen ihren frischen Wohlgeruch, sie blickt hinauf zum unerbittlich blauen kalifornischen Himmel, nur durchschnitten von sich kreuzenden Kondensstreifen. Auf der Tischtennisplatte eine abgelegte Kelle, wer hat da zuletzt ein Match gespielt? Eine ausgetretene Stelle auf der Rasenfläche, wo keiner mehr steht. Überall Spuren von Klaus' fehlender Gegenwart, sein Jackett auf einem Bügel im Kleiderschrank, seine ungelesenen Bücher neben dem Bett, in dem er vor seinem Aufbruch nach Europa zuletzt geschlafen hatte; im Badezimmer kann Erika eine einfache Zahnbürste zu Tode erschrecken. Jeden Tag aufs Neue trifft es sie wie ein Blitz aus heiterem Himmel, Klaus ist tot und kommt nicht wieder, nie mehr. Gretel hatte ihren Hänsel nicht gerettet.

Erika denkt an das letzte Wiedersehen mit dem Bruder

im vergangenen März. Sie saßen in den Wohnzimmersesseln im Salon, Klaus mit diesem Schundblatt, dem Münchner *Echo der Woche* in den Händen. »Unfassbar«, sagte er, »Salonbolschewisten, das sind wir also in ihren Augen.«

Der Artikel, der Erika und Klaus die Fassung raubte, stellte die Frage »Vor einem neuen Novemberputsch?« und suggerierte im Untertitel prompt die Antwort: »Erika Mann als kommunistische Agentin – Stalins 5. Kolonne am Werk«. Klaus wurde als »volksdemokratisch beeinflusster Tausendsassa« tituliert.

Der Tausendsassa löste bei ihm eine unangenehme Assoziation aus, erinnerte ihn an eine Erzählung des Vaters: »*Unordnung und frühes Leid*, wo er mich alias Bert zum Hanswursten macht, der nichts weiß und nichts kann.«

Auslöser der Pressehetze waren Erikas Äußerungen in einer amerikanischen Radiosendung gewesen, wo sie Stellung zur Berlin-Frage bezogen hatte. Während der Blockade hatte sie als Alternative zu einem Rückzug der Alliierten oder einem Krieg um die in Sektoren zerlegte Stadt für ein Verbleiben der Amerikaner in Berlin plädiert, und zwar »zu einem zumutbaren Preis, der mit Moskau zu vereinbaren wäre.« Verhandlungen mit Moskau, für das *Echo der Woche* eine rote Linie.

Für Erika war klar, der Artikel verlangte nach einer gepfefferten Antwort. Gemeinsam verfassten die Geschwister einen langen Brief an die Redaktion. Sie drohten dem Chefredakteur Harry Schulze-Wild wegen Verleumdung einen Prozess an. »Der Artikel ist gleich doppelt schlimm«, sagte Klaus, »nicht nur, dass uns unser Engagement im Kampf gegen den Faschismus nicht gedankt wird, du wirst auch noch in eine Schublade gesteckt.«

»Dabei bin ich überhaupt keine Kommunistin«, sagte sie aufgebracht, »deren Parole ist Klassenkampf nach blutiger Melodie!« Sie redete sich weiter in Rage: »Ich hasse die Kommunisten! Denn warum? Aus tausend Gründen, allgemeiner Natur. Dann aber auch, weil jede Zusammenarbeit mit ihnen es lehrt, dass sie genau lügen wie die Nazis, aber auch ganz genau so, dass sie einen immer in der niederträchtigsten Weise hineinlegen und dass sie einen benützen, wobei sie im Übrigen natürlich fürchterlich unbegabt sind.«

Es kam noch ärger. In einem weiteren Artikel wurden Töne angeschlagen, deren *Stürmer*-Tonfall Erika an jene Hetzreden erinnerte, gegen die sie schon mal prozessiert hatte, im Jahr 1932. »Erika ist bekanntlich von frühester Kindheit an das Enfant terrible der Familie Mann gewesen, dem, wie das leider bei Dichterfürsten häufig der Fall ist, von Anfang an die leitende Hand des väterlichen Erziehers gefehlt hat; nur so ist ihr seit ihrer Pubertät datierender snobistischer Kulturbolschewismus erklärlich, aus dem sie dann mangels Fähigkeiten eine schriftstellerische Einnahmequelle gemacht hat.« Es war zum Heulen.

»Für mich ist das ein Beweis, dass ich recht behalten habe«, sagte Erika. »Es ist schlecht bestellt um die demokratische Gesinnung in Deutschland.«

Am 1. Oktober 1946 waren schließlich alle Urteile in den Nürnberger Prozessen gesprochen worden. Todesstrafen für die führenden Köpfe des Dritten Reiches, am 16. Oktober wurden sie vollstreckt, die Asche der verbrannten Leichname in einen Bach gestreut, der in die Isar mündete. Der greisenhafte Herrenreiter Franz von Papen war freigesprochen worden, ebenso Hjalmar Schacht. Die Vertreter der Industrie ließ man ungeschoren davonkommen, so wie die Mehrzahl der willigen Handlanger, die ja nur die Befehle der Nazis ausgeführt hatten.

»Das ist die schöne neue Bundesrepublik«, sagte Erika scharf. »Generalamnestie für alle.«

»Bei den Opfern hat sich noch keiner entschuldigt. Niemand kommt auf die Idee, die Emigranten wieder willkommen zu heißen in ihrem Heimatland. Wie sollen wir wieder Fuß fassen in Deutschland? Das ist nicht mehr unser Land.«

»Wir haben die Stimme gegen den Faschismus erhoben, und das macht uns nun zur persona non grata, jeden von uns.« Klaus machte seiner Enttäuschung über all die nicht realisierten Projekte Luft, seine nicht verlegten Bücher. Auch die so aussichtsreiche Kooperation mit Rossellini hatte sich ohne erklärbaren Grund zerschlagen, der Film *Rom, offene Stadt* feierte im Dezember 1946 in Italien Premiere, Klaus' Mitarbeit wurde nicht mal erwähnt.

»Ist weitere politische Betätigung möglich in der politischen Nachkriegsgegenwart Europas?«, diese grundsätzliche Frage stellte Klaus in seinem letzten Essay, *Europe's Search for a new Credo*. Der Gesellschaft fehlt eine einende Vision, wohin man blickt nur widerstreitende Ideologien, Kommunisten und Antikommunisten, Mystiker und Existenzialisten, jeder kocht seine eigene Suppe. »Der Kampf zwischen den beiden anti-geistigen Riesenmächten – dem amerikanischen Geld und dem russischen Fanatismus – lässt keinen Raum mehr für intellektuelle Unabhängigkeit und Integrität.« Erika übersetzt Klaus' nachgelassenen Essay Wort für Wort, Satz für Satz aus dem Englischen ins Deutsche. *Die Heimsuchung des europäischen Geistes*, unter dem Titel wird sie ihn veröffentlichen. Als sie zum Schluss kommt, ist sie zutiefst erschrocken. Klaus zeigte einen Ausweg aus der Trostlosigkeit auf. Doch die Lösung, die er anbot, war schockierend und endgültig. Er rief auf zum Selbstmord als Protest, zum Freitod als letzter möglicher Verweigerungsgeste des Individuums. Klaus sah keine Hoffnung mehr für die Menschheit. Der Kampf war verloren.

Im März 1949 hatte Klaus seine Koffer zum letzten Mal gepackt, im Begriff, die Neu-Poschi ein weiters Mal zu verlassen, er wollte nach New York, von dort weiter nach Amsterdam und Paris. Erika wappnete sich innerlich für die Vortragstournee des Vaters nach England und Schweden. In Europa wollten die Geschwister sich wiedersehen, wo genau, stand noch nicht fest. An Tag von Klaus' Abreise war Erika mit Botengängen für die Eltern beschäftigt, und als sie aus der Travel Agency wiederkam, wo sie länger auf Reiseunterlagen hatte warten müssen, war der Bruder schon fort. Erika schob ihre Sorgen um ihn weit weg. Erst ein halbes Jahr ist das her.

*

Erika stürzt sich mit Verve in die Arbeit am Gedenkbuch für Klaus, bittet Lion Feuchtwanger und Bruno Walter um einen Beitrag, die alte Freundin aus München Anette Kolb und Hermann Kesten, Max Brod, natürlich Heinrich und Thomas Mann, die Engländer, warum nicht Wystan, er ist immer noch Erikas Ehemann? Sie wendet sich an Peter de Mendelsohn, Alfred Neumann, Upton Sinclair, sogar an Gottfried Benn, und auch der sagt tatsächlich zu.

»Dass du ihn überhaupt gefragt hast«, sagt Thomas Mann, »wo er doch zu den Fehlgeleiteten gehört, die im Lande geblieben sind.«

Benn hatte nicht zuletzt dank Klaus' scharfer Replik auf seine Verirrung bald erkannt, welch falschen Götzen er huldigte, und von dem, was als Dichtung im Dritten Reich gefeiert wurde, als »deutschem Dreck« gesprochen. Erika lässt Milde walten mit dem großen Expressionisten. Eine erste Antwort ist bereits eingetroffen, Absender Christopher Isherwood, Erika öffnet das Kuvert. »His character had a dark side of melancholy«, beginnt sie zu lesen, bevor ihr die Stimme versagt, sie liest schweigend weiter, sammelt sich wieder und trägt tapfer den Schluss des Textes vor: »He found no permanent companion on his journey.« Und sie selbst? Erikas ständiger Begleiter auf der Lebensreise? Ihr Blick trifft sich mit dem des Vaters. In seiner Nähe stellt sich ein unbedingtes Geborgenheitsgefühl ein, und nur dort, immer wieder ist Heimat bei ihm, hier findet sie Ruhe am Ende einer rastlosen Fahrt. Sie ist dem

Vater seit je enger verbunden als Klaus es je war, der sich am Genie des Altvorderen maß und aufrieb, sein Leben lang aus seinem Schatten zu treten versuchte. Wie lange wird er ihr noch erhalten bleiben, der gute alte Zauberer, wie viel Zeit wird ihm noch gegeben sein auf Erden? Vor drei Jahren hat er sich einer Lungenoperation unterziehen müssen, ein Bronchialkarzinom, seither klagt er oft über das Nachlassen seiner Vitalkräfte. Erika weiß um seinen erklärten Ekel vor den täglichen postalischen Anforderungen. Sein Reden von Lebensüberdruss und Verlangen nach Abberufung in letzter Zeit gibt ihr sehr zu denken. Aber noch dreht er regelmäßig seine Runden, die Spazierstöcke an der Garderobe stehen Spalier. Hier im Arbeitszimmer, beim Vater, der ihr mit ruhiger Stimme Briefe und Reden diktiert, auf ihre Einwände und Gegenvorschläge wartet und auf ihr Lob, ist sie Klaus am nächsten. Hier ist der sichere Hafen, und immer wieder hier den Anker werfen, durchatmen und Kraft schöpfen zu können für die nächste Schlacht, das war doch die Bedingung des Kampfes gegen das Böse gewesen. Ja, Erika bleibt dabei, sie will dem Vater zur Seite stehen, bis zum Schluss. Wohin man auch ginge, man ginge gemeinsam.

Thomas Mann stiftet das Vorwort zum Gedenkbuch. Beim Lesen ist Erika wieder zum Heulen. Er schreibt über sie, seine Älteste: »Sie hat um das Bleiben des Abgeneigten, Fortstrebenden gerungen, wie außer ihr nur noch seine gute Mutter; und durfte sie nicht immer wieder hoffen, den Weggenossen zu halten? Er wollte ja brav sein, wollte seinen Mann stehen in diesem Leben und hat es getan in einem Maß, das ich heldenhaft nenne bei Einem, dem Todessehnsucht früh im Herzen keimte. Seit wann? Wahrscheinlich seitdem seine Kindheit endete. Sie endete, diese spielerisch-übermütige und begabte Kindheit, eigentlich erst mit dem Exil.«

Absagen zum Gedenkbuch nimmt Erika persönlich. »Was für eine unerhörte Geringschätzung gegenüber einem Toten. Fehlende Pietät.« Sie tobt und schreit und wütet: »Eine Absage ist ein Schlag ins Gesicht.«

Schlimmer als gar kein Text über Klaus ist ein Text über Klaus, der Erika nicht passt. Ludwig Marcuse hatte einen Nachruf lanciert, der im New Yorker *Aufbau* erschienen war. »Was für ein verhuschtes und verklatschtes Bild er von Klaus hingeschludert hat! Dabei hat er ihn nicht einmal gekannt! Mit seiner sogenannten Trauer hat er mich sehr gekränkt.«

Nun ist der Vater neugierig, was Marcuse denn um Himmels willen geschrieben habe.

»Er schreibt von ›vielen Talenten‹, die Klaus besessen habe«, echauffiert sich Erika. »Es wird sich herausstellen, dass er keineswegs (wie etwa ich!) ›viele Talente‹, sondern das reichste, blühendste, übrigens gescheiteste und ehrlichste Talent war oder besaß, das diese Generation aufzuweisen hatte.«

Katia findet Erika zu streng, ihren erbitterten Kampf um die Deutungshoheit über Klaus und sein Werk. »Wer kann es ihr eigentlich recht machen? Sie kann doch nicht wollen, dass ihr Klaus-Buch zur Hagiografie gerät.«

Die selbstherrlich geratenen Zeilen von Schwager Borgese erregen Erikas Zorn noch mehr als Marcuse. »Immer von oben herab, der Herr!« Auch Monika, die sowieso nichts richtig machen kann, schickt einen Beitrag über den verstorbenen Bruder, der kaum zu Erikas Besänftigung beiträgt. »Abgelehnt! Da schreibt sie doch tatsächlich unverblümt von seiner Einsamkeit und über das Obdachlose seiner Argumente!« Sie schiebt das betippte Blatt Papier zum Vater über den Tisch und lässt weiter Dampf ab: »Ein typischer Mönle-Erguss, künstlich poetisch und unerträglich peinlich in ihrem Bestreben, originell zu sein. Lächerlich!«

»Aber dass das Kind gar so schwierig sein muss«, klagt Katia, als Erika türenknallend hinausgestürzt ist.

Wen Katia nun meine, Erika oder das Mönle, fragt Thomas Mann.

Über Monika kein weiteres Wort, Katia meint das Erikind. »Hoffentlich reißt sie sich ein bisschen am Riemen. Wenn sie getrunken hat und ihre Stimme zu schlingern beginnt, ist es noch schlimmer, na, Hauptsache, sie schmeißt keine Gläser gegen die Wand. Aber ihre ruppige Art ist noch ärger geworden, seit sie Klaus verloren hat.«

»Sie braucht eben den Kampf, eine Schlacht, in die sie sich kopfüber hineinstürzen kann.« Thomas Mann spricht von Erikas vulkanischem Temperament, von Kindesbeinen an und weiterhin ungebrochen. »Ich brauche ihren Vigor«, so drückt er sich aus, die Älteste mit ihrer Tatkraft und Leidenschaftlichkeit ist sein Lebenselixier, sein kühnes, stolzes Kind. Als Sekretärin und Adjutantin ist Erika ihm unverzichtbar.

Der 9. November 1949, Erikas Geburtstag, ihr vierundvierzigster und der erste ohne Klaus. Das schwierige erste Jahr. Lauter erste Male ohne. Gratulanten treffen ein, Max Horkheimer, Lotte Walter. Die Gäste nehmen im Wohnzimmer auf neu gepolsterten und bezogenen Lehnstühlen Platz. Man spricht über die deutsche Frage, den diesjährigen Literaturnobelpreisträger William Faulkner, die Gründung der Volksrepublik China. Horkheimer berichtet von den Fortschritten bei der Neuetablierung des Instituts für Sozialforschung in Frankfurt am Main, und der Vater klagt, dass er bei all der Beantwortung von Anfragen und Post sein laufendes Hauptwerk nicht vernachlässigen dürfe, einen launigen Roman über den Mönch Gregorius, der nach dem Sündenfall bis auf den Heiligen Stuhl gelangt; ja, es gehe bei der Sünde um Inzest unter Geschwistern, erläutert Thomas Mann, und Lotte Walter fällt sofort wieder das *Wälsungenblut* ein. Erika wirkt abwesend, das Gespräch rauscht an ihr vorbei, inmitten der konversierenden Gesellschaft fühlt sie sich unendlich allein. Einsamer als jemals in einem Hotelzimmer, von allen guten Geistern verlassen, so wie an jenem Tag in den Dolomiten, als Klaus ihr einfach auf dem abschüssigen Gebirgsweg davonfuhr.

Eine Frage reißt Erika aus ihren Gedanken. »Wie läuft es denn mit dem Gedenkbuch für Klaus?«

»Gut«, antwortet sie einsilbig. »Bestens.«

Nicht mal der Champagner schmeckt Erika heute, sie ist müde, erschöpft von einem Kampf um Erlösung in der echten Empfindung, an die sie so schwer herankommt, so gut ist sie gepanzert, der sie hinterherläuft durch die Welt, gesucht in Liebesabenteuern, fatalen Beziehungen und in Drogen, verbarrikadiert hinter saloppen Vokabeln des Familienjargons und ausgesperrt aus dem Leben, in dem es immer nur heißt: weiter, weiter. Eine neue Flasche Schampus wird entkorkt, Katia schlägt vor, eine Schallplatte aufzulegen, als Erika sich beizeiten von den Gästen verabschiedet und in ihr Zimmer hinaufgeht. Keiner hält sie zurück, jeder denkt an Klaus. Auf der Treppe fallen Erika Zeilen ein, die Klaus für ihre Pfeffermühle zu Papier gebracht hatte: »Wir können doch nichts schaffen, als nur jeden Tag uns Mühe geben, diese arme Welt dem etwas ähnlicher zu machen, was unser stolzer Bruder, der Leichtgewordene, ertragen hätte.« Sie will es versuchen.

Nachts pfeift ein Sturm ums Haus und zaust die Palmen vor den Fenstern, morgens ist alles still, brütende Hitze schon am frühen Vormittag. Das auch für subtropische Breiten außergewöhnlich warme Herbstwetter hält über Klaus' Geburtstag am 18. November an. Früh am Morgen tritt Erika ans geöffnete Fenster und schaut in Richtung Meer. In der Ferne, am Horizont, gleitet ein Dampfer dahin, der Schornstein schreibt ein rauchiges Orakel in den Himmel. Das rettende Schiff, es kam immer wieder, nur nicht für Klaus. Der Gedanke an ihn ist erfüllt von schwermütiger Sehnsucht, von Trauer, die hoffentlich immer leichter wird mit der Zeit und sich verwandelt ins Glück des Erinnerns. Nichts darf sie vergessen, keine Geste von ihm, wie er die Zigarette zwischen den schlanken Fingern hielt, wie er sprach, seine sanfte Stimme, die fordernden Wortkaskaden, wie er lachte, sein hohes, ironisches Lachen, sein melancholischer Blick. Nur nichts vergessen. Gemeinsam auf dem großen Schiff am Rande des Wiesenmeers. In den langen Ferien in der bayerischen Urheimat, jeder von uns auf einem Knie des Zauberers im Landhaus in Bad Tölz. Die spitzen Steine auf den Bergwegen in den Alpen, der Duft der sonnenbeschienenen Weiden nach dem Regen. Weißt du noch, Aißi? Einträchtig unterwegs in bunt bestickten Leinenkitteln im Herzogpark und Hand in Hand, zwei Königskinder auf den Fluren der Zimmerfluchten bei den Urgreisen in der Arcissi, die Aufregung am Weihnachtsabend, Lichterglanz in der Poschi, vorbei am großen braunen Bären im Flur und auf Zehenspitzen gespannt lauschend vor der Tür des Zauberers, hinter der lautlos magische Momente verstrichen, oh, wie München leuchtete für uns. Mit vom kühlen Fahrtwind zerzaustem Haar im offenen Wagen, nachts, on the road again, das wilde Berlin, euphorische Höhenflüge auf dem Tanzboden einer zwielichtigen Berliner Kaschemme am Nollendorfplatz bis zum Morgengrauen, der Duft süßer Parfüms, schweren Tabaks, des Zauberkräutleins Haschisch. Der Wind in den Dünen von Hiddensee, die frühen erotischen Triumphe, die Skyline von New York, das Bedford, erste neugierige Schritte auf dem Broadway und die Fifth Avenue hinunter. Der Geschmack der Ananas in Honolulu, die salzige Luft am Meer und die Aufbruchsstimmung im Hafen. Seit an Seit unter Palmen an der Riviera und in Pacific Palisades, unser abenteuerlicher Bummel durch die Welt, rundherum, weißt du noch, Klaus, unser fantastisches Leben, unsere mystische Einheit? Die vielen Hotelzimmer, in denen wir die Koffer abstellten und sofort die Tische freiräumten, Väschen und Deckchen beiseite, um Platz zu schaffen für unsere Manuskripte und die Zeitungen und für die Schreibmaschinen?

Erika steht lange am geöffneten Fenster. Weh ist ihr ums Herz. Da draußen das große Schiff am Horizont zieht vorbei, Erika sieht Klaus an der Reling stehen, im weißen Anzug, eine zusammengerollte Zeitung unter dem Arm, und er winkt, winkt ihr zu, bis das Schiff sich ihrem Blick entzieht und weit in der Ferne verschwunden ist. Sie sieht sich selbst dort an Deck stehen, im weißen Anzug neben ihm, unterwegs zum nächsten Ziel, hinaus aufs Meer und auf zu neuen Ufern. Jedes kleine Mädchen braucht einen Klaus. Und jedes große, kein Ich ohne ein Du. Wir treffen uns im Unendlichen, Klaus, eines Tages. Du weißt, wir reisen als Zwillinge.

Literatur

... von Familie Mann

Mann, Erika: Briefe und Antworten (2 Bände. 1922–1950, 1951–1969). dtv, München, 1988.

Mann, Erika: Zehn Millionen Kinder. Die Erziehung der Jugend im Dritten Reich. Rowohlt, Reinbek, 1997.

Mann, Erika: Blitze überm Ozean. Aufsätze, Reden, Reportagen. Rowohlt, Reinbek, 2001.

Mann, Erika und Klaus: Rundherum. Abenteuer einer Weltreise. Rowohlt, Reinbek, 1982.

Mann, Erika und Klaus: Das Buch von der Riviera. Silver & Goldstein, Berlin, 1989.

Mann, Erika und Klaus: Escape to life. Deutsche Kultur im Exil. Rowohlt, Reinbek, 1996.

Mann, Golo: Erinnerungen und Gedanken. Eine Jugend in Deutschland. S. Fischer, Frankfurt/M., 1986.

Mann, Katia: Meine ungeschriebenen Memoiren. S. Fischer, Frankfurt/M., 1976.

Mann, Klaus: Treffpunkt im Unendlichen. Rowohlt, Reinbek, 1981.

Mann, Klaus: Der fromme Tanz. Rowohlt, Reinbek, 1986.

Mann, Klaus: Der Wendepunkt. Ein Lebensbericht. Rowohlt, Reinbek, 1987.

Mann, Klaus: Briefe und Antworten 1922–1949. Edition Spangenberg, München, 1987.

Mann, Klaus: Der siebente Engel. Die Theaterstücke. Hg. von Uwe Naumann u. Michael Töteberg. Rowohlt, Reinbek, 1989.

Mann, Klaus: Tagebücher in 6 Bänden. Edition Spangenberg, München, 1989–1991.

Mann, Klaus: Kind dieser Zeit. Rowohlt, Reinbek, 1991.

Mann, Klaus: Die neuen Eltern. Aufsätze, Reden, Kritiken 1924–1933. Hg. von Uwe Naumann u. Michael Töteberg. Rowohlt, Reinbek, 1992.

Mann, Monika: Vergangenes und Gegenwärtiges. Erinnerungen. S. Fischer, Frankfurt/M., 2001.

Mann, Thomas: Buddenbrooks. Verfall einer Familie. S. Fischer, Frankfurt/M., 1960.

Mann, Thomas: Goethe's Laufbahn als Schriftsteller. Zwölf Essays und Reden zu Goethe. S. Fischer, Frankfurt/M., 1982.

Mann, Thomas: Die Entstehung des Doktor Faustus. Roman eines Romans. S. Fischer, Frankfurt/M., 1984.

Mann, Thomas: Tagebücher 1949–1950. S. Fischer, Frankfurt/M., 1991.

Mann, Thomas und Heinrich: Briefwechsel 1900–1949. Hg. von Hans Wysling. S. Fischer, Frankfurt/M., 1995.

… über die Manns

Andert, Karin: Monika Mann. Eine Biografie. mareverlag, Hamburg, 2010.

Fritz, Susanne (Hg.): Klaus Mann. Der Kaplan. Drehbuch für Roberto Rosselinis Filmklassiker Paisà (1946). Wallstein, Göttingen, 2020.

Holzer, Kerstin: Monascella. Monika Mann und ihr Leben auf Capri. dtv, München, 2022.

Jasper, Willi: Carla Mann. Das tragische Leben im Schatten der Brüder. Propyläen, Berlin, 2012.

Jens, Inge: Am Schreibtisch. Thomas Mann und seine Welt. Rowohlt, Reinbek, 2014.

Keiser-Hayne, Helga: Erika Mann und ihr politisches Kabarett ›Die Pfeffermühle‹. Texte, Bilder, Hintergründe. Rowohlt, Reinbek, 1995.

Kesting, Hanjo: Thomas Mann. Glanz und Qual. Wallstein, Göttingen, 2023.

Kröger, Ute: ›Wie ich leben soll, weiß ich noch nicht‹. Erika Mann zwischen ›Pfeffermühle‹ und ›Firma Mann‹. Ein Porträt. Limmat, Zürich, 2005.

Krüll, Marianne: Im Netz der Zauberer. Eine andere Geschichte der Familie Mann. Arche, Zürich, 1991.

Lahme, Tilmann: Die Manns. Geschichte einer Familie. S. Fischer, Frankfurt/M., 2015.

Lahme, Tilmann, Holger Pils u. Kerstin Klein (Hg.): Die Briefe der Manns. Ein Familienporträt. S. Fischer, Frankfurt/M., 2016.

von der Lühe, Irmela: Erika Mann. Eine Biographie. Campus, Frankfurt/M., 1993.

von der Lühe, Irmela (Hg.): Mein Vater, der Zauberer. Erika Mann. Rowohlt, Reinbek, 1996.

von der Lühe, Irmela: Erika Mann. Eine Lebensgeschichte. Rowohlt, Reinbek, 2009.

Mayer, Hans: Thomas Mann. Suhrkamp, Frankfurt/M., 1980.

Möller, Hildegard: Die Frauen der Familie Mann. Piper, München, 2004.

Naumann, Uwe: Klaus Mann. Rowohlt, Reinbek, 1984.

Naumann, Uwe (Hg.): »Ruhe gibt es nicht, bis zum Schluss«. Klaus Mann (1906–1949). Bilder und Dokumente. Rowohlt, Reinbek, 1999.

Naumann, Uwe mit Astrid Hoffmann (Hg.): Die Kinder der Manns. Ein Familienalbum. Rowohlt, Reinbek, 2005.
Neumann, Harald: Klaus Mann. Eine Psychobiographie. Kohlhammer, Stuttgart, 1995.
Roggenkamp, Viola: Erika Mann. Eine jüdische Tochter. Über Erlesenes und Verleugnetes in der Familie Pringsheim. S. Fischer, Frankfurt/M., 2005.
Strohmeyr, Armin: Dichterkinder. Liebe, Verrat und Drama – der Kreis um Klaus und Erika Mann. Piper, München, 2020.
Weidermann, Volker: Mann vom Meer. Thomas Mann und die Liebe seines Lebens. Kiepenheuer & Witsch, Köln, 2023.
Wendt, Gunna: Erika Mann und Therese Giehse. Eine Liebe zwischen Kunst und Krieg. Piper, München, 2018.
Wisskirchen, Hans: Die Welt der Buddenbrooks. S. Fischer, Frankfurt/M., 2008.

Weiterführende Literatur

Bommarius, Christian: 1949. Das lange deutsche Jahr. Eine lebendige Geschichte der Nachkriegszeit. Droemer Knaur, München, 2018.
Döblin, Alfred: Schicksalsreise. S. Fischer, Frankfurt/M., 2014.
Flügge, Manfred: Wider Willen im Paradies. Deutsche Schriftsteller im Exil in Sanary-sur-Mer. Aufbau, Berlin, 1996.
Flügge, Manfred: Traumland und Zuflucht. Heinrich Mann und Frankreich. Insel, Berlin, 2013.
Fry, Varian: Auslieferung auf Verlangen. Die Rettung deutscher Emigranten in Marseille. S. Fischer, Frankfurt/M., 1995.
Krell, Max: Das alles gab es einmal. Scheffler, Frankfurt/M., 1961.

Mahler-Werfel, Alma: Mein Leben. S. Fischer, Frankfurt/M., 1960.
Mühsam, Erich: Unpolitische Erinnerungen. Aufbau, Berlin, 2003.
Neumahr, Uwe: Das Schloss der Schriftsteller. Nürnberg '46. Treffen am Abgrund. C.H. Beck, München, 2023.
Walter, Hans-Albert (Bearbeitung): Fritz H. Landshoff und der Querido Verlag 1933–1950. Marbacher Magazin, Sonderheft 78/1997.
Wedekind, Kadidja: »Wedekind und seine Kinder.« In: Der Querschnitt, 11, S. 526–530, 1931.
Wedekind, Pamela: »Mein Vater Frank Wedekind.« In: Frank Wedekind. Der Kammersänger. Metzler, Stuttgart, 1967.
Wedekind, Tilly: Lulu – die Rolle meines Lebens. Scherz, München, 1969.
Wittstock, Uwe: Februar 33. Der Winter der Literatur. C.H. Beck, München, 2021.

Digitale Quellen

www.buddenbrookhaus.de
www.kuenste-im-exil.de
www.literaturportal-bayern.de
www.monacensia-digital.de
www.Thomasmanninternational.com
www.tma.ethz.ch

Zum Weiterlesen ...

Unda Hörner

Kafka und Felice

Roman, 336 Seiten
gebunden mit Schutzumschlag
ISBN 978-3-86915-152-6

Berlin im August 1917: Felice Bauer flaniert durch die Leipziger Straße auf der Suche nach einem Brautkleid und schmiedet Pläne für ihre Hochzeit mit Franz Kafka. Wohl kaum ein anderes Liebespaar hat zuvor so viele Höhen und Tiefen durchlebt. Beruhend auf Kafkas Briefen an Felice Bauer erzählt Unda Hörner die wechselhafte Liebesgeschichte des ungewöhnlichen Paares: Eine fesselnde Zeitreise in das zeitgenössische Berlin kurz vor Ausbruch des Ersten Weltkriegs bis an die Schwelle der 1920er-Jahre und ein faszinierender Blick, gleichsam über Kafkas Schulter, auf eine bizarre Liebe, die leuchtende Spuren in der Weltliteratur hinterlassen hat.

– www.ebersbach-simon.de –

Unda Hörner

1919 – Das Jahr der Frauen

256 Seiten
gebunden mit Schutzumschlag
ISBN 978-3-86915-169-4

1919 dürfen Frauen in Deutschland erstmals wählen und machen sich auf allen Gebieten daran, ihr Leben selbst zu gestalten: Käthe Kollwitz wird als erste Frau in die Akademie der Künste berufen, Marie Juchacz hält als erste Frau eine Rede im Parlament. Während Rosa Luxemburg in Berlin ihren Einsatz für die politische Neuordnung mit dem Leben bezahlt, öffnet in Paris Marie Curies Radiuminstitut seine Pforten und Sylvia Beach gründet *Shakespeare & Company*. Unda Hörner verwebt weibliche Lebenswege und historische Ereignisse zu einer atmosphärisch dichten Erzählung – eine faszinierende Zeitreise ins Jahr 1919, in dem auf einmal alles möglich scheint für die Frauen.

Unda Hörner

1929 – Frauen im Jahr Babylon

256 Seiten
gebunden mit Schutzumschlag
ISBN 978-3-86915-213-4

1929 – die wilden Zwanziger entfalten noch einmal ihre volle Blüte, es ist ein letzter Tanz auf dem Vulkan. Marlene Dietrich spielt die Rolle ihres Lebens in *Der Blaue Engel*, Vicki Baum wird mit *Menschen im Hotel* weltberühmt und Lotte Jacobi zur Starfotografin der Berliner Prominenz. Clärenore Stinnes tourt todesmutig im Auto um die Welt, Louise Brooks öffnet in Berlin *Die Büchse der Pandora* und Lotte Lenya feiert als Seeräuber-Jenny in der *Dreigroschenoper* triumphale Erfolge. Unda Hörner lädt ein zu einer fesselnden Zeitreise auf den Spuren berühmter Frauen und entwirft ein facettenreiches Panorama weiblicher Kulturgeschichte im Jahr Babylon.

Unda Hörner

1939 – Exil der Frauen

256 Seiten
gebunden mit Schutzumschlag
ISBN 978-3-86915-268-4

Unda Hörner folgt den Spuren berühmter Frauen in zwölf lebendig erzählten Kapiteln durch das Jahr 1939 und verknüpft deren Lebenswege kunstvoll mit den politischen und gesellschaftlichen Ereignissen zu einem lebendigen Panorama. Wir durchleben das Jahr mit Hannah Arendt, Simone de Beauvoir, Peggy Guggenheim, Anna Freud, Milena Jesenská, Frida Kahlo, Erika Mann, Else Lasker-Schüler, Annemarie Schwarzenbach, Helene Weigel, Virginia Woolf u. v. m. Ein spannender Blick auf das Schicksalsjahr 1939 aus weiblicher Perspektive zwischen Friedenshoffnung und flackerndem Weltenbrand.

– www.ebersbach-simon.de –

1. Auflage 2024

Umschlaggestaltung: Lisa Neuhalfen, moretypes, Berlin
Covermotiv: Tamara de Lempicka, Portrait of Ira Perrot, 1930, Detail © Tamara de Lempicka Estate, LLC/ VG Bild-Kunst, Bonn 2024
Satz: Birgit Cirksena · Satzfein, Berlin
Druck und Bindung: GGP Media GmbH, Pößneck
ISBN 978-3-86915-293-6
www.ebersbach-simon.de

Gedruckt auf Papier aus nachhaltiger Forstwirtschaft
Printed in Germany